동아
COMMUNICATION
GROUP

동아

COMMUNICATION
GROUP

빙의로
최강요원

빙의로 최강 요원 7권

초판 1쇄 인쇄일 | 2022년 9월 16일
초판 1쇄 발행일 | 2022년 9월 22일

지은이 | 박현수
펴낸이 | 박성면
펴낸곳 | (주)동아

출판등록 | 제406-2007-000071호
주소 | 경기도 파주시 문발동 223-1 2층
전화 | (031)8071-5201
팩스 | (031)8071-5204
E-mail | lion6370@hanmail.net

정가 | 8,000원

ISBN 979-11-6302-609-9 (04810)
ISBN 979-11-6302-578-8 (Set)

빙의로 최강요원

박현수 현대판타지 장편 소설
DONG-A MODERN FANTASY STORY

빙의로
최강요원

목차

빙의로
최강요원

1. 이거 못하겠는데요?

빙의로
최강요원

　누군가가 나의 얼굴을 보고 생김새로 뒤쫓는 거라면, 그걸 바꾸면 된다.

　그리고 나에겐 어떤 신분이든 만들어 낼 수 있는 해킹 능력과 변신 마법이 있었다.

　사르르륵!

　우리 둘은 다른 남성으로 변하여 비행기에 올랐다.

　충분한 휴식을 취하고, 식사도 함께했다.

　다른 누군가의 시선 따위 신경 쓸 필요도 없었다.

　독일에 도착하여 비행기에서 내리기까지 우리를 알아차리는 사람은 아무도 없었다.

"근데 왜 하필 중년 남자인 거예요? 노부부였으면 훨씬 더 보기 좋았을 것 같은데."

"그 또한 의심의 한 부분이 될 것 같아서요. 조금만 참아요. 금방 마법을 풀어 줄 테니까."

공항을 벗어나서야 우린 원래의 모습으로 돌아왔다.

그리고 승무원이 대사관에 맡겼을 짐을 찾으러 가기 전에 가벼운 식사를 했다.

"이거 참, 고민이네요."

"뭐가요?"

"그동안 내가 악마인 척을 해서 아시아 지부를 장악해 왔던 건 알고 있죠?"

"네. 다들 그렇게 알고 있다면서요."

"근데 나보다 먼저 유럽지부 발라스를 장악하고 있던 게 진짜 악마였잖아요. 그게 다시 통할 것 같진 않단 말이죠……."

"그렇겠네……. 중동 쪽은 뭐로 했다고 했죠?"

"시바 신이요."

"아……."

최소현은 곰곰이 생각하더니 말했다.

"그럼 그 반대되는 거로 하면 효과가 더 크지 않을까요?"

"반대되는 거?"

"저쪽에서 악마로 나타났으면, 이쪽에선 오히려 모두를 구원할 천사로 나타나는 거예요."

"천사?"

"안 될까요?"

곰곰이 생각해 보니 그 말도 맞지 싶다.

악마에 대한 거부감이 큰 만큼, 천사의 따뜻함과 신성함은 배가 되어 다가갈 터였다.

이번엔 두려움보단, 감싸 안는 거로 가?

아주 수호신 같은 거로?

"훗, 역시 내 여자 친구는 현명해."

"오오~ 결정?"

"결정. 그게 최고지 싶네요. 근데 그럼 누구로 변하는 게 나을지……."

창가로 시선을 돌리는데, 교회가 보였다.

그리고 그 교회 창문에 그려진 천사를 볼 수 있었다.

천사계의 1인자 미카엘.

성서 이전과 이후를 불문하고 천사들의 최고의 자리에 군림해 온 존재.

지략은 물론, 용맹함까지 갖춘 대천사.

"후훗, 어떤 천사로 할지도 결정. 스토리도 딱 생각나는 것이, 아무 머리가 쌩쌩 굴러가네."

대사관에서 짐을 찾아 나오는데, 최소현이 마경을 쓰고 주변을 둘러보고 있었다.

"왜요? 또 뭐가 보여요?"

"아뇨. 사람은 엄청 많은데, 여기선 전혀 안 보이네요."

"짐 찾았는데. 호텔로 갈까요?"

다시 차에 올라 미리 찾아놓은 호텔로 이동을 하는데, 최소현이 말해왔다.

"저기 근데요. 나 뭔가 더 강해질 방법이 없을까요?"

"갑자기 왜 그런 생각을 하게 된 건데요?"

"이 안경으로 봤을 때, 내가 블루로 보였잖아요."

"네."

"근데 비행기 안에서도 그런 블루로 보이는 사람이 셋이나 있었단 말이죠. 그런 사람들과 마주치면 내가 별로 도움이 안 되는 게 아닌가 싶어서……."

그녀도 내게 힘이 되어 주고 싶구나 하는 걸 느낄 수 있었다.

최소현의 스타일이 그렇다.

가냘프고 보호받고 싶어 하는 여자와는 다르게, 함께 싸우는 여전사의 타입이었다.

지금까지도 힘겨운 수련으로 굉장히 강해졌다고 생각했을 텐데, 자신과 비슷한 능력치의 사람들을 만났으니 자신감은 사라지고 평범해진 것처럼 느끼는 것이다.

"흠, 큰 노력 없이 상당한 힘을 가질 방법이 있기는 한데……."

그녀의 눈이 휘둥그레졌다.

"진짜요? 뭔데요?"

"내가 조율자라는 조직의 일부를 흡수했다는 건 알고 있죠?"

"아, 맞아……! 그 사람들, 귀물이란 걸 이용해서 마법을 쓴다고 했죠! 최강 씨가 손에 끼고 있는 것도 귀물이고. 그럼 혹시! 저도 그걸 얻을 수 있는 거예요? 네?"

"귀물이 사람을 선택한다고 하니까 적합성이나 여러 상황을 살펴봐야 하긴 하겠지만……. 아마도?"

"아싸~!"

그녀는 무척 신나 했다.

자신만의 마법 무기를 얻는다는데 누구인들 신나지 않을까.

"너무 좋아하긴 일러요. 귀물도 적합성이 맞아야 사용할 수 있다는 걸 알아야 해요. 어떤 귀물이 소현 씨를 선택할지는 알 수 없다는 거죠."

"될 수 있으면 칼이나 그런 거였으면 좋겠다."

"들고 다니기 어려울 걸요? 공항이나 배 탈 때 검문소에서 다 걸릴 텐데?"

"아. 또 그런 문제가 있겠구나……. 그렇지만, 최강 씨는 안 걸리게 잘 다니잖아요."

"나야 마법으로 얼마든지 통과하지만, 그럼 나하고 안 붙어 다닐 때는요?"

"아……. 그러네……."

"훗, 목걸이나 귀걸이, 반지나 여러 장신구도 있으니까 그건 가서 살펴보자고요."

"나 벌써부터 막 기대가 되는 거 있죠. 어떤 게 나하고 맞을까~ 아, 근데 그건 어디로 가면 볼 수 있는데요?"

"영국이요. 어차피 여기 다음으로 갈 곳이 영국이니까, 다음 행선지에서 볼 수 있을 거예요."

"히힛, 빨리 가고 싶다."

호텔에 방을 잡은 나는 핸드폰에 저장해둔 목록을 하나하나 살펴 갔다.

각 나라의 유럽지부 원로위원들이 여기에 다 있었다.

이 모두가 악마 크리스를 통해 얻어낸 정보였다.

그럼 크리스는 어쨌냐고?

정보를 얻어낸 후에 목을 잘랐다.

그는 목이 떨어진 후에 몸 전체가 불길로 화하며 재로 변했다.

악마의 특성인지 뭔지 모르겠지만, 목숨이 다하게 되면 그리 되는 모양이었다.

"전 이곳 독일의 원로위원을 만나고 올 테니까 그때까지 여기서 기다려 줄래요?"

"역시 나 혼자서 밖에 나가는 건 안 되겠죠?"

"놈들이 나와 함께 다니는 소현 씨의 얼굴을 봤을 거라. 아무래도 조금 걱정은 되네요."

"어쩔 수 없네요. 최강 씨가 올 때까지 기다리는 수밖에."

"조금만 참아요. 최대한 빨리 올게요."

* * *

루카스 타르베.

그는 단층의 매우 넓은 부지의 집을 가지고 있었다.

노년의 그는 아들 내외와 함께 살았다.

평온한 삶.

거기에 수영장에서 뛰어노는 손자 손녀를 볼 때면, 삶의 행복이 무엇인지 깨닫게 된다.

하지만 인자하기만 했던 그의 미소는, 그가 서재로 들어오면서 달라졌다.

서랍은 그의 지문이 있어야만 열렸고, 그 안에서 기사의 모형을 꺼내어 누른 순간, 서재 안쪽으로 철문이 나와 완전히 봉인하게 되었다.

철컥!

그와 동시에 넓은 책장이 양옆으로 열리며 지하로 통하는 통로가 나왔다.

그는 익숙한 듯 그곳을 통해 안으로 내려가는 모습이었다.

그가 내려온 곳은 온통 자동문과 첨단시설로 된 하얗고 넓은 공간이었다.

"비엔, 워싱턴에서의 추가적인 정보는 없었나?"

곧 AI로 추정되는 기계 음성이 흘러나왔다.

"있었습니다. 발라스 내에 악마로 추정되는 기이한 존재들이 스며들어 있으니 조심하라는 것이었습니다."

"악마······."

그는 심각한 표정을 머금고는 입을 뗐다.

"워싱턴에서 있었다는 하늘의 괴생명체에 관해 다시 한번 영상 띄워 봐."

그의 앞으로 커다란 홀로그램의 영상이 나타났다.

그리고 지금 세계로 퍼져나가고 있는 영상이 그의 눈앞에 나왔다.

날개를 지닌 괴이한 생명체.

누군가가 그 괴이한 생명체와 싸우고 있지만, 역시 흐릿해서 보정을 해도 알기가 어려웠다.

"그러니까 저것이······ 악마라는 거지."

"그동안 조직을 이끌어 온 회주는 물론, 그 측근과 주변 인물들이 악마로 판명되었다고 합니다. 그리고 외부 조직을 통해 악마나 그와 관련된 조직이 또 있는지 판별 중이란 보고가 있었습니다."

"그 외부 조직에 관한 정보는?"

"아직까진 없습니다."

"그 조직에 대한 믿을 만한 근거가 있나?"

AI인 비엔은 최강이 워싱턴의 발라스 조직에게 건넨 자료를 틀었다.

"이것은 아시아 지부의 원로위원이 건넨 자료라고 합니다."

그것은 회주인 토마스와 그의 측근인 크리스가 악마로 변하는 모습이었다.

"이런 걸 이렇게나 앞에서 찍었다는 건, 아시아의 원로위원은 저 악마들과 직접 조우했다는 것인데……. 그럼 하늘에서 악마와 싸우던 자가 그일 가능성도 있겠군."

"그에 관해 검색해 보았지만, 놀랍게도 그 어떤 곳에서도 그에 대한 자료는 없었습니다. 그리고 워싱턴에 존재하는 카메라들의 저장 장치에서 여러 삭제된 부분을 찾을 수 있었습니다."

"아시아 지부도 능력이 꽤나 좋은 모양이군."

그런데 갑자기 내부에 경고음이 울렸다.

위이잉-! 위이잉-!

"뭐야, 무슨 인인가?"

"주인님, 시크릿 존 내부에 침입자가 있습니다."

"그럴 리가……! 내가 이 안에 있을 땐 모든 출입구가 통제될 텐데!"

놀라는 그의 귀로 하나의 음성이 들려왔다.

"놀라운 일은 언제나 눈앞에서 일어나는 법이지."

"음!"

루카스는 뒤돌며 젊은 사내를 발견할 수 있었다.

그는 바로 최강이었다.

독일의 원로위원인 루카스를 찾아 이 자리에 온 것이었다.

"누구지? 그리고 여긴 어떻게 들어온 거야?"

최강은 그가 띄워놓은 영상들을 보며 답했다.

"나에게 관심이 많은 모양이군. 저렇게 내가 찍힌 것과 내가 건네준 영상을 보고 있는 걸 보면."

"그럼 당신이……! 아시아의 원로위원?"

"일단은 그 껍데기를 쓰고 있지."

"껍데기라고?"

지금부터가 연기의 시작이었다.

최강은 잠시 긴장감을 푼 후에 입을 열어갔다.

"인간의 탈을 써야 인간 세상을 다니기 편하니까."

"마치 자신은 인간이 아니라는 듯이 얘기하는군."

"맞아. 난 인간이 아니야."

최강은 손가락을 위로 가리켰다.

"저 위에 계신 거룩하신 분의 신성한 뜻에 따라, 이 땅을 오염시키려는 더러운 것들을 소멸하러 온 존재이지."

"설마……."

하늘에 계신 거룩하신 분.

그걸 뜻하는 존재는 오직 한 분뿐이었다.

독실한 기독교인인 그로서는 믿기지 않았지만, 이곳을 이렇게 손쉽게 들어온 능력을 보면 뭔가 특별한 존재일 것 같기는 했다.

"증명…… 해 주실 수 있겠습니까?"

"나의 진정한 모습을 보길 원한다면 보여 주마."

번쩍-!

최강의 몸에선 강렬한 빛이 쏟아져 나왔다.

머리는 흰 백발로 변했고, 몸을 두르는 건 하얀 천들로 변하였다.

피부는 더없이 희고 맑았으며, 그의 머리 위로는 금빛의 고리가 강렬하게 빛나고 있었다.

무엇보다 감히 눈을 마주칠 수 없을 만큼의 근엄한 눈빛이 자신을 내려다보고 있어, 루카스는 절로 무릎이 꿇어졌다.

"오오……! 주님……!"

곧 루카스의 귀로 강하게 울리는 음성이 파고들었다.

"나의 이름은 미카엘. 대천사이자 신의 군대를 책임지는 자이다. 이제 나의 존재를 믿겠느냐?"

"오오……! 신의 첫 번째 창조물이자 모든 천사들의 위에 군림하는 위대한 존재시여…… 믿음의 어린 양이 인사 올립니다."

눈물까지 흘리며 두 손을 모아 최강을 바라보는 그의 모습은, 찬란한 축복 속에 빠져 헤어나질 못하는 한 마리의 양일뿐이었다.

* * *

몇 가지 명령을 내린 후에 루카스의 집에서 사라졌던 나는 그의 집 근처에서 나타나며 한숨을 푹 내쉬었다.

"휴우…… 하필 또 기독교였어? 이걸 운이 좋다고 해야 하나, 어쩌다 얻어걸렸다고 해야 하나. 아무튼 천사로 결정한 건 좋은 선택이었어. 근데 그 부담스러운 눈길은 좀…….”

다 늙은 노인이 온갖 사랑을 담아 쳐다보는 시선이란.

음, 역시 부담스러워.

"아우, 이걸 몇 번이나 더 해야 하는데. 난감하네. 악마인 척 할 때는 그래도 재미는 있었는데 말이지.”

아무튼, 다행히 루카스는 다크 웨이브와도 관계가 없었고, 충실히 명령에도 따를 것 같았다.

그래서 결정했다.

"훗, 아무튼 유럽지부 발라스의 다음 회주는 루카스 당신이 되어 줘야겠어.”

말 잘 듣는 사람일수록 다루기가 쉬웠다.

거기에 앞으로 세상을 위한 좋은 일들을 시킬 것이기에 인간을 이롭게 하는 천사의 역할과도 일맥상통하는 부분이 있었다.

"첫발에 좋은 지도자도 발견했겠다, 그럼 이제 한 걸음 더 내딛어 볼까?”

* * *

호텔로 갑자기 검은 후드를 쓴 사내가 들어왔다.

그는 로비 한가운데로 서더니 씩 웃었다.

호텔 직원들이 그를 기이하게 생각하며 다가왔다.

하지만 그가 먼저 자세를 낮추더니 로비 바닥에 손을 대고 있었다.

잠시 후, 그는 검은 연기처럼 변하였고, 그 옅은 연기들은 건물 전체로 빠르게 번져 갔다.

"아니!"

"바, 방금 봤어?"

"사람이 연기로 변했어!"

하지만 그 옅은 연기들은 점점 투명하게 변하더니 사라져 갔다.

호텔 직원들은 여전히 방금 전 일어난 일에 놀랍기는 했으나 이런 상황에선 어떤 조치를 취해야 할지 몰라 넋을 놓고만 있었다.

한편, 최소현은 텔레비전을 보며 웃고 있었다.

"호호호!"

최강이 걸어 주고 갔던 통역 마법은 정말 좋았다.

텔레비전에선 독일 방송이 나오고 있었지만, 그녀에겐 한국말로 들렸다.

독일 사람들만의 예능이 최소현을 웃게 만들고 있는 거였다.

치짓. 치지지지지.

그런데 이게 웬걸?

한참 재밌게 보던 텔레비전이 갑자기 나오질 않았다.

"응? 아이, 뭐야. 한참 재밌게 보고 있었는데."

리모컨을 누르고 다른 곳을 틀고 해도 소용이 없었다. 급기야 텔레비전이 꺼지고 말았다.

호텔에 따지기 위해 전화를 들었지만, 전기가 나가 버렸는지 신호도 들려오질 않았다.

"전기가 나간 건가?"

정전.

어느 동네에서나 일어날 수 있는 일이다.

"정전이면 잠깐 기다리면 다시 돌아오겠지. 기다려야겠네."

핸드폰 게임이나 할 생각으로 핸드폰을 꺼내는데, 전파도 잡히지 않았다.

게임을 하는 것에는 문제가 안 되지만, 전화는 불통인 셈이다.

그녀는 이 또한 정전의 이유와 같겠거니 싶어 게임을 시작했다.

그런데 잠시 후.

"꺄아아아아악-!"

매우 미세했지만 비명 소리가 들려왔다.

아무리 작은 소리였다 한들 최소현이 그걸 잘못 들을 리 없었다.

그녀는 얼른 문을 열고 복도를 보았다.

복도는 고요하고 조용했다.

"분명 비명 소리였는데……."

비명에도 여러 종류가 있다.

친구들과 장난을 치다가 내는 비명 소리.

그리고 놀람에 자지러지는 비명 소리.

그렇지만 이번 비명은 소름 끼치는 공포와 두려움이 뒤섞인 비명 소리였다.

그 분별을 잘 아는 그녀에게 조금 전 그 소리에 그냥 넘어갈 수가 없는 것이다.

스윽.

그녀는 문을 나서며 복도를 걸었다.

여러 방문을 보며 엘리베이터가 있는 끝까지 걸었다.

하지만 각 방에선 어떠한 인기척도 들려오질 않았다.

"그러고 보니 카우라를 이용하면 모든 감각이 훨씬 좋아진다고 했던 것 같은데."

최강의 말을 떠올리며 가슴에 뭉쳐있는 카우라를 전신으로 퍼트려 보았다.

온몸으로 힘이 전달되는 것은 물론, 솜털 하나까지도 예민해지는 걸 느낄 수 있었다.

시야는 더 뚜렷해졌고, 청력도 훨씬 좋아졌다.

"으아아아악-!"

이번에도 비명이 들렸다.

이번 것은 사내의 것이었다.

"아래야!"

그녀는 얼른 아래로 내려갔다.

한 층을 더 내려가서 막 복도를 쳐다보는데, 웬 사내가 가운만 걸치고 문을 뛰쳐나오는 걸 볼 수 있었다.

그런데 그 순간, 문 안쪽에서 커다란 촉수들이 뻗어 와서는 단숨에 사내를 덮쳐 다시 문 안으로 끌고 들어갔다.

"도와줘-!"

철컹!

충격적인 광경에 최소현은 살짝 긴장했다.

"뭐였지, 방금?"

저 안에 괴물 같은 게 있는 걸까?

머릿속으로 수많은 생각이 오갔다.

꿀꺽.

긴장한 그녀는 천천히 다가가 그 문을 열려고 했다.

그런데 손잡이조차 돌아가질 않았다.

뜯어낼 생각으로 힘을 주는데도 꿈쩍도 안 했다.

"도대체 뭐야, 이거……."

아무리 생각해도 이상하다는 생각에 로비로 내려가려고 했다.

그런데 계단 아래에서 방금 전 사내를 잡아갔던 촉수가 움직이고 있었다.

황당하게도 그 촉수는 벽에서 튀어나온 거였다.

"허업……!"

다시 올라가 엘리베이터를 눌러 보지만, 작동이 안 되는지 불도 들어오질 않았다.

그녀는 다시 자신의 방으로 돌아갔다.

"뭔가 이 건물에서 이상한 일이 일어나고 있어. 마치…… 건물이 사람을 잡아먹고 있는 것 같아."

이곳에 더 있자니 소름이 끼쳤다.

그래서 그녀는 창문을 통해 나갈 생각으로 문을 열었다.

하지만 열리지 않았다.

아무리 힘을 주어도 소용이 없었다.

"이잇!"

급기야 그녀는 한쪽에 있던 의자를 들어 강하게 내리쳤다.

퍼서석!

그러나 의자만 부서질 뿐이었다.

더욱이 놀라운 건, 방금 전까지 창문이었던 곳이 갑자기 벽돌로 된 벽으로 변해 버린다는 거였다.

"허업! 어떻게……. 진짜, 이런다고?"

놀랍고 당혹스러웠다.

하지만 한 가지는 알 수 있었다.

"이 건물, 나를 놓아줄 생각이 없는 거야."

* * *

나는 하늘을 날고 있었다.

반지의 힘으로 빛의 글라이더를 만들고, 마법으로 바람을 일으켜 날고 있는 거였다.

"혼자 다닐 땐 차도 필요 없고 정말 좋네요!"

-생각대로 변하는 물리적인 빛이라니. 대단하기는 하구나.

"근데 마법에도 날아다니고 할 수 있는 마법이 있지 않나요?"

-도구를 이용하면 얼마든지 가능하지. 그리고 4단계로 진입하면 그 어떤 변신 마법도 가능할 테고.

"도구를 이용한다는 건, 혹시 물체를 마음대로 움직일 수 있는 마법 문양을 새기고, 그걸 띄워서 움직이는 걸 말씀하시는 건가요?"

-그렇지. 탈 것을 직접 만든다는 개념으로.

"아…… 그래서 어떤 만화나 영화에서든 마법사들이 빗자루를 타고 다니는 거구나……."

원래는 마법의 기초 훈련 마법이다.

그걸 나는 총알에 새기고 유도탄처럼 이용해 왔었다.

그런데 제라로바의 말을 듣고 보니 탈것에 그 문양을 새겨 공중에 띄우고 그 위에 올라타면 되는 거였다.

"저기 할아버지? 근데요. 혹시 순간이동 마법은 없나요? 제가 원하는 목적지까지 단번에 갈 수 있는 그런 마법이요."

-안타깝지만 나의 세상에는 그런 마법은 없었다.

"아, 그래요……. 그건 좀 아쉽네요."

그래도 혹시 귀물들 중엔 그와 비슷한 것들이 있지 않을까.

지난번엔 전부 빼앗을 생각으로 수거만 했지, 어떤 것들이 있는지는 자세히 보질 않았었다.

하지만 이번에 가면 최소현에게 맞는 귀물도 찾을 겸, 세세히 살펴보기로 했다.

"귀물 중에 뭔가 비슷한 것이 있으면 좋겠는데……."

* * *

같은 시각.

최소현은 곰곰이 생각에 잠겼다.

"뭔가 귀신들린 그런 게 아니라면, 어쨌거나 건물이 살아 있다는 건데……."

살아 있다면 뭐든 고통을 느낄 거라는 게 그녀의 생각이었다.

여관에도 늘 라이터와 이쑤시개가 있듯, 호텔에도 그 정도는 구비되어 있었다.

최소현은 서랍에서 라이터를 찾은 후에 커튼에 불을 붙였다.

화르르르륵!

그러자 어디선가 기괴한 소리가 들려왔다.

"끄아아악! 뜨거워-!"

그것은 분명 사람의 목소리였다.

"앗! 뭔지는 몰라도, 효과가 있다 이거지? 좋았어."

짐이 탈 것까지 생각하면 아까웠지만, 지금은 살아남는 게 문제였다.

그래서 여기저기 불을 붙이기 시작했다.

건물은 고통스러운 괴성을 흘려댔다.

"아아악! 그만해-!"

그녀는 방에서 멈추지 않고 짐에서 옷을 꺼내고 거기에 불을 붙여 복도로 던지기도 했다.

화르르르륵!

불길이 닿는 곳마다 무언가가 꿈틀거리며 밀려나는 것들이 보였다.

혹시나 싶어 그 밀려난 부분의 방문을 열어보니 밖에서 문이 열리진 않았지만 손잡이는 돌아갔다.

그로서 불로 인해 건물을 집어삼킨 무언가의 영향력에서 벗어나면 원상태로 돌아온다는 걸 알 수 있었다.

그런데 갑자기 복도의 벽 곳곳에서 촉수가 나타나기 시작했다.

수많은 촉수들이 꿈틀거리며 나오더니 복도를 가득 메워서는 최소현을 향해 날아들었다.

파앗-!

"허업……!"

놀란 그녀는 얼른 불과 연기로 가득한 자신의 방으로 몸을 던졌다.

방으로 들어와서 보니 복도로 촉수들이 쓸고 지나가는 게 보였다.

"쿨럭!"

연기 때문에 몸을 낮춘 그녀는 촉수가 방 안으로 들어오려 하는 걸 보며 큰 위기를 느꼈다.

하지만 그 순간, 기발한 생각이 떠올랐다.

"아! 혹시 이러면……!"

그녀의 손목에는 언젠가 최강이 새겨준 룬이 있었다.

그녀는 혹시나 싶어 그 부분을 만졌고, 곧 그곳에서 감쪽같이 사라졌다.

그에 따라 촉수들은 방문 앞에서 멈칫했다.

그녀를 찾는 듯 곳곳을 꿈틀거리고 돌아다녔지만 찾을 수 없는지 다시 돌아갔다.

그사이 모습을 투명하게 만든 최소현은 얼른 복도로 나갔다.

방 전체가 연기로 가득해져서는 더는 있을 수가 없어서였다.

그녀는 천천히 걸어 연기가 없을 아래층으로 내려갔다.

그런데 계단을 밟을 때마다 곳곳이 꿈틀거렸다.

무언가가 그녀의 움직임을 감지하고서 반응하는 듯했다.

최소현도 그걸 알아차리고는 최대한 움직임을 작게 하여 계단 아래까지 내려갔다.

'호텔에 있던 그 많던 사람들은 다 어떻게 된 거지? 설마 전부 잡아먹힌 거 아냐?'

결국 자신도 이렇게 갇혀 있다가 잡아먹히는 건 아닐까 걱정도 되었다.

'최강 씨는 대체 언제 오는 거야……'

그녀는 그런 생각을 품는 스스로가 실망스러웠다.

사실 최강이 없다고 해도 어떤 위험에서도 벗어날 자신이 있었다.

그렇지만 이런 상황에 놓이고 나서야 깨달았다.

여전히 자신은 무력하다는 것을.

'역시 뭔가 무기 같은 게 있어야겠어. 이대로는 언제나 보호만 받아야만 하니까!'

그녀는 이대로 숨어만 다니는 것도 성격에 맞지 않았다.

하여 돌아다니다가 주방을 찾았다.

"허업!"

그곳에서 뼈만 남아 바닥에 흡수되고 있는 요리사를 하나 발견했지만, 이미 예상한 바이기도 했다.

"역시 건물이 사람을 잡아먹고 있는 거였어."

왜 건물이 갑자기 이렇게 변했는지는 모른다.

그렇지만 이대로 당하고만 있을 순 없었다.

그녀는 곧 한쪽에 놓인 커다란 식칼 두 개를 번쩍 들어 보였다.

"그래, 어디 한 번 해보자. 내가 이렇게 당할 수는 없지."

* * *

나는 하늘을 날며 도심 쪽으로 향하다가 저 멀리서 새까만 연기가 뿜어져 올라오는 걸 볼 수 있었다.

"뭐지? 불이라도 났나?"

그런데 불이 나는 위치를 보니 어쩐지 호텔이 있는 곳인 것 같다.

"설마……!"

혹시나 싶어 카우라를 일으켜 시력을 극대화해 보았다.

아니길 바랐지만, 호텔에서 불이 난 게 확실했다.

"호텔에서 왜 불이……! 젠장, 소현 씨가 위험해!"

바람처럼 날아 호텔 옥상으로 오른 나는 계단을 통해 아래로 내려가려고 했다.

"크윽!"

하지만 문을 연 순간 뜨거운 연기가 가득 쏟아져 나왔다.

이대로는 안 되겠다 싶어 얼른 영향을 전혀 받지 않는 관통 마법을 사용했다.

그리고는 즉시 밑으로 꺼지듯 내리며 최소현을 찾았다.

"소현 씨-!"

그런데 연기가 줄어드는 복도에서 최소현이 식칼을 들고서 벽 곳곳을 베고 있는 게 보였다.

더욱이 놀라운 건, 그녀가 베는 벽에서 피 같은 액체가 흘러나온다는 거였다.

"소현 씨!"

"앗! 최강 씨!"

나의 부름에 그녀가 번개같이 쏘아져 다가왔다.

"지금 뭘 하고 있는 거죠?"

"보면 몰라요? 싸우고 있잖아요."

"건물하고요?"

"네. 이 건물 살아 있거든요. 보니까 나 빼고는 호텔에 있던 사람들은 전부 잡아먹은 것 같아요."

"어떻게 그럴 수가……."

그런데 앞에서 정말로 벽에서 촉수 같은 게 튀어나와서는 빠르게 달려들고 있었다.

나는 즉시 손을 뻗어 냉기의 기운을 쏟아냈다.

그러자 달려들던 것들이 죄다 얼어붙었다.

그걸 보며 최소현이 감탄했다.

"역시 최강 씨는 쉽네……."

"갑자기 건물이 귀신이 들리거나 할 순 없을 것 같고, 뭔가 마법적인 게 영향을 미친 것 같네요."

아니나 다를까, 제라로바가 즉시 말해왔다.

-너의 말이 맞다! 이건 마법으로 누군가가 건물과 하나가 된

것이야. 건물 내부가 생물의 위와 장이 되는 셈이지!

나는 그 원흉이 뭔지는 단박에 떠올랐다.

"아무래도 다크 웨이브 짓인 것 같군요."

지난번 도로 전체가 어둠으로 변한 마법도 그렇고, 이번 마법까지.

이것은 귀물로 마법을 쓰는 조율자들의 능력과는 많이 달랐다.

"소현 씨, 일단 여기서 나갑시다."

그런데 바로 그때, 촉수 하나가 얼어붙은 곳 너머에서 뻗어 나오더니 사람의 얼굴을 만들어 갔다.

"너희는 어디도 가지 못해……! 너희를 잡기 위해 나는 목숨을 걸었어……. 이대로는 못 보내……!"

아무래도 이런 영향력을 펼치기 위해 스스로의 소멸도 각오한 모양이었다.

그게 아니면 평생 이런 사람을 잡아먹는 괴물로서 살아야 하거나.

근데 그러거나 말거나 나랑 무슨 상관?

"아루투무카!"

빠지지지직-!

나는 사람 얼굴의 촉수를 전기로 확 지져 버렸다.

"별 미친놈을 다 보내. 가죠, 소현 씨."

"네."

"근데 우리 짐은요?"

"아마 위에서 다 타 버렸을 것 같은데……."

"아…… 내 노트북. 그거 특별히 개조한 건데……."

"미안해서 어쩌죠?"

"일단 올라가면서 살펴보죠."

나는 최소현의 허리를 붙잡고 관통 마법을 이용해 벽으로 타고 올랐다.

그리고 방 안에서 까만 연기 속에서 막 불길에 녹아 가는 가방을 발견할 수 있었다.

그래서 얼른 칼을 꺼내 손잡이에 걸었다.

그리고는 옥상으로 올라 반대편 건물로 옮겨가고 나서야 가방도 내려놓고 최소현도 놓아 주었다.

"괜찮아요?"

"최강 씨 덕분에 겨우 살았네요."

"겨우는요, 무슨. 잘만 싸우고 있던데."

"사실 얼마나 무서웠는지 몰라요. 저 건물에 잡아먹힐까 봐. 빠져나가려고 해도 방법이 없었거든요. 그래서 진짜 이 악물고서 건물을 다 쪼갤 각오로 싸웠던 거라고요."

"미안해요. 혼자 놔두고 가는 게 아니었는데."

"아뇨. 오히려 좋은 교훈이 되었어요. 이번 기회에 정말 제가 얼마나 약한 존재인지 크게 깨달았거든요."

우린 잠시 활활 타들어 가는 호텔을 함께 지켜봤다.

사실 그것은 호텔과 하나가 된 누군가의 죽음이기도 했지만, 우리에겐 그저 적의 소멸이며 의미 없는 희생일 뿐이었다.

그렇지만 우리에게도 미안함은 있었다.

호텔에 있었을 투숙객과 그 직원들은 결국 우리 때문에 희생된 거나 마찬가지였기 때문이다.

"하는 일은 잘됐어요?"

"천사의 모습으로 악마 같은 고통을 줘야 했지만, 어쨌거나 굴복은 시켰네요."

"정말요?"

"천사라고 해서 모두가 다 우러러보는 건 아닌가 보더라고요."

영국으로 넘어온 나는 유럽지부 원로위원을 만나 굴복시킨 후에 밖에서 기다리고 있던 최소현을 만났다.

"그럼 이제 다음 행선지는요?"

"조율자들의 본거지로 갈 겁니다."

"아싸~! 엄청 기다렸는데. 드디어 가게 되네요."

* * *

오래된 사원에서 검은 후드의 사내들이 모여 대화를 나누었다.

"데니스의 안타까운 희생에도 불구하고 놈을 잡지 못하였습니다.”

“놈이 강력한 건 알았지만, 그러한 희생을 동반한 마법에서도 벗어날 줄은 몰랐습니다.”

“놈은 타사크 님까지 죽인 무서운 놈입니다! 지옥의 불길을 지니신 그분을 어찌 죽였는지는 알 길이 없으나, 이대로 두면 우리의 힘은 더욱 약해질 것입니다.”

목소리가 유난히 두꺼운 자가 말했다.

“방법은 하나뿐입니다. 저 문을 보다 크게 열어 더욱 강력한 분을 모시는 것 말입니다.”

모두가 식은땀을 흘렸다.

“하지만 저만큼 크기를 키워 타사크 님을 모시는 것만도 백 명의 재물이 들어갔습니다! 백 명의 영혼의 힘으로도 겨우 조금밖에 못 키웠다고요!”

“그럼 천 명, 만 명으로라도 크기를 키워야지요! 이대로 조율자나 그놈의 압박으로 무너질 순 없는 일이 아니오?!”

곧 목소리 굵직한 사내가 손아귀에 들어오는 푸른 수정구 하나를 꺼내어 내밀었다.

“저 차원 너머에 계신 분들도 우리가 그래 주기를 바랐는지 이걸 주시었소.”

모두가 커다랗게 변한 눈으로 그 수정구를 쳐다봤다.

“이게 무엇입니까?”

“영혼을 모으는 구슬이라 하더이다. 차원의 문 주변에서 의식을 치를 수 없다면, 이것이 도움이 될 거라고 하셨소."

"오오……! 그럼 차원의 문을 얼마든지 더 넓힐 수 있겠구려!"

"아니오."

"아니라고요?"

"후후후, 문 너머에서 들려온 말씀은 달랐소. 이걸 이용하면 우리에게 보다 큰 힘을 전할 수 있을 거라고 했거든."

"큰 힘……! 그것이 어떤 거란 말입니까?"

"그건 모두 모은 후에 실행해 봐야 알지 않겠소이까?"

모두가 기대 어린 표정을 머금었다.

그리고 그들 중 하나가 비릿한 미소를 지어 보였다.

"그렇다면 그만큼 많은 인원이 희생될 방법을 찾아야겠군요."

구슬을 내밀었던 사내가 물었다.

"무슨 좋은 방법이 있겠습니까?"

곧 사내들 중 하나가 잔인한 미소를 머금었다.

"그만한 희생을 단번에 얻을 방법이라면, 하나밖에 없지요. 전쟁……."

* * *

하늘을 나는 게 빠르겠지만, 그래도 차만큼 편한 수단도 없었다.

그래서 우린 차를 타고서 조율자의 본거지를 향해 내달리고 있었다.

"근데요. 다크 웨이브는 왜 그렇게 최강 씨를 노리는 걸까요? 듣기로는 조율자들한테서도 피해 다니던 것 같던데."

"아직 나에 관해서 잘 모르고, 내가 혼자라고 생각해서가 아닐까요? 그냥 놔두기에는 위험해 보이기도 했을 테고."

"그런가……."

"조율자의 헌터들도 버거운 마당에, 나 같은 자까지 나타났으니 더 초조해지는 거겠죠. 거기다가 내가 조율자들을 압박할 수 있는 발라스의 장악까지 막고 있으니 하루빨리 나를 제거하고 싶었을 겁니다."

"하긴, 발라스가 워낙 큰 힘을 지니고 있으니까. 그들 입장에서는 발라스를 잃는 게 아깝기는 하겠네요."

"아직 곳곳에 암약하고 있기는 할 테지만, 잘 찾아내서 처리해 봐야죠."

그러는 사이, 랜드 오브 플렌티에 도착했다.

입구에는 지키는 사람은 아무도 없었지만, 한쪽으로 운전자의 얼굴 높이에 있는 카메라와 마이크가 있었다.

[누구십니까? 신분을 말씀해 주십시오.]

"최강이라고 한다. 제이슨 로드가 말을 해 두었을 텐데."

[아! 네! 바로 열어 드리겠습니다!]

안으로 들어가자 몇 사람이 나와 우리를 극진히 대했다.

"어서 오십시오. 오신다는 말씀을 들었습니다."

몇몇 중년 여성과 남성이 나와 우리를 안내했다.

근데 너무 영업용 미소와 어려워하는 모습을 보이니 이쪽이 더 부담스러웠다.

"한 사람만 남고, 나머지는 일들 봤으면 싶은데. 혹시 여기에 로드의 비서가 있나?"

그러자 중년 여성이 자신을 소개했다.

"접니다. 로드의 비서, 레이나라고 합니다."

"귀물들이 있는 곳으로 안내해 줬으면 싶은데."

"귀물들이요? 아, 네. 알겠습니다."

함께 이동을 하며 최소현이 살짝 귓속말을 해 왔다.

"근데요. 이 사람들…… 최강 씨를 굉장히 어려워하는 것 같네요."

"훗, 이들을 마지막으로 봤을 때 내가 화가 많이 나 있었거든요."

레이나도 어색한 미소를 지으며 답했다.

"당시에는 저희가 서로를 없애기 위해 필사적이었으니까요. 물론, 지금은 이렇게 저희가 최강 님 밑으로 들어가게 되었지만요."

나는 그녀가 안심했으면 해서 말했다.

"이제는 관계도 달라졌고, 나도 당시의 원한은 잊기로 했어. 그러니까 앞으로는 편히 지내도록 하자고. 나는 내 사람들을 지켰으면 지켰지, 해를 가하는 사람은 절대 아니거든."

"네, 그래 주시면 저희도 감사하죠. 저도 앞으로 이런 좋은 관계를 계속 유지했으면 좋겠습니다."

최소현이 다시 끼어들었다.

"근데 원한은 또 무슨 말이에요? 몇 번 공격을 받긴 했지만, 그렇다고 그렇게 어려워했던 적은 없지 않았나요?"

시간 속에 갇혀 홀로 오랜 세월을 고생했다는 걸 그녀가 알면 걱정을 할 텐데.

하필 숨겨오고 말 안 하던 부분을 파고들어 살짝 당혹스럽다.

"하하, 이곳까지 찾아오면서 좀 위험할 뻔한 적도 있었거든요."

"그래요……."

"몰랐는데 골드 등급의 몇 안 되는 헌터들은 나조차도 위협이 될 만큼 놀라운 능력을 지니고 있더라고요. 아마도 다크 웨이브가 세상에 모습을 드러내지 않고 숨어다니는 건, 그들의 영향이 클 겁니다."

레이나가 설명을 보태었다.

"최강 님의 말씀이 맞습니다. 사실상 골드 등급의 헌터들 덕분에 억제가 가능한 것이지, 다크 웨이브는 그리 약한 존재들이 아닙니다. 특히 그들이 사용하는 희생을 동반한 마법은 정말 강력해서 종종 저희 헌터들이 당하는 일도 있었거든요."

최소현은 궁금한 걸 곧바로 물었다.

"그럼 헌터가 당했을 때, 귀물도 함께 그들의 손에 넘어갈 텐데요. 그렇게 되면 다크 웨이브 쪽에서도 귀물 사용자가 있는 거 아닌가요?"

"다행히 그런 일은 아직까지 없었습니다. 아시는지 모르겠지만, 저희가 보관 중인 귀물은 그 주인을 스스로 선택하는 것들이 대부분이거든요. 그리고 귀물의 선택을 받기 위해선 선한 마음이 있어야 하며, 용맹하고 정의로워야 하고, 누구보다 강한 정신력을 소유해야만 하죠. 거기에다가 귀물과의 교감도 맞아야만 사용할 수 있어서, 그들로서는 귀물을 얻더라도 사용할 수 없었을 겁니다."

"그렇군요……. 의외로 복잡한 이유가 있었네요……."

엘리베이터를 타고 내려와 3층 복도를 걷기를 잠시.

보안 시스템을 정지시킨 레이나를 따라 귀물들이 보관된 금고로 들어갔다.

그리고 잠시 뒤, 한 번 내가 싹 쓸어갔던 귀물들이 원래대로 유리관 안에 보관 중인 걸 볼 수 있었다.

나는 앞장서는 레이나에게 물었다.

"근데 귀물이 누군가와 상성이 맞는지는 어떻게 알 수 있지?"

"유리관 내부에 있는 귀물들에는 저희가 개발한 특별한 전류와 전파가 이어져 있습니다. 그래서 귀물을 얻고자 하는 사람은 귀물마다 옆에 있는 손잡이를 잡게 되면 귀물을 감싸는 유리가 색의 변화를 일으켜 알려 주게 되는 거죠."

나는 한쪽으로 보이는 갑옷을 보며 살짝 어색한 미소를 머금었다.

"그래도 저런 게 걸리면 좀 곤란하긴 하겠어."

최소현도 보더니 질색했다.

"윽! 그런 불안한 소리는 하지 말아 줄래요? 그러다가 말이 씨가 되면 어쩌려고 그래요."

저 무거운 걸 짊어지고 다니느니 차라리 없는 게 낫다고 생각하는 모양이다.

그런데 우리의 대화를 듣고서 레이나가 웃었다.

"호호, 그렇게 생각하실 수도 있겠네요. 그렇지만 그런 걱정은 안 하셔도 돼요. 일부 장신구 귀물들의 경우엔 착용에 있어 그 형태가 변하지 않지만, 몇 가지 물건들은 보는 형태와 다르게 변하기도, 문신처럼 몸에 새겨지기도 한답니다. 보시는 저 갑옷도 600년 전 주인의 기록에 의하면 등에 문신이 새겨지고, 귀물의 능력을 쓸 때에는 전신 갑옷의 형태가 된다고 되어 있었거든요."

"아……. 또 그런 것들이……."

"옛 신들께서도 현명하게도 그런 편의 정도는 생각하셨다는 거겠죠."

최소현은 갑자기 눈빛을 빛냈다.

"그럼 검 같은 것도 그렇게 변했으면 좋겠다. 그죠?"

레이나가 어색한 미소를 머금었다.

"검은 그 형태가 변하는 게 많지 않은데……. 그 부분은 아무래도 운이 많이 따라 줘야 할 것 같습니다."

레이나도 우리의 대화를 통해 이미 우리가 왜 이곳으로 온 건지 짐작하는 것 같았다.

이미 짐작한 사람에게 굳이 설명할 필요는 없다고 여긴 나는 멈춰 서며 최소현에게 물었다.

"자, 그럼 한 번 돌아볼래요?"

"네!"

최소현은 뒷짐을 지고선 귀물들을 둘러보기 시작했다.

그녀도 나름 모양을 따지는지, 예쁜 장신구 쪽을 먼저 돌아다녔다.

그리고 이것저것 만지기를 얼마, 얇은 은가락지 같은 것 하나가 붉은색으로 변하였다.

"앗!"

레이나도 크게 놀라며 다가왔다.

"레, 레드입니다!"

"이게 좋은 건가요?"

"그럼요. 그만큼 적합성이 뛰어나다는 뜻이니까요! 저희는 헌터의 등급을 강력한 순으로 정하기도 하지만, 이런 높은 적합성에도 그만한 등급으로 정해둔답니다! 그런데 이렇게 바로 레드 등급이 나오실 줄이야……."

나도 얼른 다가가 레이나에게 물었다.

"이건 어떤 마법이 걸려 있지?"

"그게…… 이것은 어떤 문언에도 기록되어 있지 않던 터라, 솔직히 저희도 모릅니다. 단지 마력이 감지되었기에 귀물이란 것만 확인한 상태지요."

"확인 불가라……. 그럼 결국 착용을 해 봐야 알 수 있다는 거로군."

"유리관을 열어 드리겠습니다."

암호를 누르자 유리관이 양옆으로 활짝 열렸다.

그리고 레이나가 최소현에게 권했다.

"자, 직접 착용해 보시지요."

"아……. 네……."

그녀의 말에 따라 최소현은 반지를 꺼내어 검지에 끼어 보았다.

처음엔 살짝 큰가 싶던 반지는 놀랍게도 딱 맞게 줄어들었다.

최소현은 반지를 이쪽저쪽으로 들어 보였다.

"뭐지……."

"왜 그래요?"

"아니, 혹시 이거 안 보여요? 반지에서 가는 실 같은 게 나와 보이는데."

"실이요?"

그냥 봐서는 전혀 안 보였다.

무슨 말인가 싶어 카우라를 끌어올려서 바라보니 하얀 실이 떠다니듯 반지와 이어진 게 보였다.

실을 뿜는 반지라고?

"풉!"

최소현이 나를 째려봤다.

"방금 웃었죠? 그죠?"

"아니. 그게…… 좀 웃겨서. 옛날에 무슨 옷을 만드는 신의 물건이 아니었을까요?"

최소현도 실망이 큰 눈치다. 기껏 자신에게 맞는 귀물을 찾았는데 겨우 이런 거여서다.

"이게 뭐야…… 뭔가 뻣뻣해져서는 뭐라도 벨 수 있게 하던가, 자유자재로 움직여 줘야지 말이야."

그런데 최소현이 그렇게 움직이던 중에 놀라운 일이 벌어졌다.

최소현의 바로 앞에 있는 귀물 받침대가 사선으로 미끄러져 내리는 거였다.

쿠웅-!

"허업……!"

나는 깜짝 놀라 그녀를 진정시켰다.

"소현 씨, 잠깐만……!"

"방금 뭐였죠?"

"조심해요. 조심히요. 아니다. 그 반지, 살짝 빼 줄래요?"

"네……."

레이나도 놀라서는 물러난 상황.

실은 반지 속으로 다시 쏙 들어간 것 같았다.

"방금 전에 이거, 제가 한 거예요?"

"아마도요."

"난 그냥 뭐라도 벨 수 있었으면 해서 살짝 움직인 것뿐인데……."

"아마도 그 의지를 반지가 그대로 들어준 것 같네요. 이 반지의 실은 아무래도 의지에 따라서 날카롭게도 변하는 것 같아요. 얇은 만큼, 절삭력도 강하다는 거겠죠."

"그래요? 방금 제가 살짝 만졌을 때는 굉장히 가볍고 부드러운 느낌이었는데……."

"그런 거면 어쩌면 반지 주인에게는 해가 안 되는 날카로움일지도 모르겠네요."

"어쨌거나 이것도 무기라는 거죠?! 그렇죠!"

"그런 것 같네요. 잘 보이지를 않아서…… 더 치명적일 수도 있겠고요."

"아싸~! 꽝은 아니라서 다행이네요."

레이나가 황당해했다.

"귀물에 꽝이라는 말씀은 좀……. 저희들은 무척 신성시 여기는 물건들인데 말이죠."

"아하하, 그런가요? 죄송해요. 저도 모르게 기쁨에 그만……."

어쨌거나 최소현은 무척 기뻐했다.

그런데 레이나가 다가오며 제안을 했다.

"저기, 최소현 씨라고 하셨죠?"

"네."

"제가 잘못 본 건지 잘 모르겠는데요. 방금 뒷걸음질 치시면서 뒤쪽에 있는 귀물에 손을 대신 것 같던데······."

"아, 그랬나요?"

"근데 제가 보기에 약간 금빛으로 번뜩인 걸 본 것 같거든요."

나는 즉시 물었다.

"금빛이면 어떻게 되는 건데?"

레이나가 살짝 환희에 들떠 말했다.

"그럼 어쩌면······! 저희가 말하는 최고의 헌터인, 골드 등급의 헌터가 되실지도 모르거든요!"

우리 둘은 놀라서 뒤에 있는 귀물을 보았다.

겉보기엔 그냥 오래된 손거울처럼 보였다.

여러 기이한 문양이 있기는 했지만, 이런 손거울에 과연 무슨 능력이 있을까 싶었다.

"어쨌거나 적합성은 골드 등급이라 이거지······."

나는 살짝 기대를 하며 최소현에게 말했다.

"소현 씨? 거기 유물의 옆에 있는 손잡이를 다시 한번 만져볼래요?"

"아, 네······."

"거울에는 짐작 가는 능력이 별로 없지만, 그래도 조금 전처럼 뭔가 색다른 능력이 있을지도 모르니까요."

"그랬으면 좋겠는데······."

레이나도 두 손을 잡으며 떨리는 목소리로 말했다.

"저희도 역사상 두 개의 귀물을 지닌 분이 없으셨던 건 아니지만, 정말 몇백 년에 한 번 나올까 말까 하는데……. 제발 제가 본 게 잘못 본 게 아니었으면 좋겠네요. 정말이면 오늘 역시 역사적인 순간으로 기록될 테니까요."

그런데 제라로바가 진지한 목소리로 말해왔다.

-저 거울, 뭔지 몰라도 엄청난 마력이 감지되는구나! 보통 물건이 아니다!

허어?

진짜?

아니, 거울이라고 해 봐야 반사라든가, 방어 같은 그런 종류의 능력밖에 없지 않을까?

적합성만 좋아도 최상인데, 제라로바까지 이렇게 말하니 뭔지 모르게 더욱 큰 기대가 몰려왔다.

최소현은 천천히 손을 내밀어 적합성 유무를 측정하는 부분을 만졌다.

탁.

그리고 곧 유물 유리가 빛을 발하기 시작했다.

레이나가 잘못 본 게 아니었다.

그 빛은 놀랍게도 눈이 부실 만큼의 노랗고 강렬했다.

스하하하핫……!

찬란한 빛을 지켜보던 것도 잠시, 최소현은 손을 떼며 물러났다.

"진짜 밝은 황금색이네요. 호호!"

그녀는 무척 어색해했다. 그러면서도 거울을 보며 무슨 능력이 있을까 궁금한 표정이었다.

나는 레이나를 보며 말했다.

"이제 열어 볼까?"

"아, 네. 열어 드리겠습니다."

나는 비밀번호를 누르는 레이나에게 물었다.

"이건 어떤 능력의 귀물이지?"

"이건 아르카스의 거울이란 건데, 투영되는 그 어떤 거라도 만지면, 거울을 통해 어디든 다닐 수 있다고 되어 있네요."

"거울을 통해 어디든 다닌다……. 설명만으로는 자세히 모르겠군."

곧 유리관이 양옆으로 열렸다.

최소현은 레이나에게 물었다.

"그럼 만져 봐도 될까요?"

"네, 얼마든지요. 귀물이 주인을 선택했으니 이제 이 귀물은 최소현 씨의 것입니다."

"호호, 갑자기 이걸 제 것이라고 하시니, 뭔가 갑자기 선물을 받은 것 같아서 살짝 부담은 되네요."

최소현은 심호흡 후에 거울을 만졌다.

그때까지만 해도 아무런 반응이 없던 거울은, 최소현이 거울에 자신의 모습을 비춘 순간 금빛의 가루로 녹아내렸다.

"어맛!"

그 금빛의 가루들은 살아 있는 듯 최소현의 손을 통해 미끄러지더니 그녀의 손등에 기이한 문양을 남기며 사라졌다.

"거울이…… 제 손으로 사라졌네요……. 이거, 괜찮은 거겠죠?"

나는 거울의 능력을 시험해 보고자 그녀에게 물었다.

"투영되는 것을 통해 옮겨 다닐 수 있다고 했어요. 한번 해 볼래요?"

"뭘 해야 할지……."

"뭔가 소현 씨를 비추는 거라면 뭐든 만져 볼 수 있다고 보는데요."

곳곳에는 수많은 유리관들이 있었다. 투명하긴 했지만, 모습이 비추는 것은 마찬가지였다.

최소현도 호기심 삼아 그 유리관을 만져 보았다.

사륵!

"엇!"

나는 최소현이 순식간에 사라지자 깜짝 놀랐다.

"소현 씨!"

뭔가 잘못 시킨 건 아닐까, 그녀에게 나쁜 일이 일어나면 어쩌나 걱정이 되기 시작했다.

그런데 그때, 웃음소리가 흘러나왔다.

"우와! 이거 진짜 신기한데요?"

유리관에 비추는 최소현은 어디에든 있었다. 여기저기 마음 대로 오갔고, 비추는 곳에서 나의 뒤로 와 내 어깨를 두드리기도 했다.

툭툭.

만져지는 느낌에 뒤를 돌아보지만 그녀는 보이지 않았다.

거울 속에서만 내 뒤에 있는 거였다.

나는 거울을 보며 손을 뻗어 보았다.

분명 거울 속에선 눈앞에 있는데, 만져지진 않았다.

그러다가 그녀가 손을 뻗어 나의 손을 잡으려고 해서야 손을 맞잡는 느낌이 느껴졌다.

"이건 제가 만지려고 해야만 되는 것 같아요."

"거울 속에 비추는 어디든 나타날 수 있고, 능력자가 원해야 물리적인 접촉도 가능한 능력."

아무것도 없는 숲이나 촌의 들판이 아니고서야 비추는 물건이 없는 곳이 어디에 있을까.

심지어 들고 다니는 스마트 폰도 거울처럼 쓰는 마당에.

만약 도심에서 그녀가 이 능력을 사용한다면 정말 누구도 건드릴 수 없는 존재가 되는 것이다.

거기에 반지를 본 순간, 살짝 소름이 끼쳤다.

"그 안에서 반지의 능력까지 겹쳐지면……. 휴……."

현실에선 보이지 않더라도 어딘가에서 비춰진 상태라면 그녀의 공격을 피할 수 있는 건 아무것도 없었다.

대단한 마력을 가지고 있다더니.

이런 능력이면 정말 최고잖아?

"짜짠!"

최소현은 다른 쪽 유리관을 만진 채로 나타났다.

"비춰지는 것에는 어디에든 나타날 수 있는 모양이네요. 잠깐, 그럼 혹시 영상통화를 하다가 내가 소현 씨 모습을 거울에 비추면……."

"어머! 그럼 제가 그곳에서 나타날 수도 있겠는데요? 우리 이따가 시험해 봐요!"

어디든 따라다닐 수 있다고 하니 살짝 무섭긴 하다.

내가 좋아하는 사람이어서 망정이지, 스토커의 손에 들어갔다간 굉장히 무서운 능력이지 싶었다.

우린 뭔가 더 있을까 해서 최소현에게 무엇이든 만져보라고 했다.

그러나 그 이후로는 빛이 나는 것들이 없었다.

두 개의 귀물로부터 선택받은 것만도 대단한 거라고 하니 충분히 뜻을 이루긴 했다.

"저기…… 나도 해 봐도 되겠지?"

레이나가 살짝 놀랐다.

"최강 님께서도요? 뭐, 많은 능력을 지니신 최강 님께 도움이 될 게 뭐가 있을까 싶지만, 얼마든지요."

최소현은 얼른 밖으로 나가서 거울 속에 들어간 상태로 반지를 사용해 보고 싶어 안달이 난 모습이다.

그걸 보고 있자니 살짝 부럽기도 하다.

물론, 제이슨으로부터 빼앗은 반지가 유용하게 쓰이고 있기는 하지만, 뭔가 다른 효능을 가진 귀물도 있으면 좋겠다는 생각이 들었다.

그런데 그러던 그때, 오른손이 갑자기 번쩍 들렸다.

그리고는 무언가를 가리켰다.

제라로바가 하는 짓이다.

레이나는 의아한 듯 나를 쳐다봤고, 나는 어색한 미소를 머금어야 했다.

"아…… 저게 궁금하군."

"아, 그러세요? 그냥 가서 만져 보셔도 될 텐데……."

"그, 그렇지?"

이 할아버지, 또 왜 이러는 건지.

갑자기 무슨 대단한 마력이라도 느낀 건가?

가까이 다가가자 제라로바가 말했다.

-이것이 무엇인지 한 번 물어보아라!

물어봐 주는 거야 어렵지 않다.

"이건 어떤 물건이지?"

"148번은……."

그녀가 태블릿을 뒤져보다가 난감해했다.

"그것도 어떤 문헌에도 쓰여 있지 않은 물건이네요. 250개가 넘는 귀물 중에 딱 6개가 그런 것이 있는데, 어떻게 두 개나 그런 걸 고르시는지……. 참 신기하네요."

제라로바가 고른 건 반 뼘 크기의 붉은 보석이었다.

"이거 혹시 다이아몬드인가?"

"그건 아니라고 되어 있습니다. 이쪽 세계의 물건이 아니다 보니, 희귀성은 훨씬 크다는 거겠죠?"

"아……."

말인 즉, 세상에 단 하나뿐인 물건.

값을 매길 수 없다는 뜻이다.

그렇다고 사명감을 지닌 조율자 조직이 마력을 지닌 물건을 팔려고 생각지는 않았을 테고.

그래서 이렇게 보관 중이었던 모양이다.

누군가 주인이 나타나기를 기다리며.

-여기에 깃든 마력은 네가 끼고 있는 시간의 반지보다도 훨씬 크다! 이것만큼은 반드시 가지자꾸나!

저기요, 할아버지.

어떤 마음인지는 알겠는데요, 적합성도 없는데 가지겠다고 하는 건 좀 너무한 것 같단 말이죠.

저도 뭔가 명분이란 게 있어야 할 게 아닙니까.

시간의 반지야, 유일하게 내게 위협이 되는 물건이기에 조율자에게도 줄 수가 없다.

왜?

아직 못 믿겠으니까.

그래서 사용을 못 함에도 불구하고 내가 지니고 있는 거였다.

그렇지만 다른 귀물까지 그렇게 하는 건 내 입장에서도 좀 자제하고 싶은 부분이 있었다.

조율자가 내 밑으로 들어오기로 하긴 했어도, 엄연히 따지면 내 물건은 아닌 것이다.

적합성과 다크 웨이브를 상대할 거라는 이유로 이렇게 하나둘 얻고 있기는 하지만, 그런 게 아니라면 좀 미안해지는 게 사실이다.

"일단 적합성이 얼마나 되는지 한 번 볼까나……."

그래서 나는 레이나의 눈치를 살피며 적합성을 확인하기 위한 부분을 만졌다.

그런데 유리가 파란색으로 빛을 발했다.

"으음?"

"어머! 파란불이시네요! 최강 님께서 이 물건에도 적합성이 있다는 거예요!"

"그럼…… 내가 사용해도 될까?"

"그럼요. 저희도 귀물의 능력을 모른다는 건, 지금까지 주인이 없었다는 거거든요. 즉, 저희들로서도 능력을 알 수 있는 좋은 기회라는 거죠."

아, 그렇지.

그러고 보니 이들의 탐구심과 연결된 문제이기도 하겠구나 싶었다.

레이나가 유리관을 열어 주고 내가 만지려고 하는데, 제라로바가 말해 왔다.

-잠깐! 그것의 능력은 사용하지 마라!

아니, 왜요?

정말 묻고 싶다.

왜 이러는지.

하지만 다른 사람도 있고 하여 속 시원하게 물어볼 수가 없다.

그래도 일단은 만졌다.

다행히 당장은 아무런 효과가 일어나진 않았다.

"저기 이건 내가 가져가서 천천히 사용해 볼까 하는데."

"뜻하시는 바가 그러시다면, 알겠습니다. 대신, 능력이 발현되면 그 능력에 관해 알려는 주셔야 합니다?"

"그러지."

충분히 얻을 걸 얻었다고 여긴 나는 레이나에게 물었다.

"아, 그런데 말이야. 귀물 능력자들 중에 영혼을 분리시킬 수 있는 자가 있다고 들었던 것 같은데. 정말인가?"

"네, 맞아요. 현재 구마 의식과 관련해서 전담하고 있죠. 악령 퇴치에 관해선 그보다 뛰어난 사람도 없고요."

"그럼 영혼을 분리한다는 게 아니라, 영혼을 퇴치한다는 건가?"

"아뇨. 분리도 가능하다고 들었어요."

"그래……. 그럼 혹시 영혼을 다른 육체에 빙의시키는 것은?"

"그런 게 가능하다는 것은 듣지 못하였는데……. 아무래도 그건 당사자와 직접 얘기를 나눠 봐야 하지 않을까요?"

"그렇군."

"어떻게…… 연결해 드릴까요?"

"아냐. 나중에. 기회가 되면 한 번 보도록 하지."

최소현은 잠시 연습장이란 곳에서 반지의 효능을 살펴보고 있었다.

어떻게 사용하는지 그 효능을 알아야 위급할 때 제대로 사용할 수 있어서다.

그래서 밖에서 지켜보고 있는데, 케라가 물어왔다.

-최강아, 혹시 우리를 떼어 낼 수 있는지, 그걸 알고 싶었던 것이냐?

뭔가 목소리가 심각하다.

나는 그가 서운해 하고 있는 걸 느꼈다.

"아뇨, 그런 게 아닙니다. 오해는 말아 주세요.

-그게 아니면?

"혹시라도 회생 불가능한 젊은 몸을 구할 수 있다면, 두 분께 새로운 삶을 드릴 수 있지 않을까, 그런 생각을 해 봤습니다."

나는 나의 솔직한 생각을 말했다.

"저희가 언제까지 이렇게 지낼 수는 없는 거잖아요. 그렇다고

제 몸에서 떨어질 경우, 그냥 구천을 떠도는 귀신으로 있으면 그게 다 무슨 소용입니까? 그래서 이왕 새로운 세상으로 오신 거, 또 다른 삶을 살아 보시는 게 어떤가, 그런 제안을 드리려고 했던 겁니다."

제라로바가 감격하여 말했다.

-녀석, 기특한 생각을 했구나.

"그리고 만약, 우리가 서로 다른 몸을 지니게 되면, 어떤 일이 건 못할 게 없지 않을까도 생각해 봤고요."

-그렇지! 우리가 힘을 합하면 누가 있어 우리에게 대항할까!

그런데 제라로바가 의미 있는 말을 해 왔다.

-하지만 네가 4단계의 마법만 사용할 줄 안다면, 굳이 영혼을 분리할 수 있는 자가 아니더라도 우리의 분리는 가능할 거다.

"정말요?"

-내가 그 보석을 네게 왜 얻으라고 했겠느냐? 그 보석의 마력을 이용하면 어쩌면, 4단계 마법을 쓸 수 있을지도 모른다. 마력만 충분하다면 분리는 물론, 다른 육체로의 빙의 또한 가능할 것이야.

"하핫, 그것도 좋은 일이네요. 저는 또 지팡이에 박아 넣을 보석이 필요한 건가 생각했지 뭡니까."

-뭐…… 그 이유도 살짝 포함이 되긴 하겠지만…….

뭐야, 설마 했던 게 진짜였어?

하여간 이 할아버지, 은근히 욕심이 많다.

"후훗."

그렇게 두 사람과 대화를 하는데, 연습실에서 갑자기 최소현이 사라졌다.

"음? 뭐야. 소현 씨가 어딜 갔지?"

그런데 바로 그때, 갑자기 온몸을 뭔가가 감는가 싶더니 두 팔이 몸에 착 달라붙었다.

"엇!"

뭔가가 조여 올 찰나 나도 모르게 본능적으로 카우라로 두르긴 했지만, 풀려나려 힘을 줘도 쉽지가 않았다.

그런데 유리로 비친 최소현이 웃고 있었다.

"호호! 어때요? 못 벗어나겠죠?"

"깜짝이야. 소현 씨가 한 거였어요?"

최소현은 유리로만 비춰 보이지, 눈앞으로는 보이질 않았다.

대체 저 거울 능력의 약점은 무엇일까?

무척 궁금해지기는 하지만, 그걸 아는 사람이 많아서야 좋을 게 없다.

"좀 답답한데. 이제 그만 풀어 줄래요?"

"안 돼요. 이것도 실험이란 말이에요. 그러니까 전력을 다해서 빠져나와 봐요."

"그러다가 실이 끊어지기라도 하면 어쩌려고요?"

"이 반지의 실 말이에요. 마음먹은 대로 쭉쭉 길어지는 거 있죠. 그래서 끊어져도 상관없을 것 같긴 해요. 그래도 이 실의

견고함이 어느 정도나 될지 궁금하긴 하잖아요?"

"그래서 나보고 끊어 봐라?"

"네."

"후……. 잘못되어도 난 모릅니다."

난 전신으로 카우라를 강하게 흘려보냈다.

카우라에는 무엇이든 깨뜨리는 파사의 힘이 포함되어 있다.

그래서 충분히 풀어낼 수 있다고 여기며 힘을 주어 보았다.

"으음!"

그런데 어찌 된 건지 살짝 벌어지긴 하는데, 끊어지진 않았다.

"끄으응……."

한 가닥이면 어떻게 해 보겠는데, 수십 가닥으로 칭칭 감아 놓으니 도저히 빠져나갈 수가 없었다.

"와, 이거 못하겠는데요?"

"정말요? 우와! 최강 씨조차도 안 된다고요?"

그녀는 내가 못하겠다고 하니 더 즐거운 모양이다.

"이제 그만 풀어 주죠?"

"알겠어요."

곧 풀려나긴 했지만, 저 거울 능력과 반지가 뿜어내는 실.

생각해 보니 정말 위험한 능력이지 싶다.

최소현이 나를 묶으려고만 했으니 괜찮았지, 만약 베려고 했다면 어쩌면 이미 내 몸은 수십 조각이 되었을지도 몰랐다.

물론, 검에 카우라를 씌운다면 벨 수는 있겠지만, 눈에도 잘 안 보일 만큼 가늘어서 적이 된다면 정말 성가시지 않을까 싶었다.

"으차."

최소현은 유리를 만진 채로 순식간에 나타났다.

그리고 웃으며 다가왔다.

"나 여길 오기를 진짜 잘한 것 같아요. 이런 능력을 두 개씩이나 얻고. 진짜 너무 좋아요."

"즐겁다니 다행이네요. 그렇지만 방금 전처럼 몰래 그런 짓하면, 저 정말 미워할 겁니다."

"윽! 미안해요. 다신 안 그럴게요."

"훗, 이제 그만 올라가죠."

"네."

나는 올라가면서 물었다.

"근데 그 실 말입니다. 원하는 의지대로 베어 내고 결박하고가 가능한 건가요?"

"네. 진짜 신기하죠? 좀 강한 의지를 전달해야 그렇게 되는 것 같긴 한데요, 제가 원하는 흐름과 결대로 빠르게 날아가기도하고, 생각하는 대로 묶기도 하는 것 같아요."

"어떻게 보면 제가 쓰는 반지와도 비슷하네요."

"저는 최강 씨의 빛 반지 능력이 더 좋은 것 같던데. 언제든 마음대로 원하는 모양대로 변하잖아요."

"대신 소현 씨처럼 날카로움은 없죠. 막고 치는 건 가능해도, 베는 능력은 없으니까."

이리저리 몸에 둘러도 주인의 몸은 베지 않고 주변의 모든 걸 벨 수도 있다고 하니, 붙잡혔을 때도 도망치기에는 참 좋겠다는 생각도 들었다.

근데 거울 능력을 지닌 그녀가 과연 잡히기나 할까?

물론, 그런 일은 생겨서도 안 되겠지만, 앞으로는 생길 것 같지도 않아서 안심이 되기는 했다.

나는 프랑스와 여러 유럽 나라들을 돌며 모든 유럽지부 원로위원들을 굴복시켰다.

제이슨은 그들의 도움을 받아 발라스 내에 존재하는 다크 웨이브를 추적하고 잡아낼 수 있었으며, 그들이 하는 일을 전해들은 다크 웨이브가 스스로 모습을 감추거나 도망치기도 했다.

그로서 발라스 내에 숨어든 벌레 잡기는 물론, 발라스의 장악까지 완전히 이뤄낼 수 있었다.

"드디어 한국이네요. 아~ 좋다."

"그러게요. 복잡한 일도 끝냈겠다, 당분간은 좀 쉴 수 있겠어요."

"근데요. 독일에서의 일을 제외하고는 다크 웨이브가 너무 조용하지 않았어요?"

"그렇기는 해요. 하지만 그들도 충분히 깨닫지 않았을까요? 그만큼이나 당했으면?"

"치, 좀 나타나 주지. 기껏 좋은 능력도 얻었는데."

"어, 그 힘, 그렇게 남용하라고 준 거 아닙니다. 소현 씨가 스스로를 잘 지키라고 준 거라고요."

"그건 저도 알지만, 자주 써 봐야 능률도 오를 거 아니에요."

나는 그녀에게 여러 가지 충고를 해 주었다.

"다른 건 몰라도, 절대로 카메라에 잡혀선 안 돼요. 방송에도 나와선 안 된다는 거 잊지 말고요. 알았죠?"

"네, 그 부분은 정말 조심할게요."

"어쩔 수 없는 상황에서는 별수 없지만, 그래도 조심해야 합니다. 세상에 알려지면 정말 큰 혼란이 올 테니까요."

"어어~ 자꾸 잔소리할 거예요?"

"훗, 지겨웠어요?"

"네, 조금요. 같은 말도 여러 번 들으면 힘들다고요."

"알았어요. 그럼 여기까지만 할게요."

어련히 알아서 할까.

그녀가 어린아이도 아니고, 믿도록 하자.

* * *

1장로 윌리엄은 사실상 장로파 조율자 조직의 우두머리나 진배없었다.

그는 얼마 전, 최강을 쫓다가 놓쳤다는 말에 크게 진노했었다.

그렇지만 바로 오늘!

드디어 좋은 소식이 날아들었다.

"장로님, 최강 그자가 다시 한국에 나타났다고 합니다."

"그래?"

그는 고개를 끄덕이며 중얼거렸다.

"이번에야말로 놓쳐서는 안 돼. 당장 장로회의를 알리고, 선정된 헌터들을 불러모으게!"

"네!"

윌리엄의 주도하에 열린 장로회의에선 모두가 만장일치로 헌터들을 한국으로 보내는 것에 찬성했다.

"그럼 모두가 동의하는 바, 최강 그자를 이번에야말로 쓰러뜨립시다."

하지만 윌리엄은 그들만으로는 불안함이 없지 않아 있었다.

최강은 시간을 다루는 제블런을 죽인 것은 물론, 수많은 레드 등급의 헌터들을 단숨에 도륙한 존재이다.

하여 제대로 한 방을 날려 줄 누군가를 섭외하기로 했다.

그리고 어렵게 연락이 닿아 그와의 약속을 잡아낼 수가 있었다.

"어서 오게, 케리나 양. 자네와 만나는 이날을 얼마나 고대했는지 모르네."

케리나.

세 명의 골드 헌터 중 하나로, 돌의 여신이란 악명을 떨치는 여인이다.

그녀의 능력은 악명과 마찬가지로, 쳐다보는 것만으로 상대를 돌로 만드는 거였다.

단 한 번 시선을 쏠어 보는 것만으로도 수십 명을 동시에 돌로 변하게도 할 수 있는 그녀는, 다크 웨이브에서도 치를 떠는 존재였다.

하지만 그녀는 그의 떠받드는 행동이 마음에 안 드는지 불편한 표정을 지었다.

"그래서, 나를 부른 이유가 뭐지?"

"그야 자네 같은 중요한 존재를 놓치고 싶지 않은 때문이 아니겠나?"

"듣기 불편한 소리 그만하고, 본론으로 넘어가지? 할 말 없으면 그만 가고."

성격 급한 그녀의 행동에 윌리엄은 쩔쩔맸다.

"자, 잠깐만……! 말하지. 말함세!"

"대충 짐작 가기는 하지만, 그래도 하도 만나 달라고 해서 온 거야. 이런 자리에 오는 것조차도 제이슨에겐 미안해지려고 하니까 할 말 있으면 빨리 하도록 해."

윌리엄은 그녀의 건방진 태도에 불쾌한 게 사실이다.

그렇지만 꾹 참았다.

'눈앞에 있는 여자는 제블런, 조르센과 함께 천 년을 넘게 살아온 존재이다. 자신들의 내력을 한 번도 공개한 적은 없으나, 먼 옛날부터 우리 조율자와 함께해 왔어. 만약 케리나만 설득할

수 있다면 최강을 해치우는 건 훨씬 쉬워질 것이야⋯⋯!'

그는 가슴을 진정시키고 머리를 청량하게 만들며 말했다.

"자네는 우리 조율자가 이리 찢어진 것을 어찌 생각하는가?"

"그야 불편한 게 사실이지. 서로 자기 고집이 옳다며 찢어져서
는. 어린애도 아니고 이게 뭣들 하는 짓인지. 아주 지켜보기가
짜증이 날 지경이야."

"이 모든 게 최강 그자 때문인 것은 자네도 알 것이네. 하여
나는 부탁하고 싶네. 이번에 보내는 우리 헌터들에게 힘을 보내
주게나! 그자만 없어진다면, 우리 조율자 조직은 다시 하나로
뭉쳐 본래의 조직으로 돌아갈 수 있을 것이야⋯⋯!"

"싫은데."

"뭐⋯⋯?"

케리나가 윌리엄을 무표정한 얼굴로 쏘아봤다.

"내가 정말 짜증 나는 건 너희거든. 언제부터 전통이며 규율
따위를 꺼내 들더니, 아주 고집만 세져서는 짜증 나는 소리만
골라서 한다니까."

"이보게, 케리나?"

"몇 번이나 그자한테 헌터를 보냈는데 그자가 번번이 살려 보내
줬다며? 그쪽에선 대화로 하자고 했는데도 또 죽이려고 헌터를
보냈다지? 그것도 제블런까지 떠밀어서?"

"그건⋯⋯!"

"제이슨이 그를 우리 편으로 끌어들여서 협력 관계로 둬 보자고

했는데도 묵살했다며? 그러니까 당신들이 틀렸다는 거야. 조직이 당한 이유를 몰라? 당신이 당해 봐, 누구인들 화가 안 나겠냐고?!"

"자네 지금 그자를 옹호하는 겐가?"

"로드로서 지도자로 세웠으면 그가 운영할 수 있도록 밀어주지는 못할망정, 뒤에서 고집만 부리고서 조종이나 할 생각이나 하고, 그러고도 당신들이 장로야? 장로는 무슨······! 이런 장로들이면 차라리 없는 게 나아!"

"자네, 말이면 다인 줄 아는가······!"

케리나가 매서운 눈빛을 만들었다.

"확 다 돌로 만들어 버릴까 싶은 걸 겨우 참고 있는 줄이나 알아. 그나마 당신들이 젊었을 땐 이 조직에 기여한 바가 많아서 참는 거야. 알았어?!"

"끄응."

케리나가 속만 부글부글 끓이는 윌리엄을 앞에 두고 자리에서 일어났다.

"혹시나 싶어서 와 봤는데, 역시나 변한 게 없네. 다른 소리라도 하면 중재자 역할이나 할까 했더니. 쯧쯧, 틀려먹었어, 이것들은."

스쳐 지나가는 그녀에게 윌리엄이 소리쳤다.

"자네는 정말 그것을 원하는가! 그자는 자네가 오래도록 알고 지낸 제블런을 죽인 자야! 헌터들도 수없이 죽였다고! 한데 그런 자의 밑으로 굴복하여 들어가는 게 정말 자네 뜻인 겐가?!"

케리나가 확 돌아 다가오더니 그의 멱살을 쥐었다.

"커윽!"

"내 말 똑바로 들어, 이 노인네야. 그러게 너보다 힘 있는 자인지 아닌지 그것부터 재보고 덤볐어야지. 지들이 먼저 죽이려다가 도리어 죽임을 당했으면서 어디서 핑계야? 그들의 희생? 그게 다 당신 때문인 거잖아! 아냐?!"

케리나가 그를 밀쳐 넘어뜨렸다.

철퍼덕.

"어흑!"

"그리고 무엇보다, 난 제이슨의 판단을 믿어. 지금의 제이슨은 역대 그 어떤 로드들보다도 현명한 지도자감이거든. 가치도 없는 자존심이나 내세우는 당신들에 비하면 백배 나아."

케리나는 그 말을 남기고는 사라져 버렸다.

불렀다가 오히려 모욕만 잔뜩 당한 윌리엄은 울분을 참을 수가 없었다.

"으으…… 케리나! 너희가 실수했다는 걸, 조만간 깨닫게 될 것이다! 두고 봐라! 곧 우리에게 먼저 손을 내밀게 될 테니……!"

* * *

발라스의 유럽지부에선 좋은 소식이 날아들었다.

"어, 그래. 회주로 당선되었다니, 잘되었어."

루카스는 나와 통화를 주고받는 것만도 감격스러운지 그의 그런 감정이 그대로 전달되어 왔다.

"가족들에게도 더는 하는 일을 숨기지 않아도 될 거야. 앞으로는 깨끗하고 사람에게 이로운 일들만 하게 될 테니까."

'네, 미카엘 님.'

"아니. 그 이름은 부르지 말고. 지금은 이 몸의 주인인 최강이라고 불렀으면 좋겠군."

'알겠습니다. 최강 님.'

전화를 끊은 나는 드디어 한 시름 놓은 기분이었다.

미국으로 날아가서는, 다른 차원의 악마와 조우할 줄은 꿈에도 몰랐다.

거기에 다니면서 다크 웨이브의 공격까지.

생각 외로 많은 일이 있었다.

"발라스의 장악은 이걸로 끝. 근데 뭔가 혹이 하나 더 붙은 기분이랄까……."

-다크 웨이브. 그놈들의 처리는 발라스의 장악보다 더 골치 아플 것 같구나.

케라의 말이 맞다.

"그렇죠? 그놈들은 뭔가 제가 상상할 수 없는 이상한 능력을 쓰는 것 같았으니까요."

이번엔 제라로바가 말했다.

-희생과 동반된 마법에는 무서운 것들이 많은 법이다. 어둠 쪽 계열의 마법사들이 그래서 무서운 것이지.

"할아버지께선 그쪽 마법에 대해선 잘 모르시는 건가요?"

-그딴 사악한 마법을 이 내가 연구할 리 없지 않겠느냐? 나라의 보호를 받고 세상 사람들의 추앙을 받던 나인데.

"하긴……."

빛과 어둠의 마법사가 있다면, 제라로바는 빛의 마법사 쪽이었다는 것이다.

물론, 빛의 마법사라고 해서 무조건 선한 것은 아니겠지만.

그런데 둘과 대화를 하고, 이런저런 생각에 잠겨 있는데 노크 소리가 들려 왔다.

똑똑똑.

"네, 들어오세요."

밖에서 최소현이 노크를 하며 들어온 거였다.

"헤헷."

뭘까 저 미소는.

요즘은 저런 미소를 보면 왠지 살짝 부담을 느낀다.

"무슨 할 말이라도 있어요?"

"치, 내가 무슨 할 말이 있어야 찾아오는 사람인가?"

"훗, 그런 건 아니고. 나야 얼굴 마주 보고 있으면 늘 좋죠."

그녀와 소파에 마주 앉는데, 그녀가 안경집을 내밀었다.

"자요, 이거. 돌려줄게요."

"아, 마경. 이걸 소현 씨가 가지고 있었지."

그녀는 뭐가 그렇게 기분이 좋은지 내게 말해 왔다.

"잠깐 그거 끼고서 저 좀 봐 줄래요?"

"왜요?"

"얼른요~!"

무슨 이유에선지는 모르지만, 저리 말하는데 안 할 수가 없다.

해서 나는 마경을 꺼내 쓰고는 최소현을 봐 주었다.

"어때요?"

그녀의 몸은 노란빛에서 겉으로 붉은빛이 감도는 모습으로 보였다.

"이제 나도 붉게 보이죠! 그죠?!"

"하핫, 그러네요. 역시 귀물을 얻고 나니까 등급이 확 올라갔네요."

"그래도 최강 씨에 비하면 한참 멀었지만."

"나도 같은 붉은색이라면서요?"

"붉은빛은 살짝 느낌뿐이고, 그 빛이 너무 진하다 못해 하얗게 보일 지경인 걸요. 꼭 태양을 보는 느낌? 거기다가 이상한 다른 사람들까지 겹쳐 보이는데, 정말로 계속 보다간 마경이 망가지는 게 아닐까 싶긴 하더라고요. 더 이상 측정을 감당하지 못해서."

"하하, 그랬군요."

아무튼 최소현이 마경을 되돌려주니 다행이기는 하다.

그녀가 이걸로 나를 자꾸 관찰하다 보면 어쩌면 내 안에 다른 둘의 존재가 더 있다는 걸 알아차릴 수도 있어서다.

"점심시간도 다 되어 가는데, 식사나 하러 갈까요?"

"그래요! 근데 오늘 메뉴는 뭐예요?"

그러자 머리에서 강한 외침이 들려왔다.

-튀김!

이럴 때 원하는 것을 안 들어주면 또 한동안 성격이 틀어지는 게 제라로바다.

"튀김…… 괜찮을까요?"

"그러고 보면 튀김류 엄청 좋아해."

"하하, 그러게요…….."

나도 이젠 물릴 지경인 걸 좀 알아 줬으면 좋겠다.

이런 문제 때문에라도 이 두 사람을 서둘러 떼어 내고 싶은데.

특히 애정 행위에 관련해서는 정말 많이 부끄럽다.

육체적인 느낌과 일부 감정을 공유하기도 해서 그걸 생각하면 더 질색하게 된다.

그녀를 만지는 느낌을 저들도 함께 느끼고 있다는 것이 되니까.

그렇게 바로 일어난 우리는 밖으로 나왔다.

그런데 최소현이 물어왔다.

"근데 마경은 왜 쓰고 나왔어요?"

"네?"

아차.

안경이라는 게 이렇다.

쓰고 있다 보면 익숙해져서는 쓰고 있는 걸 모르게 되는 때가 있다.

그래서 눈을 긁거나 비비려고 할 때, 안경 유리를 손으로 만지게 되는 일이 종종 생긴다.

"쓰고 있는 걸 깜빡했네요."

"뭐, 안경을 쓴 모습도 꽤 잘 어울리고 해서. 나쁘진 않네요."

"훗, 그런가요?"

그런데 그렇게 웃으며 길을 지나는데 곳곳으로 밝은 빛들이 종종 보였다.

초록빛과 노란빛이 길 건너편에서, 그리고 길모퉁이에서 보이고 있는 거였다.

심지어 육교에서도.

"음……."

나의 침음에서 느꼈는지, 케라가 말해왔다.

-적이구나. 너를 노리는 것 같다.

나도 안다.

그렇지 않고서야 내 주변에 이렇게 포진되어 있을 리 없다.

마경은 이곳 세상의 것이 아닌 힘들을 감지하는 바.

귀물이나 다른 차원의 능력을 지닌 자들일 건 두말할 것도 없었다.

빙의로
최강요원

2. 같이 싸우도록 해요

빙의로
최강요원

우리의 이동에 따라 저들도 따라붙었다.

여기서 나는 고민을 했다.

점심을 먹고 상대할까, 먹기 전에 상대할까?

마경이 색으로 등급을 판단한다고 하니, 저들이 나에 비해 등급이 낮다는 건 알겠다.

하지만 작은 힘도 합치면 큰 힘이 된다.

그래서 자만하거나 우습게 보진 않고 있다.

그럼 이 여유는 뭐냐고?

그건 저들의 행동 때문이다.

'다크 웨이브 쪽은 아닌 것 같은데.'

호텔 사건에서 알 수 있듯, 그놈들은 주변 이들이 어찌 되건 상관치 않는 것 같았다.

호텔의 투숙객과 직원들을 모두 희생시킨 만큼, 타인의 피해를 신경 쓰지 않는다는 거다.

하지만 조율자는 다르다.

그들은 타인의 생명을 중시하고, 자신들이 하는 일에 있어 다른 이들이 피해를 입는 걸 극도로 조심한다.

그런 정황으로 보아, 저들의 정체를 알 것 같았다.

'장로들 쪽 헌터들이군. 마지막 발악이려나. 훗.'

그렇다면 식사를 하고 난 후에 최소현을 돌려보내고 상대해도 되겠다는 결론이었다.

그런데 어디선가 날카로운 공기를 가르는 싸한 기분이 느껴졌다.

"음!"

나는 얼른 최소현을 잡아당겨서는 몸을 틀었다.

팟! 팟! 팟!

바닥으로 박혀 드는 세 개의 총알 구멍.

최소현이 눈을 크게 뜨며 놀랐지만, 그걸 본 것만으로 이미 상황 파악은 된 모양이다.

"자리를 피해야 할 것 같네요."

"네."

우리가 달림에 따라 총알은 계속해서 날아들었다.

유리가 깨지고, 주변 기물들이 잔뜩 부서졌다.

그제야 사람들도 어디선가 총알이 날아든다는 걸 깨닫고 소란이 일어나기 시작했다.

"꺄아아아악-!"

"뭐야! 누가 어디서 쏘는 거야?!"

"어서 피하지 않고 뭐해! 이러다가 죽어!"

사람들과 뒤섞이고 난 후부터는 총알이 더는 날아들지 않았다.

그사이 총에 소음기를 낀 나는 조금 전 총알이 날아들었던 방향을 유추하여 살폈다.

카우라까지 끌어올리니 몇 개의 옥상 위에 있는 저격수 몇이 눈에 보인다.

즉, 이들은 내가 있는 위치를 정확히 알고서 기습할 시기를 기다렸다는 게 된다.

"이것들이……!"

나는 즉시 총을 쐈다.

피융! 피융! 피융!

정확히 조준할 필요는 없었다.

어차피 나의 총알에는 마법 문양들이 새겨져 있다.

내가 뜻하는 대로 잘 날아갈 것이라는 게 된다.

물론, 거리가 너무 멀면 한계는 있었지만, 저격해 온 거리가 그리 멀진 않아 충분히 맞을 수 있을 것 같았다.

다행히 맞은 건지 더는 조종할 무언가가 느껴지질 않았다.

옥상 위의 저격수들도 쓰러진 건지 보이질 않았다.

"소현 씨, 저쪽으로!"

하지만 어디에 또 다른 저격수가 배치되어 있을지 모르기에 우린 일단 한 빌딩의 지하주차장으로 달려 내려갔다.

최소현은 그제야 숨을 몰아쉬며 물어왔다.

"뭐죠? 누가 우릴 노리고 있는 거예요?"

"조율자 조직의 장로파로 추정했는데, 아무래도 잘못 생각을……."

가만.

혹시 이거?

나는 그제야 몰이를 당했다는 걸 깨달았다.

"아……. 그렇군. 그런 거였어……."

"뭐가요?"

"우리 지금 사람이 없는 지하주차장에 들어와 있잖아요. 있어봐야 몇 명……. 거기에 소란이 일어나면 금방 피하겠죠."

"그런데요?"

"다른 사람에게 피해가 없을 여기로 몰이를 당한 겁니다. 즉, 저들은 처음 예상한 대로 조율자 조직의 장로파 쪽에서 보낸 자들이란 거겠죠."

"혹시 마경으로도 보였던 거예요?"

"네."

그녀가 황당해하는 표정으로 물어왔다.

"근데 왜 말을 안 했어요?"

"사람이 많은 곳에선 공격하지 않을 줄 알고 식사를 마친 후에 소현 씨를 돌려보내고 상대하려고 했죠."

"허……! 치사해!"

"으익! 네?"

"왜 나는 빼놓고? 진짜 혼자서만 그러고 싶어요?"

대화가 어째 이상하게 흘러간다.

이건 꼭 엄청 맛있는 걸 앞두고서 나 혼자 먹으려고 했을 경우에 나오는, 그런 말인 거 아닌가?

"난 그래도 소현 씨 안전을 생각해서……."

"나도 싸울 수 있거든요! 싸우고 싶거든요! 그러니까 나 빼고서 일을 벌일 생각일랑 말아요."

이게 이렇게나 화를 내고 흥분한 일인가.

"알았어요. 같이 싸우도록 해요, 그럼."

그녀가 팔짱을 끼고서는 주변을 둘러봤다.

"그러니까 우리가 몰이를 당했다는 거잖아요. 저들이 싸우기 편한 장소로."

"네."

"호홋, 그럼 이제 곧 귀물을 가진 헌터들이 들이닥칠 거라는 거네요?"

"그렇겠죠."

"뭐 하고 있어요, 그럼 손님 맞을 준비를 해야지."

공격당하는 입장인데.

묘하게 신이 나 있다.

귀물의 능력을 얻은 후에 그렇게나 그 힘을 써 보고 싶어 하더니.

아주 물 만난 고기가 따로 없다.

"그럼 잘 숨어 있다가, 놈들이 들어오면 틈을 노려 줘요."

"근데요. 혹시 저들을 해쳐야 하는 건가요?"

"방금 전에 그 총알을 못 피했으면 우리가 어떻게 되었을 것 같은데요?"

"아……."

"눈에는 눈."

"이에는 이겠죠."

"이제는 봐줄 이유조차 하나도 없는 적일 뿐입니다."

"알겠어요. 무슨 말인지."

장로파는 어차피 전부 제거하려고 했던 자들이다.

제이슨에게서 전해 듣기로 나를 죽이고자 끝까지 고집을 피운 자도 그들이라고 하지 않았던가.

거기다가 그 뜻을 굽히지 않고 여전히 유지 중이다.

더는 용서할 이유도, 봐줄 필요도 없었다.

아직 이들이 장로파인지, 다크 웨이브인지는 확실하지 않지만, 그 어디의 집단이건 없애야 하는 이들인 건 달라지지 않았다.

스륵.

나는 투명 마법으로 모습을 감췄다.

그 사이 최소현도 거울 속으로 파고들었다.

곳곳이 온통 자동차 미러에 유리들이다.

거기에 천장으로는 곳곳을 비추는 반사경까지.

이곳 주차장 안에서 최소현이 못 갈 곳은 그 어디에도 없었다.

* * *

두 사람이 모습을 감춘 주차장으로 긴 그림자 하나가 밀려들어 왔다.

그림자 위로는 아무것도 존재치 않았다.

그저 옅은 그림자만 서서히 뻗어 들어와 주차장으로 번져 가고 있었다.

"놈들이 어디에 있는지 보이지가 않아."

"건물 입구 쪽으로는 다른 팀이 갔어. 연락이 없는 걸 보면 아직 여기에 있는 게 분명해."

여기저기서 속삭이는 소리가 계속해서 이어졌다.

최강은 기둥 뒤로 숨어 주변을 둘러봤다.

그는 이게 뭘까 싶다.

"들어오는 건 전혀 보지 못했는데."

"근데 누군가가 들어와 있는 것 같기는 해요."

깜짝 놀란 최강은 거울을 보았다.

최소현이 자신의 뒤에서 주변을 둘러보는 게 보였다.

"언제 여기로 왔어요? 내가 여기에 있는 건 어떻게 알았고?"

"저는 비춰지는 어디든 여러 곳에 존재할 수 있거든요. 근데 딱 여기서 목소리가 들려오지 뭐예요."

"모르는 사람이 그 능력과 마주했으면, 정말 무서워했을 것 같네요."

"호호, 그러게요. 귀신이라고 해도 믿을 거예요. 그죠?"

그렇게 웃던 그녀가 고개를 들었다.

"어머, 근데 저 그림자들은 뭐래?"

"왜요, 뭐가 좀 보여요?"

"다른 쪽 차 유리로 뭔가가 보여요. 그림자가요."

"그림자?"

"보니까 곳곳에 형체가 없는 그림자가 있어요. 거기서 말소리도 들려오고 있고요."

"그림자에서 말소리가…… 신기하긴 하네요."

"잠깐만요. 뭐 좀 해 볼게요."

최소현은 최강이 보는 유리에서 사라졌다.

잠시 후, 그녀는 길어지는 그림자의 바로 옆 차 유리에서 나타났다.

사라락-!

유리 속에서 한 줄기의 실이 하늘거린다.

그 실은 약간의 탄력을 지니는가 싶더니 하나의 채찍이 되어 그림자를 때렸다.

물론, 그것은 유리 속에서 이뤄지는 광경이었다.

"커억!"

그런데 그림자에서 피가 튀며 새어 올라왔다.

"뭐야……!"

갑자기 그림자에서 두 사람이 쑥 하고 올라와 형체를 드러냈다.

그러나 한 사람은 멀쩡하지가 않았다.

두 다리가 잘려서는 고통에 숨이 넘어가려 했다.

"꺼으으으으윽!"

곧 다른 그림자들이 빠르게 그곳으로 좁혀들며 그곳으로 모였다.

그리고 그림자 속에서 여러 명의 다른 사람들이 나타났다.

"무슨 일이야!"

"나도 몰라. 갑자기 이렇게 됐어!"

그림자 속에서 모두가 나타나자, 그들 모두를 감춰 주었던 그림자가 한곳으로 모여들었다.

검게 올라오는 그것은 점차 사람의 형체를 만들어 갔다.

"누가 공격하는지도 보지 못했다는 거야?"

팔을 다친 그림자 능력자는 무척 심각해진 얼굴로 주변을 둘러봤다.

보통은 알아차리기도 전에 들키거나 당해 왔었다.

그림자 능력은 이러한 은신도 가능하지만, 물리적인 능력도 포함되어 있어 상대를 결박할 수도 있었다.

그렇지만 이번처럼 이런 식으로 공격을 당해 본 적은 처음이었다.

"이놈들, 대체 어디에 있는 거야?"

때마침 그때였다.

그리 멀지 않은 곳에서 목소리가 흘러나왔다.

"너희는 장로들이 보낸 자들인가?"

그때를 놓치지 않고 여자 하나가 장갑 낀 손을 그곳으로 뻗어 냈다.

각각의 손톱에서 날카로운 손톱이 쏘아져서는 승합차의 문을 꿰뚫었다.

파밧! 팟!

그러나 소리는 다른 곳에서 다시 들려오고 있었다.

"그들을 따른다면, 너희에게 남은 건 죽음뿐이야."

"어디야! 숨어 있지만 말고 나와!"

그 외침이 마저 끝나기도 전에 최강이 그들의 중심에 나타났다.

스걱!

그는 칼을 휘둘렀고, 장갑 낀 여자의 장갑이 허공으로 날아올랐다.

정확히 말하면 장갑을 낀 상태의 손목이 잘려 허공으로 떠올랐다고 하는 게 맞을 것이다.

팟!

스르륵!

최강은 재빠르게 그녀의 장갑을 회수하고는 또 다시 감쪽같이 사라졌다.

불길에 휩싸인 손이 동시에 그를 덮쳤지만, 이미 자리를 옮긴 후인지 그 손에는 아무것도 잡히지 않았다.

"아아……."

너무도 순식간에 일어난 일에 자신의 손을 바라보던 여자는 뒤늦게 비명을 내질렀다.

"까아아아아악-! 까흐흐흐흑! 끄흐흑!"

그녀는 고통이 심했는지 팔을 잡고 때굴때굴 굴렀다.

"가만히! 테샤를 잡아!"

모두가 그녀를 잡자 방금 전 커다란 불길의 손을 만들었던 자가 그녀의 상처를 불로 지졌다.

치지지지직……!

"까아아아아악-!"

발버둥 치던 테샤는 고통을 견디다 못해 그 자리에서 혼절, 모두는 주변을 경계하며 식은땀을 흘렸다.

"빌어먹을……. 제대로 싸워 보기도 전에 벌써 둘이나 잃다니."

다리를 잘린 자는 이미 과다출혈로 죽고, 테샤는 귀물을 빼앗기고 혼절하고 말았다.

그림자 능력의 사내는 이대로는 안 된다고 여기며 즉시 모두에게 말했다.

"약부터 먹어. 이미 싸움은 시작됐어."

모두는 그 말에 공감했는지 저마다 약을 꺼내어 삼켰다.

유리로 스며들어 있던 최소현은 뭘 하나 지켜보다가 살짝 놀랐다.

그리고 그러한 사실을 최강을 찾아내어 알려 주었다.

"저 사람들, 뭘 먹자마자 몸이 막 변해 가고 있어요."

최강은 이번에는 또 어찌 찾았을까 싶어 물었다.

"제가 보입니까?"

"아뇨. 그런 게 아니라. 잘린 손에서 피가 떨어지고 있잖아요."

그랬다.

최강이 쥐고 있으면 함께 안 보이게 될지는 몰라도, 떨어지는 피는 다시 보이게 되는 것이다.

최소현은 그 핏자국으로 최강의 위치를 알아낸 거였다.

정말이지 곳곳에 눈이 있는 그녀이기에 찾아낼 수 있는 거였다.

"소현 씨의 능력이 저들에게 없는 게 참 다행스럽네요."

"그보다, 탐색전은 이 정도면 충분한 것 같은데. 슬슬 시작할까요?"

"그러죠. 합공합시다."

"네."

저마다 육체적으로 강력한 힘을 얻은 헌터들.

그들은 끓어오르는 힘에 무척 만족한 표정들이다.

그러나 상대의 무서움은 알고 있다.

해서 저마다 자신의 생각을 말했다.

"놈은 모습을 감췄다가도 공격을 해 올 때면 모습을 드러낼 수밖에 없는 것 같다. 그러니 그때를 잘 노려야 해."

"그거 말고도 놀라운 마법을 수없이 많이 가지고 있다고 했어. 그렇지만 장소의 특성상 모든 힘을 발휘하지는 못할 거야."

"그 역시 건물이 무너지는 대형 참사는 바라지 않을 테니까."

그림자 능력자가 말했다.

"내가 놈의 위치를 알 수 있게 해 주지. 너희들은 공격에만 집중해."

그림자 능력자는 다시 지면으로 스며들었다.

짙게 물들이던 그림자는 먹물이 물에 닿으며 흩어지듯 지하 주차장 전체로 빠르게 뻗어 나갔다.

스하하핫……!

동시에 근처에 있던 최강의 표정이 돌처럼 굳어졌다. 그 번짐이 자신의 발아래도 지나갔기 때문이다.

"음!"

그와 동시에 지면에서 수많은 손들이 뻗어 올라와 그의 몸을 옭아맸다.

"여기야!"

최강은 즉시 그림자에 칼을 박아 넣었다.

처엉-!

"크윽!"

칼이 박힌 부분에서 그림자가 사라지고, 넓게 퍼졌다.

그렇지만 신음 소리는 분명 들려왔다.

'공격은 먹혔어. 하지만 치명적이진 않아.'

최강은 그림자 전체를 보며 한 가지를 추정할 수 있었다.

"그림자 중에서도 몸통은 따로 있겠군."

물론, 그 부분은 공격으로부터 안전해야 하기에 가장 먼 곳에 자리해 있을 것이다.

하지만 그런 추정을 이어 갈 겨를이 없었다.

"흐압-!"

이쪽저쪽 허공에 나타난 빛무리를 밟으며 쏘아지는 자가 있었다.

본래는 빛을 형체화할 수 있는 능력을 제외하고는 할 수 있는 게 없는 자였다.

그렇지만 부스터의 복용으로 그는 엄청난 육체적 능력을 보이며 날아들었다.

그가 주먹을 뻗자 빛의 주먹이 거대하게 변하여 날아들었다.

최강은 얼른 칼을 번개같이 휘둘러 잡고 있던 그림자를 베어 내고는 몸을 날렸다.

쿠궁-!

퍼서서석!

벽에 부딪힌 빛의 주먹은 기둥을 단숨에 부수어 버렸다.

하지만 그걸로 끝이 아니다.

최강이 피하는 곳으로 여러 주먹이 쉴 새 없이 날아들었다.

최강은 피하기보단 반지의 능력으로 방어막을 만들었다.

피할 때마다 지하의 피해가 극심해져서다.

쾅! 쾅! 쾅!

날아드는 충격이 있어 살짝 뒤로 밀리긴 했지만 반지의 능력은 그 충격을 능히 견딜 만큼 견고했다.

"역시 쓸 만하군."

그사이 주먹이 불로 변한 사내가 놀라운 힘으로 달려들었다.

"으아아아압……!"

쩌정-!

강력한 충격과 그 충격에서 흘러나오는 화염이 곳곳으로 퍼져 나갔다.

최강은 방어막을 거두고 검을 들고 달려들었다.

한데 불 주먹의 사내가 의외로 그 공격을 잘 막아 냈다.

깡! 깡! 카강!

"호오, 제법인데?"

하지만 고작 몇 번이다.

최강의 칼은 현란하고 빠르게 날아들었고, 이내 불 주먹 사내의 목을 베기 직전까지 닿아있었다.

그러나 그 절체절명의 순간, 뒤에서 날아든 거미줄이 불 주먹 사내를 붙잡으며 뒤로 확 끄집어냈다.

아슬아슬하게 위기를 모면한 불 주먹 사내가 거미줄을 뿜어낸 여자에게 인사를 건넸다.

"고맙다, 비볼리아."

"뭘 이런 걸 가지고. 내가 놈을 못 움직이게 할 테니까 그때를 노려."

"알았어."

그 찰나의 순간, 최강은 엘리베이터 앞의 유리에 비친 최소현을 발견했다.

그리고 유리에 비친 모습은, 최소현의 반지에서 나오는 실이 두 사람을 감싸고 있는 것이었다.

스릇!

그리고 사방으로 흩날리던 실이 그들을 스치고 지나간 그 순간, 그들은 몇 조각이 되어 그대로 허물어지고 있었다.

최소현이 그 순간에 눈을 질끈 감기는 했지만, 이미 각오한 모양인지 냉정한 표정을 짓고는 다른 곳으로 사라지는 모습이었다.

"역시 무서운 능력이라니까. 다가오는 줄도 모르잖아……."

다시 빛으로 여러 형체를 만들어내는 자가 거대한 칼을 만들어 최강을 쓸어왔다.

천장의 전등들이 칼에 쓸려 와르르 터져나갔다.

퍼석! 퍼석!

최강은 있는 힘껏 카우라를 끌어올렸다.

그리고 온 힘을 다해 그 거대한 빛을 마주 쳐 냈다.

콰광-!

파사사삭!

"아니!"

거대한 빛의 검을 부수어 버린 최강은 상대를 향해 번개같이 날아 검을 휘둘렀다.

사내는 빛무리로 방패를 만들며 몇 번 막아 내지만, 최강의 검이 수직으로 내리그어진 순간, 그 방패는 반으로 쪼개졌다.

그리고 지금까지 빛으로 여러 형체를 만들던 자 역시도 그 자리에서 허물어지듯 쓰러지고 있었다.

"이제 반은 처리한 건가?"

최소한의 피해로 빠르게 끝내려고 했지만, 이미 곳곳의 차가 부서지고 건물 기둥까지 무너진 상태다.

최강은 이대로 더 피해를 줬다간 위험하다고 판단했다.

"소현 씨, 여기서 기둥 몇 개 더 부서졌다간 대형 참사가 일어나고 말 겁니다. 위에 있는 건물이 버텨 내질 못할 거예요."

가까운 차의 유리창에 나타난 최소현이 답했다.

"네, 알았어요."

최강은 빛의 마법으로 모조리 관통시킬까 했지만, 그렇게 되면 여기에 있는 차들도 폭발하고 만다.

지하여서 불이 붙어선 안 되기에 불의 원소 마법도 광범위하게 사용할 순 없다.

폭발력이 강한 산소 골렘도 만들 수 없으니 냉기의 화살과 어둠의 힘을 사용해 보기로 했다.

한편, 상대측에선 그제야 최강과 함께 있던 최소현의 존재를 위협으로 느끼고 있었다.

"아까 그 여자도 귀물 사용자였어!"

"근처 어딘가에 숨어 있는 게 분명해! 모두 조심해!"

그림자 능력자도 최소현을 찾느라 혈안이다.

동료 둘을 그처럼 도륙한 존재가 어디에 있는지 필사적으로 곳곳을 돌아다녔다.

"어디냐. 어디에 있는 거야?!"

그러나 전혀 찾을 수 없었다.

그림자를 통해 지면을 밟는 기척을 알아내는 그로서는 최소현의 존재를 발견할 방법이 없었다.

그사이 최강이 만들어 내는 어둠의 괴기스러운 존재가 동료들을 향해 날아들었다.

그들은 지면의 바닥을 뜯어내어 날리고, 얼음벽을 생성시켜 막아 냈다.

그리고 물로 변한 자가 칼을 휘두르며 어둠의 물체들을 소멸 시키기도 했다.

"너만은 반드시 죽인다!"

최강이 물로 변한 자의 칼을 막았다.

그러나 최강의 검에 베였다가 미끄러진 물의 칼은 다시 붙으며 마저 최강을 베고 있었다.

최강은 급하게 몸을 틀어 피하고는 상대의 목을 베어 버렸다.

하지만 그 목은 다시 달라붙어 최강을 공격해 왔다.

"물은 베도 소용이 없다는 건가. 그럼 이건 어때?"

최강은 불의 원소 마법을 최소한으로 끌어올렸다.

그리고 거대한 화염으로 물로 변한 자를 감싸 버렸다.

화르르륵!

최강은 산소와 뒤섞어 더욱 고열로 만들어 갔고, 물로 변한 자는 그 안에서 발버둥 치다가 고통의 비명을 지르며 증발해 버렸다.

"끄아아아악……!"

티링!

남은 거라고는 화염 밑으로 떨어지는 귀걸이뿐.

그것이 귀물이란 걸 안 최강이 천천히 다가가 그것을 챙기는 모습이었다.

한편, 막 계단을 내려온 두 사내가 그러한 광경을 목격하고는 남은 동료들에게 소리쳤다.

"모두 그만해! 더 했다간 건물이 무너질 거야!"

아래의 싸움으로 그 충격이 위로 고스란히 전달되었던 모양이다.

실제로 계단 곳곳은 물론, 1층 벽으로도 금이 잔뜩 가고 있는 상태였다.

그렇지만 어차피 남은 두 사람도 이미 전의를 상실한 상태다.

"힘이 늘어나면 충분히 상대할 줄 알았는데."

"저자는 너무 강해. 이런 힘으로는 도저히 상대할 수가 없어! 게다가 숨어 있는 여자는 보이지도 않는다고!"

그는 너무 빨랐고, 놀랍도록 강했다.

이대로는 도저히 그를 상대할 수 없다는 결론에 다다른 그들은 동시에 계단을 향해 내달렸다.

그렇게 살아남은 넷이 도망치는 듯했다.

그러나 그들은 계단 앞에서 당혹스러움을 느껴야 했다.

"뭐야……!"

"이건……!"

갑자기 뭔가에 걸린 듯 몸을 움직일 수가 없었다.

아무것도 보이지 않아 그들을 더욱 당혹스럽게 만들었다.

하지만 그때, 얼음 능력자가 반사경을 보며 깜짝 놀랐다.

"거, 거울! 거울이야!"

모두가 거울을 보며 그제야 깨달았다.

숨어 있다고 여긴 여자가 무언가 이상한 그물로 자신들을 옭아매고 있다는 사실을.

최소현은 거울 속에서 살짝 주저하다가 말했다.

"당신들이 먼저 시작한 거야. 그러니까 나를 원망하지 마."

옭아매던 실에는 날카로움이 주어졌다.

조금 전처럼 완전히 조각으로 만든 건 아니지만, 충분히 깊게 파고든 실이어서 그들 모두는 온몸이 동시에 베인 것처럼 변하며 쓰러지고 있었다.

털썩. 털썩.

그림자 능력자는 동료들 전원이 당하자 겁을 집어먹었다.

자신 혼자로는 아무것도 할 수 없다고 여긴 그는 그곳을 빠져나가려고 했다.

그렇게 그림자는 빠르게 지하주차장을 빠져나가는 듯했으나, 차 위에서 뛰어내린 최강이 정확히 그림자에 검을 찔러 넣었다.

파앗-!

"꺼어어억!"

서서히 올라오는 그림자는 이미 죽어 버린 시신이 되어 있었다.

잠시 후, 최소현이 모습을 드러내며 다가왔다.

"이제 끝난 것 같죠?"

"덕분에 일이 쉬웠어요. 이대로 더 싸웠다간 지하가 견뎌 내질 못했을 겁니다."

"이제 곧 사람들이 몰려들 거예요. 가죠, 어서."

* * *

그날 저녁.

신정환을 만난 나는 곧장 물었다.

"어떻게 됐습니까?"

"연락을 빨리 준 덕분에 경찰보다 먼저 그 지하주차장에 있던 차들의 블랙박스를 전부 수거할 수 있었어. 건물 내 보안실에서도 자료 전부 지웠고."

"다행이군요."

"근데 이거…… 진짜인 거야?"

나는 그의 표정으로, 그가 이미 그 블랙박스의 영상들을 살펴봤음을 느낄 수 있었다.

"봤군요."

"무슨 일이 있었을까 싶어서 호기심에……."

"혹시 우신의 다른 사람도 본 겁니까?"

"아직. 일단은 나 혼자만 몇 개를 봤을 뿐이야."

"다행이군요. 그럼 전부 소각해 주세요."

그는 한숨을 푹 내쉬었다.

"그야 이미 전부 다 소각했지. 근데 정말 믿기지가 않던데.

대체 이 세상에 너 같은 사람들이 몇이나 있는 거야?"

신기해할 법도 했다.

마법과 신기한 능력으로 싸우는 이들을 보았으니 쉽게 믿기도 어려울 것이다.

"나와 같은 자는 없겠지만, 비슷한 능력을 지닌 이들이야 좀 있죠."

"너 하나도 믿기 힘든 존재라고 생각했는데, 그걸 보니까 정말 이상한 기분이었어. 이 세상이 지금까지 내가 알던 세상이 맞나 싶었거든."

"이 세상에는 없던 힘이어서 그럴 겁니다."

"그게 무슨 소리야?"

"이 세상에는 다른 세상과 연결된 어떤 통로들이 몇 개 있다고 합니다. 그리고 오늘 보신 건, 그 다른 세상에서 흘러든 힘들인 거죠. 자세히 전부 설명해 드릴 순 없지만, 보신 게 있으시니 이 정도 설명은 필요할 것 같아서."

신정환이 걱정하는 건 딱 하나였다.

"혹시 그런 것 때문에 이 세상이 막 멸망하고 그러는 건 아니지?"

"하핫, 네. 그럴 일은 없을 겁니다."

혹시 생기더라도 막을 테지만.

"그럼 다행이고. 하아…… 아무튼, 너하고 같이 일하면 점점 머리가 복잡해져. 오늘만도 내가 뭘 본 건가 싶고."

나는 돌아가고자 자리에서 일어났다.

"전부 이해하고 살려니까 복잡한 거죠. 그냥 있는 그대로를 받아들이면 편할 겁니다."

"그거야 말이 쉽지."

"저는 갑니다~!"

"그래, 가라. 또 무슨 일 있으면 연락하고!"

나는 돌아가며 여러 생각을 하게 되었다.

아무리 생각해도 오늘 있었던 일들 중에 저격수의 등장은 의외여서다.

"조율자가 저격수를 데리고 다닌다는 건 좀 이상한데."

그래, 그들이라고 해서 현대식 무기를 쓰지 말란 법은 없다.

그리고 능력을 다루며 현대식 무기를 쓴다면 위력이 더 올라갈 것도 사실이다.

그렇지만 그들의 지금까지의 방식과는 확실히 달랐다.

"초조함에 따른 결과인 거려나. 후훗."

* * *

정이한은 소식을 듣고 크게 화를 냈다.

"뭐……! 그래서 하나도 못 건졌다는 거야?"

"네, 그렇다고 전달해 왔습니다."

"이런 멍청한 새끼들……! 그럼 그 물건들이 다 어디로 갔다는 건데? 시체라도 뒤져서 가져왔어야지!"

"함께 다니며 그들의 귀물이 무엇인지 파악도 끝냈고, 시체보관실에도 침입하여 살펴도 봤지만 단 하나도 발견할 수 없었다고 합니다."

자리에 앉은 정이한은 한숨을 푹 내쉬었다.

"그렇다는 건, 최강이 그것들까지 전부 수거해 갔다는 건데……."

그는 허탈한 표정으로 변했다.

"하긴, 놈도 조율자와 함께이면 귀물의 중요성은 알 테지. 그냥 내버려 두지 않은 게 당연한 건가."

그는 피해를 조금 보더라도 함께 싸우도록 했어야 했던 게 아닌가 후회가 되었다.

그랬다면 귀물을 챙길 수는 있었을 텐데.

정이한 그가 보고를 해 온 수하에게 물었다.

"당시의 영상, 가지고 있나?"

"놈들이 지하주차장으로 이동하는 바람에, 저격 당시의 영상밖에 획득하지 못했습니다. 그것도 한 사람 것이고요."

"줘 봐."

"네."

태블릿을 전달받은 그가 영상을 재생시켰다.

영상에는 저격이 진행됨과 동시에 최강이 몸을 틀어 피하는 모습이 찍혀 있었다.

정이한은 화면을 멈추며 그 장면을 유심히 살폈다.

"총이 쏘아진 직후에 저렇게 반응할 수 있다고……."

아무리 봐도 이해할 수가 없었다.

"총알은 소리보다 빨라. 소리를 들었다면 이미 총에 맞은 뒤라는 거지. 거기다가 소리를 듣고 사람이 반응을 하기까지는 더 많은 시간이 걸려. 근데 저 움직임은 정말이지……."

본능인가?

놀랍고 대단하다고밖에는 표현할 길이 없다.

그렇지만 저 영상을 토대로 하나는 알 수 있었다.

"어쨌거나 저 녀석한테 웬만한 저격은 소용이 없다는 거로군. 하여간 아주 괴물이 되어 버렸어."

그는 무척 아까웠다.

"크으, 헌터들과의 싸움을 볼 수 있었으면 뭔가 좀 더 많은 정보를 얻을 수 있었을 텐데."

"그 또한 주변 자료를 누군가가 먼저 수거해 간 탓에……."

정이한이 인상을 팍 찌푸렸다.

그는 문을 향해 손가락을 가리켰다.

"알아. 아니까 이제 그만 나가 줄래? 쓰린 가슴 더 후벼 파지 말고. 넌 말이야, 은근히 생긴 게 마음에 안 들어."

"아, 네. 죄송합니다."

근육질의 건장한 사내가 머뭇거리다가 밖으로 나갔다.

그 모습이 살짝 웃겼던 정이한은 잠깐 피식 웃었지만, 금세 그 웃음이 싹 가셨다.

"웃을 때가 아닌데. 후우……."

그러던 그가 멈춰진 영상을 다시 보았다.

그의 시선은 최소현에게로 가 있었다.

"후훗, 둘이 아주 사이가 좋아 보이는군. 그렇게나 챙기더니, 많이 가까워진 모양이야."

자신은 최소현과 티격태격 싸우는 반면, 최강은 잡아 둔 그녀에게 밥까지 먹여 가며 살뜰히도 챙겼었다.

물론, 최소현은 그가 보기에도 꽤나 미인이었다.

하지만 당시는 상황이 피가 마르고 초조한 때여서 전혀 관심이 안 갔던 게 사실이다.

그렇지만 이렇게 보니 또 저런 것 하나까지 부러워진다.

"정말 이렇게까지는 하고 싶지 않았는데. 악당의 입장이 되고 나니까 절로 이런 생각부터 든단 말이지. 최소현 저 여자를 이용해야 한다는 생각이 말이야……."

적을 공격하기에 앞서, 적의 약점을 먼저 파악하고 그것을 공략하는 건 너무도 당연한 이치다.

하지만 그는 몰랐다.

이미 최소현은 그가 아는 그때의 여자가 아니라는 사실을.

* * *

헌터들의 죽음이 당혹스러운 것은 장로과 장로들도 마찬

같이 싸우도록 해요

가지다.

"뭐라⋯⋯! 전부가 다 당했다고!"

"도움을 주었던 골드킹의 저격수들도 전부 당하여 결과를 정확히 알 수조차 없지만, 그 누구도 연락해 오지 않는 거로 보아서는 전멸이⋯⋯ 맞다고 사료됩니다."

"그럴 수가⋯⋯."

윌리엄은 망연자실하여 한동안 말이 없었다.

도저히 여기서 어떻게 나아가야 할지 대책이 떠오르질 않아서다.

그때, 뒤쪽에서 보고를 듣고 있던 골드킹의 관계자가 말을 해왔다.

"저희 마스터께서 말씀을 전하셨습니다. 그런 대대적인 공격보다는 적기를 노린 기습이 더 나을 것이라고요."

"말이 쉽지⋯⋯. 누가 그걸 몰라?"

말인들 누가 못할까.

저처럼 강한 존재에게 어떤 기습이 통할지 그걸 모르겠는데.

"골드 등급의 헌터가 둘 중에 하나만 내 편이었어도 뭐든 해 볼 수 있을 것을⋯⋯! 크윽!"

가만히 얘기를 듣던 골드킹 관계자가 물어왔다.

"혹시 일전에 왔던 그 여자의 귀물을 얻을 수 있으면 해결 방법이 생기는 겁니까?"

윌리엄이 눈에 핏발을 세우며 소리쳤다.

"당치도 않은 소리! 귀물은 **빼앗는다**고 해서 사용할 수 있는 게 아니야! 수십억 명을 가져다 대어도 적합성이 없으면 그 누구도 사용할 수 없는 게 바로 귀물이라고! 하니 혹시라도 그 여자를 도발할 생각일랑은 말게. 아무리 그녀가 우리처럼 다른 이들에게 피해를 안 주려고 한다지만, 그때에는 정말 무서운 모습을 보게 될 테니까."

하지만 윌리엄을 몰랐다.

자신이 내뱉는 말 하나하나가 골드킹에서 얻고자 하는 정보가 된다는 것을.

골드킹의 관계자는 새로운 정보에 만족하며 한걸음 물러났다.

'귀물이란 건 가진다고 해서 사용할 수 있는 게 아니었군.'

그리고 그러한 정보는 빠르게 전달되어 정이한의 귀로 들어갔다.

그는 고민이 늘어난 사람처럼 책상을 손가락으로 똑똑 두드렸다.

"헌터의 힘이 귀물이란 걸 안 이후로, 그것만 얻으면 어떻게든 될 줄 알았더니……. 그런 문제가 있었을 줄이야."

정이한의 앞에 있는 자츠원 청도 씁쓸한 표정을 머금었다.

"귀물만 있어서는 사용할 수가 없다고 하니, 조율자의 힘을 **빼앗는** 것은 생각 외로 쉽지 않을 것 같군요."

"선 아이즈의 보스께선 어찌 보십니까? 그들이 말하는 적합성이라는 것이 대체 뭘까요? 혹시 유전적인 걸까요? 그게 아니면 뭔가 영혼의 교감 같은 그런 것이겠습니까?"

"실험하기 전까진 알 수 없는 거겠지요."

"만약 실험체가 하나 생긴다면?"

자츠원 청은 정이한이 무엇을 생각하는지 짐작이 갔다.

그는 곧 미소를 머금으며 답했다.

"뭔가를 알아보는 그 시작은 되지 않겠습니까?"

"후후, 그럼 하나 잡아다가 놓아야겠군요."

명령은 즉시 이행되었다.

장로파의 구성원을 모두 알고 있는 골드킹이다.

명령을 이행 받은 골드킹의 요원은 귀물을 지닌 여자의 텀블러에 약을 탔다.

그리고 잠시 후, 그녀가 기절한 틈을 타서 사람을 시켜 그녀를 끌고 가도록 했다.

그녀의 행방이 묘연해지자 윌리엄에게 보고가 올라가긴 했다.

"장로님, 도나가 보이질 않습니다."

"뭐? 도나까지? 끄음……."

"최근 이탈자가 점점 늘고 있어서 큰일입니다."

"제이슨에게 간 것이겠지……."

"그런 거로는 변절했다고 잡을 수도 없으니…… 이제 어찌한단 말입니까?"

"놔두게. 마음이 떠난 자는, 더 설득해 봐야 소용이 없는 게야."

그들은 누가 얼마나 넘어갔는지 확인 같은 것조차 할 수가 없었다.

최강을 가운데 두고 있는 한, 둘 사이는 적이나 매한가지였기 때문이다.

도나는 납치를 당한 거였지만 장로파의 사람들은 도나가 스스로 이탈했다고 여기며 더는 찾지 않았다.

"으음! 으으으음······!"

도나가 어딘가의 수술대에 묶여 눈물 섞인 두려움에 떨고 있음에도 그들은 전혀 알지 못했다.

* * *

국가정보원.

나는 원장과 독대하며 대화를 나누었다.

"내가 추적하라고 했던 조율자 조직의 장로들 말이야. 잘 쫓고 있는 게 맞아?"

"변경된 사항은 없는 줄로 압니다."

"그래······."

"왜 그러십니까? 무슨 문제라도 있으신지요?"

"몇몇 처리했다는 보고 이후로 어떤 보고도 안 들어와서."

"그러고 보면 그 이후로 무척 잘 숨어 있기는 합니다. 마치…… 누군가가 도움을 주고 있는 것처럼 말이죠."

나는 원장을 유심히 보았다.

"그렇지? 그들도 여러 나라와 각 나라의 정보부에 사람을 심어 두고 있다는 얘기는 들었지만, 이렇게까지 잘 숨기는 어려울 텐데. 한두 사람도 아니고 말이야."

그가 나를 보며 조용히 말했다.

"추적에 추가 인력을 붙일까요?"

"이 나라에도 현장요원이 장사를 하고, 평범한 가정을 꾸리고 살아가는 것처럼, 유럽도 마찬가지로 운영되고 있지 않나?"

"점조직의 특성은 마찬가지일 겁니다."

"그럼 이쪽 인력이 아니라, 그쪽 사람들을 움직여야 보다 효과적이겠군."

나는 즉시 그에게 명령을 내렸다.

"당장 유럽지부 쪽으로 지금까지 추적해 오던 그들에 대한 정보 전부 공유하도록 해. 그쪽 회주한테는 내가 말해 두도록 하지."

"네…… 알겠습니다."

그런데 나를 보는 원장의 표정이 뭔가 좀 심상치 않았다. 그래서 물었다.

"왜, 무슨 할 말이라도 있어?"

"아, 아뇨……. 아무것도 아닙니다."

"할 말이 있으면 어려워하지 말고 말하도록 해. 나 그렇게 권위적인 사람은 아니니까."

"네……."

"정말 없어?"

"없습니다."

"그래, 그럼. 난 이만 일어나지."

원장실을 나온 나는 묘하게 이상한 기분이 들었다.

"뭔가 궁금해하는 것 같은 표정이었는데……. 사람 참, 싱겁네."

그런데 막 복도를 걷는데 전화가 울렸다.

누군가 해서 보니 최소현이었다.

"네, 접니다. 왜 전화했어요? 그사이에 또 내가 보고 싶어졌나?"

"뭐…… 그런 것도 있긴 한데요, 나 정말 중요한 거 실험해 보고 싶어서요."

"중요한 거?"

"영상통화 할 건데. 사람들 없는 곳으로 좀 가 줄 수 있어요?"

바로 옆이 화장실이었다.

나는 화장실로 들어가 내부에 사람이 없는지 살핀 후에 답했다.

"네, 왔어요. 화장실이에요."

"그럼 영상통화 요청할 테니까 승인해 줘요?"

승인 버튼을 누르자 그녀의 웃는 얼굴이 나왔다.

어쩐지 개구쟁이 같은 표정인 것이 살짝 불안했다.

이럴 때면 꼭 돌발적인 행동을 해 오기 때문이다.

"뭘 하려고 그래요?"

"저 지금 거울에 들어갈 거거든요? 그러니까 내가 보일 수 있도록 거울을 비춰 줘요."

나는 그제야 그녀가 하려는 행동을 알아차릴 수 있었다.

거울에 비치는 어디든 이동이 가능하니, 핸드폰을 이용해서 비추더라도 바로 상대방이 있는 곳으로 이동이 가능한 건지 그걸 알아보려는 거였다.

"여기로 올 수 있나 그걸 보려는 거군요?"

"네!"

그러고 보면 도착해서 시험해본다고 하고선 안 해봤던 것이었다.

"훗, 그래요. 어디 한번 해 봅시다."

정말 그게 될까 싶어 솔직히 나도 호기심은 든다.

그래서 그녀가 하자는 대로 해 주었다.

나는 나도 볼 수 있도록 내 뒤로 거울이 나오게 하며 그녀를 보았다.

"그럼 시작해요?"

"네."

그녀는 핸드폰을 쥔 채로 거울 속으로 들어가고 있었다.

그런데 그 순간, 순식간에 번쩍 하고는 그녀가 화장실 거울을 만진 상태로 내 눈앞에 나타났다.

"어억!"

그녀가 신이 나서는 두 팔을 번쩍 들었다.

"됐다! 꺄하하핫!"

그러고서는 나에게 안겨 오는데 나도 많이 당황스럽고 놀라웠다.

"와……. 이게 정말 되네요. 능력 굉장하네."

"호홍, 이제 이 능력만 있으면 언제든 최강 씨가 있는 곳으로 갈 수 있어요. 엄청 좋죠?"

"하핫, 그러게요……."

"어, 뭐지, 방금 그 표정? 내가 쫓아다니는 게 싫다 이거예요?"

"에이, 그럴 리가. 좋죠, 당연히."

하지만 여기가 남자 화장실이란 걸 잠시 잊은 게 화근이었다.

신재섭 차장이 때마침 화장실을 들어오다가 화들짝 놀라는 거였다.

"아유, 깜짝이야! 뭔가, 최 과장? 최소현 요원? 어허, 이 사람들……! 아무리 그래도 남자 화장실에서 애정행각이라니……!"

"아차……!"

서로 부둥켜안고 있었으니 변명의 여지가 없었다.

"규율위반이야, 이거……! 둘 다, 내일까지 시말서 제출하게!

알았어?!"

잔뜩 민망해진 우린 얼른 몸을 바로 세워 답해야 했다.

"네! 차장님! 죄송합니다!"

원장도 내게 꼼짝 못 하는데, 차장의 말에 시말서를 쓰게 생겼다.

사람 체면이……

이쯤 되니 직책이란 걸 살짝 올려야 하지 않나 하는 고민을 해 본다.

* * *

국가정보원 박도항 원장의 방문을 김종기 대통령이 환한 얼굴로 맞이했다.

"어서 오게, 박 원장. 그래, 요즘 하는 일은 잘되고?"

"늘 보살펴 주시는 덕분에 무탈하게 잘 이끌고 있습니다."

"그럼 다행이고. 자, 앉자고."

둘은 서로를 마주 보았다.

"요즘 정치적으로 문제가 될 것도 없고, 딱히 나를 볼 일은 없는 거로 아는데. 뭔가 내게 할 말이 있어서 온 건가?"

"네, 사실 그동안 궁금한 것들이 많았던 터라, 이번 기회에 여쭙고자 이렇게 찾아뵈었습니다."

"궁금한 거. 좋지. 그래, 물어보게나."

"사실 제가 여쭙고 싶은 건, 최강 원로위원님에 관해서입니다."

김종기가 살짝 난색을 보였다.

"아…… 그렇군. 허허, 이거 참. 그분에 관한 건 말을 조심해야 할 필요가 있는데. 좀 긴장되는군. 그래, 뭔가?"

"바로 그런 부분들이 정말 이상해서 말이죠. 원로위원이란 직책이 쉽게 될 수 있는 게 아닌 건 압니다. 하지만 최강 원로위원님께서는 젊은 나이에 그 자리를 차지하셨고, 국가정보원에 기록된 내용만 봐도 정말 엄청난 능력을 지니고 계시더군요."

"그렇지."

"한데 아무리 그렇다고 해도, 회주님의 직책이 최강 원로위원님보단 높지 않습니까? 한데 제 기분으로는 늘…… 왜 모두가 그분의 아래로 느껴지는 것인지 모르겠습니다. 조율자라는 조직도 그분의 명령으로 추적하고 있는 거로 아는데, 심지어 유럽지부 회주께도 뭔가를 시키겠다는 듯 말씀을 하시니……. 솔직히 제 입장에서는 혼란스러운 것이 많습니다."

김종기는 그가 무엇을 이상하게 여기는지 알 것 같았다.

그가 아는 최강이란 존재는 늘 어디든 다니며 명령을 하고 다니기를 좋아했다.

위아래 없이 모든 걸 진두지휘하는 것 같은 느낌을 받았을 테니, 박도항 원장으로서는 이상해할 법도 했다.

"그런 거라면 나중에 생길 혼선을 대비해서라도 이 자리에서 확실히 말해 줘야겠구먼."

"네, 회주님. 저의 이런 의문을 꼭 좀 해소해 주셨으면 합니다."

"잘 듣게. 박 원장. 사실상 발라스의 주인은 최강, 그분이라네."

박도항 원장의 눈이 휘둥그레졌다.

"네에? 그게 정말입니까?"

"놀랄 것도 알고, 왜 그렇게 된 건지 궁금할 것도 알아. 하지만 나도 세세하게는 설명해 줄 수 없네. 그분에 관해선 비밀이 많거든. 아무튼 나나 중동 쪽이나 유럽 쪽이나…… 전부 최강, 그분의 명령을 따르고 있다는 거. 그거 하나만 알면 되겠군."

"그렇군요……. 그래서 그런……."

그는 이해하는 듯하다가 다시 김종기를 쳐다봤다.

"그럼 마지막으로 한 가지만 더 여쭙겠습니다. 그분께선 그만한 능력이 있으시면서 왜 총회주의 자리에 앉지 않으시고 원로위원으로만 계시는 겁니까?"

"흠……. 그것은 아마도…… 전면에 나서서 뭔가를 운영하기를 꺼리시는 게 아닐까, 그런 생각이 드는군. 뭐, 확실하게 물어본 적이 없어서 솔직히 나도 잘은 몰라."

"그렇군요……."

김종기가 어색한 표정을 머금었다.

"솔직히 자네는 잘 모르겠지만, 나는 그분이 무척 어렵다네.

너무 두려워서 내 생각을 꺼내기조차 어려워. 어차피 내 생각 따윈 훤히 보는 분이시기 하고 말이야."

"그게 무슨……."

"우리가 모시는 분께선 인간이 아니며, 무척 무서운 존재라는 거. 그것만 알고 있게나. 그거면 돼."

"음……. 알겠습니다."

박도항 원장은 청와대를 나오며 다시 뒤돌아 청와대를 바라봤다.

"인간이 아니라니……. 대체 무슨……. 후우……."

* * *

김종기의 요청으로 식사를 함께하게 된 나는 그로부터 이야기를 전달받고 웃음이 나왔다.

"훗, 원장한테 그런 고민이 있었군."

"아무래도 뭔가 이상하긴 한데, 묻지는 못하겠고 하여 많이 혼란스러웠던 모양입니다."

"안 그래도 그런 내색이 보이긴 했어. 그래서 궁금한 게 있으면 편히 말하라고 했는데. 역시 그런 건 말로 해서는 잘 안 되는 건가 봐."

"윗사람이 편히 말하라고 한다고, 정말로 그렇게 할 수 있는 사람이 몇이나 되겠습니까?"

"그렇기는 하지. 특히 발라스의 무거운 규율 앞에서는 더더욱."

이런저런 얘기 도중 김종기가 이상한 얘기를 해 왔다.

"한데 말입니다. 중요 기밀로 이상한 정보가 하나 들어왔습니다."

"중요 기밀?"

"각 나라에서 활동 중인 발라스의 요원들이 매우 중요한 정보라고 판단할 때 전달하는 정보입니다. 회주에게만 전달되게 되어 있지요."

처음 듣는 거라 살짝 의아했다. 그런 게 있었구나.

어쨌든, 내용부터 들어보자.

"어떤 정보인데?"

"크렘린궁 주변에서 수상한 움직임이 포착되었다고 합니다."

"크렘린궁이면…… 러시아?"

"네, 그렇습니다."

"한창 주변국들이 나토에 가입하려고 해서 으름장을 놓고 군사배치도 하고 있는 거로 아는데."

"벨라루스와 러시아가 가깝다는 걸 알고 계십니까?"

"어. 30년 이상 독재국가이고, 러시아에서 많은 지원을 하고 있다고 알고 있어. 사실상 러시아의 속국인 셈이고."

"벨라루스를 통해 폴란드를 친다고 위협을 가하고 있는 실정이지요."

"하지만 폴란드도 나토에 가입되지 않았던가? 그러자면 나토에 가입된 모든 나라와 전쟁을 치러야 할 텐데?"

"나토와 전면전을 치르겠다는 의지인 것 같습니다. 그렇게 폴란드를 시작으로 슬로바키아, 헝가리, 루마니아를 먹고, 세계 3대 곡창지대가 있는 우크라이나를 삼면에서 포위하여 정복할 생각인 것 같습니다."

"러시아가 과거의 제국을 꿈꾸는군."

"만약 전쟁이 일어난다면 3차 대전이라고 봐도 무방하게 될 겁니다."

"발라스의 영향력이 가장 적은 게 러시아지?"

"네, 그렇습니다."

"근데 이 시국에 크렘린궁 주변으로의 이상한 움직임이라. 혹시 미국에서 움직이고 있는 건지도 모르니까 이번에 그쪽에 선임된 원로위원에게 물어보도록 하지."

"누가 책임자가 되었는지 전혀 듣지 못하였는데요. 어떤 사람인지 살짝 귀띔이라도 해 주시면 안 되겠습니까?"

나를 어려워하면서도 궁금함은 못 참겠다는 저 얼굴.

밑에 두고서 자주 보다 보니 이 사람도 은근히 귀여운 구석이 있지 싶다.

"훗, 궁금해?"

"네, 조금……."

"니콜라이라고, 상원의원이야."

"혹시⋯⋯! 니콜라이 오버논! 그인 겁니까?"

"어."

"허⋯⋯ 그 사람은 차기 대선을 노리는 자가 아닙니까?"

"그렇다면 이후 좀 더 잘 밀어줘야겠지? 우리의 영향력이 보다 커지려면."

"그렇군요⋯⋯."

"아무튼 러시아에서 무슨 일이 일어나려는 건지는 좀 더 알아보자고."

솔직히 세계정세에까지 관여해야 하나 살짝 귀찮은 게 사실이다.

도로를 달리던 나는 갓길에 잠시 차를 세웠다.

한강이 눈앞에 훤히 보였다.

양쪽 도시의 수많은 빛들이 반사되는 야경이 제법 볼만했다.

바람도 슬슬 불어 주어 한결 속도 후련해지는 것 같았다.

"알아서 하라고 각각의 자리에 앉혀 둔 건데. 이렇게 대놓고 알려오면 신경을 안 쓸래야 안 쓸 수가 없잖아. 하아."

-굳이 많은 걸 해야 할 필요는 없다고 본다. 한두 번씩 말이나 전달하고 명령만 내리면 되지 않겠느냐?

"근데 러시아가 진짜로 전쟁을 일으킬까요?"

-그거야 그 나라의 지도자만 알 일이겠지.

"아무리 세계 제2의 강대국이라고 하지만, 전쟁을 일으켰다간 각국의 제재가 들어갈 거거든요. 뻔히 보이는 그 어려움을 굳이 감당하려고 할 리는 없는데."

* * *

크렘린궁 주변으로 사내들 몇몇이 모여 커피숍으로 들어갔다. 그리고 뒤늦게 한 사람이 더 나타나 그들과 합류했다.

"주변에 점점 이상한 놈들이 모여들고 있습니다. 일을 실행할 거라면 지금 하셔야 합니다."

"이상한 놈들이라니?"

"아시지 않습니까? 크렘린궁은 각국에서 세밀하게 관찰하는 곳입니다. 대통령인 바오틴이 전쟁을 시사한 때문에 더욱 그렇고요. 상황이 급박하게 돌아가는 만큼, 두고 있는 시선도 많다는 것이죠. 아마 저들도 우리를 간파했을 겁니다. 시간이 없다는 걸 명심하십시오."

와서 정보를 전한 사내는 서둘러 그곳을 빠져나갔다.

끼이이익!

"뭐야, 니들! 이거 놔!"

그런 그가 갑자기 다가온 차에 잡혀 가고 있었지만, 커피숍에 있는 이들은 전혀 알지 못했다.

사내들은 그제야 서로 각오를 다졌다.

"전쟁을 일으키는 건 어려운 선택이야. 러시아가 저렇게 위협만 하다가 관둘 수도 있는 일이라고."

"아무래도 큰 전쟁이 될 테지. 경제보복 역시 신경 쓰지 않을 수가 없어."

"지금이 아니면 기회는 없어. 위협을 중단하기 전에 우리가 먼저 힘을 써서 당장 진행시켜야 해."

"기어이 나서야 한다는 것이군."

"조직을 위한 일이야. 이 한 목숨, 조직의 번영을 위해 바치기로 맹세하지 않았는가?"

사내 하나가 눈앞에 있는 음료를 벌컥벌컥 마셨다.

"크흐, 좋아. 그럼 당장 시작하자고!"

"토우먼. 자네의 희생을 우리 모두 기억할 것이네."

"당장 죽는 것도 아닌데 희생은 무슨. 혹시 모르지. 이 기회에 천년만년 살게 될지도!"

그들은 즉시 밖으로 나갔다.

그리고 모두가 크렘린궁 쪽으로 향했다.

일행들이 살짝 흩어지긴 했지만, 주변에 머물렀다.

그들 중에 가장 먼저 움직인 건 조나스였다.

입구를 지키던 사람들은 그가 갑자기 눈앞으로 다가와 웅얼거리기 시작하자 이상하게 쳐다봤다.

"어이, 거기. 뭐야?"

물어도 답이 없다.

곧 수문장 요원 중에 하나가 가까이 다가왔다.

"거기 뭐냐고 묻잖아!"

그런데 바로 그때, 조나스의 눈의 동공이 세 개로 변하더니 그들을 쳐다봤다.

사락!

"모두 잠드는 게 어때?"

놀랍게도 그의 눈을 본 자들이 그 자리에서 푹푹 쓰러졌다.

씨익 웃은 조나스는 앞으로 쭉 나아갔으며, 주변에서 때를 기다리고 있던 동료들이 빠르게 그의 뒤를 따랐다.

안으로 들어가는 조나스는 마주치는 이들을 빤히 쳐다봤다.

이상하게 여긴 사람들이 그를 쳐다보는 건 당연했다.

하지만 그러는 족족 모두가 그 자리에서 쓰러지고 있었다.

털썩. 털썩.

"당신들 뭐야!"

하지만 그 시선의 마법은 거리가 멀면 통하지 않았다.

클렘린궁에는 총을 든 경비들이 많았고, 그들이 계단과 복도에서 우르르 몰려들고 있었다.

"토우먼! 어서 시작해!"

토우먼은 무척 긴장이 됐다.

지금 여기서 이 마법을 펼치면 다시는 인간으로 되돌아갈 수가 없다.

인간으로서의 삶은 끝이라는 거다.

하지만 자신들이 믿고 따르는 존재가 이곳을 넘어오게 되면 다시 되돌아갈 수 있다는 말도 있었다.

모두가 그 영광스러운 날을 위해 이처럼 싸우고 있었다.

하여 토우먼은 그날이 오기를 믿으며 각오를 다졌다.

"마왕님께 충성을……!"

그는 그리 소리치며 즉시 손을 바닥으로 대었다.

그리고 일전에 최소현이 있던 호텔을 지배했던 사내처럼 순식간에 연기로 변하였다.

파아아앗……!

그 연기는 빠르게 크렘린궁 곳곳으로 퍼졌다.

"테러다! 놈들을 제압해!"

갑자기 검은 연기가 퍼지는 걸 본 경비들은 테러로 확신했다.

타다다다당-!

타다다다당!

총알이 날아들었지만 검은 기운이 그들을 감쌌다.

카를로스가 모두를 보호하는 사이 그들 모두가 계단을 올랐다.

날아드는 총알들은 죄다 그 검은 기운에 튕겨져 다른 곳으로 튀고 있었다.

거기에 거대한 뱀이 나타나 보이는 모두를 물어뜯기도 했다.

차르르르륵!

"끄아아아악!"

거대한 뱀이 마구 날아들고, 가까워지면 조나스가 시선으로 모두를 잠재웠으니, 총을 쏘는 경비들로서는 속수무책이었다.

업무를 보던 바오틴 대통령은 밖에서 들려오는 총소리와 소란을 듣고 깜짝 놀랐다.

곧 요원 하나가 급하게 들어와 소리쳤다.

"대통령님! 크렘린궁이 공격받고 있습니다! 어서 자리를 피하십시오!"

"누가 감히 여기를 공격한다는 것인가?! 경호요원들은 뭘 하고 있고?"

"지금 이러실 시간이……!"

퍼서석-!

요원이 들어왔던 문이 산산조각이 나며 날아들었다.

요원은 깜짝 놀라 총을 꺼내어 쏘았다.

탕! 탕! 탕!

그러나 검은 기운이 그 즉시 거대한 뱀으로 변하며 그를 물어뜯었다.

"끄아아아악! 아아아아악!'

하지만 그 비명은 길지 못했다. 거대한 뱀이 순식간에 요원을 꿀꺽 삼켜 버린 때문이다.

바오틴 대통령은 그 충격적인 광경에 기겁했지만, 침착하려고 애를 썼다.

그는 침입한 자들을 쳐다보다가 조심스럽게 서랍을 열었다. 그곳에 있는 총을 꺼내려는 거였다.

하지만 이미 그의 행동을 알아차린 케스트로가 거대한 뱀을 빠르게 가져다 대었다.

스르르륵!

"그랬다간 이 아이의 위장 속으로 들어가게 될 건데. 괜찮겠어?"

"크음……."

총을 집기를 포기한 바오틴 대통령이 그들을 쳐다봤다.

"대체 뭐 하는 놈들이냐? 나에겐 무슨 볼일이지?"

"우리가 원하는 건 딱 하나야. 전쟁을 앞당기는 거."

"뭐?"

바로 그때, 아이칸이 다가와 바오틴 대통령의 목에다 손을 대었다.

바오틴 대통령은 그 손을 떼려 했지만, 착 달라붙어 도저히 떼어지질 않았다.

그는 벽으로 밀려 무척 고통스러워했다.

"크윽! 무슨 짓을……!"

뭔가 몸에서 힘을 쭉 빼 가는 느낌이었기 때문이다.

그러기를 잠시, 그에게서 손을 뗀 아이칸에게서 놀라운 변화가 일어났다.

상체를 벗은 그의 몸 가죽이 흐물흐물하게 변하는가 싶더니 점차 다른 모습을 갖추기 시작했다.

그렇게 변한 모습은 놀랍게도 바오틴 대통령과 똑같은 모습이었다.

"후우……. 역시 변하는 과정이 좀 어렵군."

"어떻게 내 모습을……!"

아이칸이 바오틴 대통령을 보더니 씩 웃었다.

"후후, 이제 넌 필요 없어. 잘 가라고, 이 독재자 새끼야."

순식간에 위에서 날아든 거대한 뱀이 그를 덮쳤다.

"끄아아아악……!"

그의 그런 비명은 뱀의 목구멍을 통과하는 내내 계속되었다.

아이칸이 챙겨온 옷으로 갈아입는 사이 수십여 명의 요원들이 총을 들고서 계단을 오르고 있었다.

그리고 잠시 후, 대통령실로 급습하여 들어왔다.

처걱! 처걱!

하지만 대통령의 자리엔 바오틴 대통령의 모습을 한 아이칸이 앉아 있었고, 나머지는 소파에 앉아 그들을 편안한 미소로 쳐다보고 있었다.

"대, 대통령님? 괜찮으십니까?"

아이칸은 근엄한 표정을 머금고는 모두에게 말했다.

"잠시 오해가 있어 소란이 일어났군그래. 나는 괜찮으니까 그만들 가 보고 다친 사람들이나 챙기도록 해."

"하지만 테러라고 보고를……!"

"내 말 못 들었나! 오해가 있었다고 하지 않나! 그리고 있지 말고 당장 총리와 국방부 장관이나 불러와!"

침입한 자들이 대통령을 협박하고 있는 상황이라면 분리조치를 실행하여 대통령을 안전한 곳으로 옮길 것이다.

하지만 소파에 앉아 쳐다보고 있는 자들은 전혀 대통령을 위협하고 있는 모습이 아니었다.

거기다가 대통령도 저처럼 매섭게 나오고 있으니 경호 인력들로서는 마땅히 거부할 방법이 없었다.

"네, 대통령님."

모두가 나가고 나서야 그곳에 있는 이들 모두가 미소를 머금었다.

"킥킥킥, 의외로 쉽게 장악을 했군."

"그렇지만 이제부터가 시작이야. 전쟁을 공표한 순간, 타국의 암살 시도가 이어지는 건 물론, 낌새를 알아차린 조율자 놈들도 금방 들이닥칠 거야. 전쟁터에서 일을 제대로 처리할 때까지 어떻게 해서든 여기를 지켜야 한다고."

바오틴 대통령의 모습을 한 아이칸이 비릿한 미소를 지어 보였다.

"수만 명의 영혼을 단숨에 모을 가장 쉬운 방법은 역시 전쟁뿐이겠지……. 후후, 후후후후."

* * *

러시아 군대가 벨라루스와 폴란드 접경구역에 군대를 배치했다는 뉴스가 연일 보도되었다.

각국에서는 전쟁이 일어날까 걱정스러움에 러시아를 향한 경제보복을 내비쳤지만, 러시아는 조금도 고려하지 않는 듯 대대적인 군사적 움직임을 보이고 있었다.

"진짜 치려는 거야, 뭐야?"

휴게실로 틀어놓은 텔레비전 소리에 팀원들이 하나 둘 모여들었다.

"저희 쪽 정보로도 러시아의 움직임이 심상치 않다고 하던데. 바우틴 저 미친 게 정말로 전쟁을 일으키려는 건가 봐요."

"폴란드를 치면 나토국 전체와 전쟁인데. 그게 러시아한테 무슨 이득이지?"

팀원들의 말을 듣던 나는 나의 생각을 말했다.

"동맹국, 좋죠. 누군가가 공격하면 서로를 보호해 주고, 함께 싸워 주고."

시선이 모였고, 나는 말을 이었다.

"근데 말입니다. 막상 그런 일이 닥쳤을 때, 정말로 모두가 자기 일처럼 전력을 다해 싸워 줄까요?"

"하지만 무기지원이라던가, 항공지원 등 방어에는 많은 도움을 주지 않을까요?"

"러시아는 폴란드만 점령하겠다. 타국은 건드리지 않을 테니 간섭하지 마라. 그렇게 말하고 있습니다. 타국에서도 폴란드를 지키기보단, 러시아가 더는 나오지 못하도록 막기 위해 폴란드를 전쟁터로 삼게 되겠죠."

"음……."

같이 싸우도록 해요 127

"나토의 온 회원국과 러시아의 무기와 병력을 따져 봤을 때, 비슷하긴 해도 러시아 쪽이 우위에 있습니다. 하지만 나토 회원국 입장에선 저마다 자신들의 보호를 위한 수단과 무기는 **빼놓아야** 할 텐데, 과연 얼마나 지원이 가능할까요? 절반? 아니면 그 이하?"

"결국 자국의 국방을 위해서라도 전부를 지원할 수 없는 나토 쪽이 밀릴 거란 거군요."

"미국 측에서 제재를 걸어올 테지만, 러시아에서 속전속결로 결행한다면 그 또한 소용이 없어지겠죠."

하지만 러시아가 정말로 전쟁을 일으킬 거라는 생각은 없었다.

그리고 대다수가 같은 생각일 것이다.

득보다는 실이 크다고.

해서 모두가 위협일 뿐이라고 생각해 왔었다.

그러나 며칠이 지난 아침.

속보가 나왔다.

[속보입니다.

러시아에서 전쟁 선포와 함께 폴란드를 공격했다고 합니다.

현재 러시아는 배치되어 있던 장갑차와 탱크는 물론, 모든 병력들을 폴란드로 이동시키고 있으며, 주변에선 격렬한 전투가 벌어지고 있다는 소식입니다.]

"정말로 공격을 했다고……? 바오틴 저거 미친 거 아냐?"

나토와 러시아가 싸우면 3차 대전이 일어날 거라는 말이 있었다.

그런데도 러시아가 전쟁을 감행했다는 것에 나는 큰 충격을 느꼈다.

하지만 결국 남의 나라 이야기일 뿐이다.

나의 일상에는 변화가 없었고, 내 주변 역시도 마찬가지였다.

러시아가 폴란드를 공격했다고 하지만, 나토 회원국의 지원으로 저러다가 말 것이라는 예측들도 많았다.

"정말 왜 저렇게까지 하는 걸까요?"

건물에 매달린 커다란 전광판의 뉴스에 최소현이 한 말이었다.

"저러다가 말겠죠, 뭐. 결국에는 경제 보복에 굴복하지 않겠어요?"

"그렇겠죠……."

말은 그렇게 했지만, 나도 신경 쓰였던 바가 있어 뒤로 여러 가지를 알아봤다.

미국의 원로위원인 니콜라이에게 상황을 물은 것이다.

"얼마 전에 러시아 크렘린궁에 관해 물었는데. 어떻게 됐어?"

'상황을 좀 더 지켜보고 말씀드리려고 아직 말씀을 못 드렸습니다. 한데 얼마 전, 크렘린궁에서 총성이 들려왔다는 말이 있었습니다.'

"총성?"

'그렇지만 러시아 측의 말에 의하면 폴란드 쪽의 암살 시도가 있었다. 이렇게 대대적으로 공개하였습니다.'

"그러니까 그 수상한 움직임은 폴란드 쪽의 암살 시도였다. 그런 거야?"

'아마도 그렇게 판단을 해야 할 것 같습니다. 폴란드 측에서는 사실무근이라 전해 왔지만요.'

전쟁은 그러한 시도로 인해 바오틴이 정말로 열 받은 결과일까?

아무튼 특별한 건 없다고 하니 넘어가기로 했다.

* * *

3일 후.

가장 가까운 나라인 독일의 적극적인 지원에도 불구하고 폴란드의 수도인 바르샤바가 함락되었다는 뉴스가 나왔다.

나토에선 러시아 본토의 직접 공격이라는 사안으로 긴급회의에 들어갔다는 뉴스도 있었다.

그리고 그와 맞물려 러시아가 공표해 왔다.

[우리 러시아의 본토를 공격하게 된다면, 우리 러시아는 핵미사일의 버튼에 손을 올릴 수밖에 없다는 것을 강력히 경고하는 바입니다. 앞서 말했듯이 우린 폴란드만 원합니다. 하니 그 어떤 나라도 이 일에 관여하지 마십시오. 그리고 이 일은 폴란드

의 암살 시도가 시발점이 되었다는 걸 잊어서는 안 될 겁니다.]

실제로 크렘린궁에선 시신이 여럿 나오는 장면이 뉴스로 나오기도 했다.

암살 시도가 꾸며진 이야기가 아니라는, 러시아 측에서 내미는 증거였다.

물론 그 일은 다크 웨이브의 습격에 의해서였지만, 그러한 사실은 바오틴 대통령으로 변한 다크 웨이브에 의해 철저히 감춰졌다.

크렘린궁.

바오틴 대통령으로 변한 아이칸이 여러 군인들과의 회의에 참석했다.

"우리 쪽 피해와 상대 쪽 피해를 소상히 보고해 보게."

"현재 저희 병력의 손실이 3만, 적의 피해가 5만에 달하는 것으로 알고 있습니다."

"훗, 합이 8만이군."

그의 미소에 모두가 의아해하며 그를 쳐다봤다.

아이칸도 그걸 깨닫고는 얼른 표정을 바꾸었다.

"아, 우리 쪽보단 그래도 상대측이 피해가 많다는 것에 다행이라고 생각해서."

"그렇지만 각국의 항공 지원으로 폴란드로 진입한 우리 군의 피해가 나날이 커지는 상황입니다. 드론을 이용한 공격도 무척 치명적이고요."

"그래서 그대의 생각은?"

"보다 많은 군사력을 집중하여 단숨에 폴란드를 점령했으면 합니다."

잠시 생각하던 아이칸이 모두에게 말했다.

"하루만 생각할 시간을 갖도록 하지. 내일 다시 모여서 결정을 짓자고."

"네, 대통령님."

모두가 돌아간 직후, 그의 동료들이 대통령실로 들어왔다.

아이칸이 카를로스에게 물었다.

"구슬에 대한 소식은 들어온 거 없어? 충분히 모였다고 해?"

"대략 오천 정도는 모았다는 말이 있어."

"죽은 놈들이 8만이 넘는데, 겨우 오천?"

"죽음이 있는 곳에 늘 구슬을 가져갈 순 없으니까. 구슬이 없는 곳에서 일어나는 죽음은 어쩔 수가 없어."

"크음……. 목표치를 달성할 때까지 별일이 없어야 할 텐데."

"며칠만 더 버텨 보자고."

* * *

3차 대전 어쩌고 말들이 많지만, 결국 폴란드 내에서 시가전으로 싸운다는 말이 많았다.

폴란드에서도 러시아로 미사일을 쐈다는 말이 있지만, 그 피해는 무척 적다고 한다.

오히려 더 많은 미사일 세례를 받으니 오히려 폴란드에서 자중하는 듯한 양상이었다.

이러니저러니 해 봐야 결국 내겐 여전히 남의 나라 얘기였다.

"저것도 저러다가 말겠네."

이라크전도 그렇고, 미국의 쌍둥이 빌딩이 넘어갈 때도 그랬다.

와, 사람 진짜 많이 죽었겠다.

그런 반응이 전부다.

쓰러지는 빌딩을 보며 살짝 감탄을 한 정도랄까.

"경제보복으로 러시아 경제는 심각하게 몰렸다고 하는데 어쩌려고 저러지?"

수많은 기업들이 철수했다.

수출과 수입도 죄다 막혔다.

들어오는 물자가 줄어드니 러시아 국민들로서도 곤욕이 이만저만이 아닐 터다.

그래서 전쟁은 길어질 수 없다는 게 내 생각이었다.

그런데 저녁에 최소현과 맥주를 한 잔 마시는 와중에 그녀가 영상 하나를 보여 주었다.

"어머, 불쌍해서 어떻게 해."

"뭔데요?"

"이거 좀 보세요."

영상에선 중년의 사내가 가족들을 감싸 안는 순간, 러시아 군인이 나타나 총을 쏘는 광경이 흘러나오고 있었다.

아이는 아빠를 외치고, 아빠라 불린 사내는 쓰러져 미동도 하지 않았다.

[아아아아아악-! 아빠-!]

그 울부짖음이 가슴으로 번져와 심장을 쥐어짜는 것 같았다.

"왜 저렇게까지……."

"정말 해도 너무하지 않아요? 지금 전 세계적으로 의용군을 모집한다고 하는데, 정말 이 영상을 보고 나니까 저도 거기에 참여하고 싶은 마음마저 드는 거 있죠. 아니, 일반 시민들이 무슨 죄야."

"안됐네요……."

아버지를 눈앞에서 잃은 아이의 심정을 떠올리면 그 기분이 어떨지 상상조차 어렵다.

아이의 시선으로는 자신의 세상이 망한 것 같을 것이다.

전쟁으로 집도 잃고 떠돌게 생겼는데, 거기에 눈앞에서 아버지까지 잃었다.

세상 모든 걸 잃었으니 그 상실감이 얼마나 클까.

잘은 기억이 안 나지만, 아빠를 보고 싶어 했던 6살의 나도 많이 울었던 기억이 장면장면 떠오른다.

그런데 최소현이 눈물을 글썽이며 이후의 기사에 관해 말해

왔다.

"근데 이 아이……. 얼마 가지 못해서 총에 맞은 채로 발견이 되었다고 해요……. 후우, 진짜 이것들……. 와아……."

그녀는 분노를 삼키기 힘든 듯, 더는 핸드폰을 보지 못했다.

나 역시 나도 모르게 주먹을 불끈 쥐게 됐다.

"정말 이해하기가 힘드네……. 저들도 전쟁 범죄인 걸 뻔히 알 텐데. 왜 저런 아이한테까지……."

저항하는 적국의 시민과 군인들에게 공포를 심어 주려고?

아무리 지휘관의 의도가 그것이라고 해도, 그 일을 행한 자도 똑같은 악마다.

저런 행동들은 더는 번져서는 안 된다는 게 나의 생각이었다.

"확 바오틴을 암살해 버리면 이 일이 끝나려나……."

답답한 마음에 먼저 쉬겠다고 하고 들어온 나는 미국에 있는 니콜라이에게 전화를 걸었다.

"혹시 말이야. 러시아 대통령을 암살하면 이번 전쟁, 끝낼 수 있을까?"

답변은 아니라고 전달되었다.

[러시아 내에선 바오틴의 지지율이 압도적이라 오히려 더 큰 자극이 될 겁니다. 그 자극은 곧 폴란드를 향한 더 강력한 공격으로 작용할 테고요.

러시아 내의 강경파는 필시 바오틴 대통령의 죽음을 그렇게 이용할 겁니다.

그렇게 국민들의 열렬한 지지로 또 다른 바오틴이 만들어지게 되겠죠.]

러시아가 폴란드를 공격하는 데 있어 더욱 강한 명분만 만들어 주는 셈이라는 것이다.

"뭐, 이런 개떡 같은……. 그럼 그 강경파들까지 전부 없애면 되는 거 아냐?"

순간 짧은 생각으로 이런 욱하는 말이 튀어나왔다.

하지만 자신들 지도부가 암살당했다는 사실에 분노할 국민들은?

정치를 하는 누구든, 그 여론을 안 살필 수가 없다.

온건파였던 이들도 결국 그 국민적 분노에 앞장설 게 분명한 것이다.

"후우, 이 짜증 나는 마음을 뭐로 풀어야 하나……."

뭔가 내 힘으로 전쟁을 멈추게 할 방법은 없는 걸까?

* * *

이틀이 훌쩍 흘렀다.

폴란드 군인들이 울먹이며 찍은 영상들이 뉴스로 나오고 있었다.

[우리 아이들이…… 저렇게 죽었습니다. 러시아 군인들은 한 마을을 몰살시키고, 전부 한 곳에 파묻었습니다. 허흐흡, 여길

보십시오. 이 갓난아이의 몸에까지 총알이 박혀 있습니다! 어떻게 이럴 수가 있습니까?! 신이시여, 저희를 좀 도와주십시오……! 어흐흐흑!]

세계가 그 영상에 분노하여 들끓었다.

러시아는 자신들을 향한 적개심을 높이기 위한 폴란드의 자작극이라고 발표했다.

그러나 세계는 러시아의 말을 믿지 않았다.

수많은 전쟁범죄를 거론하며 그들을 더욱 압박해 갔다.

나는 출근 준비를 하다 말고 넥타이를 풀어버렸다.

"진짜 두고 보기 짜증이 나서 더는 못 보겠네……."

케라가 물어 왔다.

-왜, 저 전쟁에 참전하기라도 하려고?

"솔직히 공격당하는 입장에서 폴란드에서도 얼마든지 조작된 영상을 올리고 언론 플레이를 할 건 짐작이 갑니다. 하지만 저게 진짜라면 정말 참기 힘들잖아요."

제라로바가 말했다.

-나는 가서 저 악마 같은 것들을 처벌하는 것에 동의한다! 아이를 저렇게 무차별하게 죽이는 것들은, 절대로 용서하지 못해!

아이.

그래, 이 두 분은 그런 부분에선 조금 민감한 부분이 있었지.

그래서 나는 물었다.

"어떻게…… 갈까요?"

둘은 주저함이 없었다.

-가자!

-저런 것들을 살려둘 필요가 없어!

나는 절로 피식 웃음이 흘러나왔다.

잠시의 고민은 그렇게 빠른 결정으로 결론 났다.

"그래요. 한번 가 봅시다, 전쟁터. 진짜로 저런 일이 저기서 저렇게 일어나는지…… 내 눈으로 직접 봐야겠습니다."

3. 그런 쓰레기라면 죽어 마땅하지

빙의로
최강요원

[한국에서도 의용군으로 자원을 하겠다고 선언한 전직 군인들이 날로 늘어나고 있다는 소식입니다.

현재 폴란드는 여행경보 4단계가 내려져 있는데요.

이를 무시했을 시, 1년 이하의 징역 또는, 1000만 원 이하의 벌금형에 처해지는데요.

그럼에도 참전의 뜻을 굽히지 않겠다는 사람이 매일같이 늘어나고 있다고 합니다.]

나는 공항에 와 있었다.

전쟁의 참상을 두 눈으로 목격하기 위해 폴란드로 가려는 거였다.

참전을 희망하는 사람들은 인근 나라로 이동한 후에 폴란드로 들어갈 생각이겠지만 나는 달랐다.

"어, 나야. 지금 당장 폴란드로 전세기 하나 띄워 줘."

어차피 혼자 갈 생각인데, 절차 따윈 필요 없었다.

그냥 시키고, 기장이 위험해서 가기 싫다고 하면 몇 배로 대가를 주면 됐다.

그런데 비행기가 정비를 마쳐야 한다고 해서 기다리고 있는데, 옆으로 건장한 사내들이 앉았다.

"후, 독일로 건너가서도 이 국경을 넘는 게 어렵다고 하네요. 독일에서도 의용군으로 참전한다고 하면 웬만해서는 들여보내 준다고 하는데, 그렇게 들어간 사람 중에 러시아의 첩자가 있었던 모양입니다."

"와……. 개새끼들이네. 민간인들 그렇게 학살하는 것도 모자라서, 그렇게까지 한다고?"

"전쟁이니까요. 첩보전도 무시못하고."

"아무튼 이번에 가서, 아주 박살을 내 주자고."

"그래요! 우리 한국 군인이 얼마나 대단한지, 제대로 보여 줍시다!"

딱 봐도 몰래 출국해서 의용군으로 자원할 군인들로 보였다.

그렇게 슬쩍 쳐다보는데 사내 하나와 시선이 딱 마주쳤다.

그는 자신들의 대화를 내가 들었을까 싶어 어색한 미소를 지어 보였다.

그래도 좋은 일 하러 간다고 하는데, 도와줘?

그래서 슬쩍 말을 건넸다.

"그렇게 출입국 기록 남기면 돌아왔을 때 처벌받습니다. 공개적으로 가는 거라면 상관없겠지만."

험악하게 생긴 사내가 자리에서 벌떡 일어나 다가왔다.

"그래서 뭐? 신고라도 하려고?"

나는 미소를 머금으며 신분증을 보여 주었다.

"훗, 옆에서 계획도 다 들었겠다, 신고할 필요도 없이 여기서 바로 잡아가도 될 것 같은데."

국가정보원 신분증을 보자 그들 모두가 크게 당혹스러워했다.

"구, 국가정보원?"

"끙, 이런 빌어먹을……."

곤혹스러워하는 그들에게 나는 말했다.

"그렇게 놀랄 거 없습니다. 나도 어차피 폴란드로 가려는 거였으니까. 그래서 하는 말인데, 어떻게 같이 갈 생각 있어요? 나랑 가면 경유할 필요 없이 다이렉트로 갈 수 있는데."

잠시 후, 비행기에 오른 모두가 눈이 휘둥그레졌다.

"우와! 이게 전세기라는 거구나!"

"전 이런 거 처음 타 보는데요?"

"그러니까 이게 곧바로 폴란드로 가는 비행기라 이거지?"

"여행금지 4단계인데 저 사람은 어떻게 허가를 받았을까요?"

어떻게 가능하긴.

그야 당연히 대통령 뒷배의 힘이지.

그들은 내게 물어왔다.

"아니, 국가정보원이 저희들의 불법 행위를 이렇게 도와줘도 되는 겁니까?"

"나도 마찬가지인데. 당연히 서로 발설은 말아야겠죠?"

"아, 그렇군요."

그들 중 하나가 악수를 청해왔다.

"그러고 보니 인사도 못 했네요. 반갑습니다. 오상역입니다. 나이는 서른셋, 해병수색대에 있었습니다."

"네, 반갑습니다. 최강이라고 합니다."

오상역이 하나하나 소개를 해 주었다.

"저기 머리 긴 녀석은 707부대에 있었던 장익선, 그 뒤로는 한 기수 후배인 박성철. 그리고 이쪽으로는 UDT의 김유영하고 김철민입니다."

"전부 특수부대 출신들이시군요."

"그러는 최강 씨는 어떤 부대이신지……."

나?

말하려니까 괜히 얼굴이 다 화끈거렸다.

4급 판정받고 사회복무요원으로 일했다고 하면 비웃겠지?

"아, 뭐……. 그냥 적당한 곳 제대했습니다. 음음, 제가 국정원 요원인 관계로 신분의 세부사항에 관해선 비밀에 부쳐야 해서……."

"아, 네……. 그러시기도 하겠군요."

이들 다섯은 의용군에 들어가면 어떤 작전을 펼칠지에 대해
서로 많은 대화를 나눴다.

그러거나 말거나.

나와는 상관이 없다.

나는 애초에 의용군으로 들어갈 생각이 없다.

그저 세계 각지로 전달되는 정보처럼 정말로 그곳의 환경이
참혹한가.

그걸 보고 싶을 뿐이다.

내가 돕거나 움직이는 건 아마 그 이후가 될 거다.

그런데 오상역이 다가와 다시 질문을 해 왔다.

"근데 최강 씨도 의용군에 합류하시려고 가시는 겁니까?"

"아뇨. 그건 아닙니다."

"그럼 왜……."

"그곳의 상황이 폴란드가 말하는 것처럼, 시민 학살과 전쟁범
죄로 가득한지, 아니면 단순 언론플레이인지 그걸 확인하러 가
는 겁니다. 직접 보고 싶어서."

호전적인 인상의 박성철이 벌떡 일어났다.

"이것 봐요! 아니, 그럼! 폴란드에서 죽은 애들이나 갓난아이
를 가짜로 꾸미면서 배포하기라도 했다는 겁니까?!"

"야, 그만해. 도와주는 사람한테 왜 그래?"

"아무리 그래도, 하는 말이 웃기잖아요, 선배님!"

나는 그에게 말했다.

"원래 언론플레이라는 건, 피해를 당하는 쪽의 말만 통하고, 가해자 측의 말은 철저히 무시당하는 경우가 많습니다. 전쟁을 일으켰으니 가해자인 러시아가 나쁜 건 사실이지만, 진실은 바로 알았으면 했습니다. 제가 거기로 가는 건 그것 때문입니다. 남들 말 듣지 않고, 내 눈으로 직접 확인하고 보자. 그래서 내가 도울 일이 있다면, 확실히 돕자. 이게 뭐 잘못되었습니까?"

박성철은 할 말이 많아 보였지만, 선배인 장익선이 말려서 겨우 참아내는 것 같았다.

하지만 나는 내 말을 정정할 생각이 전혀 없다.

나라가 망하게 생겼고, 국제적인 지원을 받아야 할 상황에 무슨 짓이든 못 할까.

그러기 위해선 이미 죽은 아이의 시신을 훼손하고 꾸밀 수도 있는 일이었다.

물론, 아닐 수도 있다.

그렇기 때문에 더욱 이 진실을 향한 발걸음이 필요한 것이다.

공항.

공항은 곳곳이 폭격으로 움푹 파인 흔적이 많았다.

우린 공항에 도착하자마자 곧장 헤어졌다.

"태워 줘서 정말 고맙습니다. 그리고 기회가 되면 다시 만나

뵙도록 하죠."

"네. 몸조심하십시오."

"고맙습니다."

하지만 박성철은 인사조차 하기 싫은지 훅하고 가버렸다.

싸가지 없는 놈.

그래도 고맙다는 인사 정도는 해야 하는 거 아냐?

살짝 기분이 나빴지만 예의 바른 오상역을 봐서 참자.

어차피 갈 길이 다르다.

하여 나는 나의 짐을 내리고는 준비된 차를 타고 공항을 빠져

나갔다.

* * *

운전기사는 유럽지부 쪽에서 지원해준 발라스의 요원이었다.

그는 한 시간쯤 운전을 하더니 긴장하며 내게 말해왔다.

"이제 곧 전투가 일어나는 장소에 들어갈 겁니다. 총알이 날

아들지도 모르니 자세를 낮춰 주십시오. 죄송하게도 방탄차를

준비하진 못했습니다."

나는 살짝 그의 얼굴을 보고는 말했다.

"세워."

"네?"

"세우라고."

"네."

차가 멈췄다.

나는 그에게 물었다.

"위에선 뭐라고 연락받았지?"

"도착하시는 한국분의 명령에 뭐든 따르라고 했습니다. 매우 높은 위치에 계신 분이라고……."

"뭐든 따르라……. 전투가 한창인 장소에 가는 건데도?"

"네."

"충성심이 대단하군."

"명령에 따를 뿐입니다."

"그럼 지금부터는 자기 목숨을 아끼도록 해. 지금 나하고 가면 당신 무조건 죽어."

"괜찮습니다."

"훗, 고집도 있고, 용기도 있고. 마음에 드는군."

"감사합니다."

"그래서 말인데. 한 번만 말할게. 내려."

"네?"

"이대로 같이 가면 내가 당신 목숨 구하느라 여기저기 뛰어다녀야 할 것 같아서. 귀찮아서 그래."

"하지만 명령이……!"

"상관이 질책하거든, 내가 이렇게 말했다고 전해. 그러면 아무런 문제도 없을 거야."

운전기사는 살짝 머뭇거렸다. 정말로 그래도 되는지 판단이 서질 않는 것 같았다.

"명령이신 겁니까?"

"어."

"그럼 따르겠습니다."

그는 내리더니 내 쪽으로 와 문을 두드렸다.

창문을 열어 보니 그가 내게 작은 무전기 하나를 건넸다.

"혹시라도 필요한 사항이 있으시면 이걸로 말씀만 하십시오. 그럼 제가 어디든 가 있겠습니다."

"그렇게 하지."

"그럼 몸조심하십시오."

그는 인사를 하더니 어디론가 달려 사라졌다.

나는 그가 전한 무전기를 보며 웃음 지었다.

"무전기라. 뭐, 쓸모가 있을지도 모르니까."

나는 차에서 내려 운전석 앞에 섰다.

그리고 문 쪽으로 잠시의 시간을 들여 마법 문양을 새겼다.

"휴, 한 번에 짝 하고 새겨지면 참 좋을 텐데. 이건 할 때마다 힘든 과정이야."

-주문도 없이 바로 사용할 수 있는 마법이 어디 그리 쉽겠느냐?

"훗, 그런가요? 아무튼 투명해질 수 있도록 만들었겠다, 지금부터 전쟁터 한가운데를 달려 보겠습니다."

30분쯤 달렸을까.

마을이 보였다.

한국으로 따지면 시 정도쯤 되는 마을 같았다.

쑤컹-!

그런데 바로 그때, 그곳에서 거대한 무언가가 눈 깜짝할 사이에 날아가 아파트로 처박히는 게 보였다.

콰과광-!

포탄.

탱크에서 쏘아진 포탄이었다.

그리고 아파트에서는 무언가가 길게 꼬리를 달고 올라가는가 싶더니 아래로 뚝 떨어지는 게 보였다.

통칭 재블린이라고 불리는 무기였다.

유도방식의 대전차 미사일이다.

콰광-!

명중했는지 건물 뒤쪽으로 까만 연기가 솟아올랐다.

"휴, 전쟁을 이렇게 생생하게 눈앞에서 보게 되다니. 어쩐지 가슴이 떨리네요."

-그래도 혹시 모르니 조심해라. 저런 걸 갑자기 맞았다간 너도 무사하진 못해.

그래, 아무리 카우라를 두른다고 한들, 충격이 보통이 아닐 것이다.

어디 한 군데 부러지는 거로는 안 끝날 수도 있었다.

"방비로 이 정도는 해 둬야겠네요."

나는 반지의 능력을 이용해 차체 안쪽을 빛으로 둘렀다.

외부는 파괴되더라도 안쪽에선 무사할 수 있도록 보호 장치를 해 둔 거였다.

설사 차가 폭발해도 보호막이 불길을 막아 줄 것이다.

뭐, 불의 원소 마법을 이용하면 애초에 다칠 일도 없겠지만 그래도 대비는 해두자.

아무튼 그렇게 나는 투명해진 차를 타고 전쟁터의 중심으로 천천히 나아갔다.

탱크를 엄폐물 삼아 총을 쏘던 러시아 군인들은 해가 질 무렵이 되자 뒤로 후퇴를 시작했다.

그들의 물러남에 따라 한쪽에서는 함성이 들려왔다.

아무래도 러시아 군대를 물러나게 했다는 것에 대한 환호 같았다.

"싸움도 끝난 것 같은데, 한 번 가 볼까요?"

-그러자꾸나. 누구라도 만나 봐야 상황을 자세히 알 수 있겠지.

"그것보단 몰래 살짝 둘러보는 게 나을 것 같네요. 감추는 게 있다면 그게 뭔지도 알아낼 겸."

-후후, 그것도 좋겠지.

나는 통역 마법을 펼친 후에 천천히 거리를 돌아다녀 봤다.

그래야 상대가 뭐라고 말하면 나도 알아들을 수가 있기 때문이다.

거리에는 사람 하나 없이 정적이 감돌았다.

그렇다고 감시하는 사람이 없진 않을 것이다.

벌써부터 싸한 기분이 솜털을 자극시키고 있으니까.

누군가가 살기를 지니고서 나를 지켜보고 있는 거였다.

"뭔가 시선이 느껴지긴 하는데, 어디……."

왼손 손목을 만진 순간, 투시와 함께 밤도 낮처럼 훤히 보이기 시작했다.

밝아진 눈으로 주변을 둘러보니 곳곳에서 저격총을 든 이들이 나를 조준하고 있는 게 보였다.

"훗, 제법 많군. 그럼 살짝 놀라게 해 줘 볼까?"

* * *

저항군 대장인 마울리시는 보고를 받으며 표정이 심각해졌다.

"무슨 소리야? 방금 전까지 미식별자가 밖에 돌아다니고 있다고 했잖아!"

"네, 저희가 몇 명이나 같이 보고 있었습니다. 그런데 정말 갑자기 시야에서 사라졌습니다!"

"적이 감시병으로 보냈거나 저격수일 수도 있으니까 사람을 더 보내서 찾아! 자다가 총알 맞기 싫으면 어떻게든 찾으라고!"

"네!"

마울리시 한숨을 푹 내쉬었다.

"하루하루 버티기도 힘든데, 이런 아마추어들을 데리고 전쟁을 해야 한다니. 미치겠군."

총을 들고 있기는 하지만 절반 이상이 민간인이었다.

그랬던 사람들이 훈련조차 받지 않고서 총을 들었으며, 자신들 나라를 지키겠다고 이리 싸우고 있는 것이었다.

물론, 그 의지와 용기에는 찬사를 보낸다.

그렇지만 그런 사람들을 이끌고서 전쟁을 치러야 하는 자신으로서는 답답한 게 한두 가지가 아니었다.

그런데 밖에서 머뭇거리던 사내가 얼른 들어와 마울리시 앞에 섰다.

"저기, 대장."

"미에스코 씨?"

"며칠 전에 저희 딸이 붙잡혀갔다는 건 알고 계실 겁니다. 근데 러시아 측에서 경고장을 보내 왔다면서요? 우리가 항복하지 않으면, 포로로 잡은 마을 사람들을 마을 인근에서 공개 처형하겠다고요?"

마울리시는 난감했다.

"어떻게 된 게 비밀이고 뭐고 없구먼. 알려지면 혼란만 생긴다고 그렇게 말을 해도……."

미에스코가 그 자리에서 무릎을 꿇었다.

"대장! 부탁드립니다. 길을 걷다가 맞은 포탄에 자기 어미도 잃은 아이입니다! 그렇게 죽게 할 수는 없습니다! 제발 제 딸과 마을 사람들을 구출해 주십시오!"

마울리시가 그를 일으켰다.

하지만 좋은 말은 해 줄 수가 없었다.

"미에스코 씨, 지금 우리가 병력은 물론, 무기들까지 현저히 부족하다는 건 알고 계십니까?"

"좀 힘들다고 들었습니다."

"힘든 정도가 아닙니다. 저 밖에서 지원을 해 주지 않으면 우린 여기서 일주일도 버티지 못할 겁니다. 반면, 러시아는 훨씬 많은 군대와 탱크들이 있습니다. 그 뒤로 끊임없이 늘어나서는 매일같이 더 강하게 들이닥친단 말입니다. 항복을 해도 저들은 우리를 살려 두지 않을 겁니다. 아마 마을 사람들과 함께 처형을 하겠죠. 구출 역시 실패할 겁니다. 저들이 주변으로 탱크와 저격수들을 배치해 두었을 테니까요. 공개 처형은 저희를 끌어내기 위한 함정이란 말입니다."

미에스코는 손바닥으로 머리를 쓸고 얼굴을 쓸며 표정이 새하얗게 질려 갔다.

"그, 그럼 우리 딸은요. 그냥 저대로 죽으란 겁니까?!"

마울리시는 더욱 진지한 표정을 지어 보이며 또박또박 말했다.

"곡해해서 듣지 마십시오. 저는 그렇게 말하지 않았습니다.

저희가 할 수 있는 게 아무것도 없다고 말하고 있는 겁니다. 지금 여기에서 겨우 버티고 있는 사람들, 전부 거기로 보내서 죽일까요? 우리 마을이 못 버티면 다음 마을에서 또 다른 미에스코 씨가 딸을 잃고, 아내를 잃으며 고통받아야 하는데. 그걸 보고 싶으신 겁니까?"

"어흐흐흑! 저는 제 딸 민디가 너무 보고 싶습니다⋯⋯. 어흐흐흐흑!"

그 가슴 아픈 울음에 마울리시도 함께 눈시울을 붉혔다.

그는 감성적인 사람이다. 자신 역시 이 전쟁으로 가족 모두를 잃었다.

그래서 더욱 미에스코의 마음을 모르지 않았다.

"압니다⋯⋯. 그래서 나도 미안합니다. 아무것도 해 줄 수 없는 이 무력함이⋯⋯ 너무 미안합니다."

마울리시의 눈물이 눈가에 맺혀 한 방울 떨어질 때였다.

갑자기 그의 옆에서 누군가가 의자에 앉은 채 말을 걸어왔다.

"러시아에서 민간인을 처형하겠다고 한 게 사실입니까?"

깜짝 놀란 마울리시는 벌떡 일어나고는 입가를 스카프로 가린 누군가를 보았다.

그는 그보다 빠를 수 없을 만큼 신속하게 허리춤에서 권총을 꺼내고서 그를 향해 겨누었다.

"당신 누구야?!"

"아까 당신들이 말하던 미식별자."

"미쳤군. 죽고 싶어서 여길 왔나?"

"그렇다고 러시아 사람은 아니고. 국적을 묻는 거라면 한국인."

"한국인이라고?"

"이곳에 의용군으로 들어오겠다고 하는 사람들과 함께 오긴 했는데, 딱히 나는 그럴 생각은 없고. 그냥 확인차 왔어. 정말로 러시아가 세상으로 알려지고 있는 것처럼 그런 학살과 전쟁 범죄를 일으키고 있는지 알고 싶어서."

"혹시 신분을 증명할 게 있나?"

최강은 지갑을 꺼내어 건네려고 했다.

마울리시는 그의 행동을 극도로 경계했다.

"천천히. 이상한 짓을 하면 내가 쏠 수도 있다는 걸 알아야 할 거야."

"훗. 그러지."

최강은 지갑을 들어 보이며 마울리시에게 던졌다.

그 안에서 신분증과 몇몇 카드를 발견한 그는 신분증 얼굴을 보고는 최강에게 말했다.

"얼굴. 보여 봐."

최강은 스카프를 살짝 내려 얼굴을 보여 줬다.

신분증의 얼굴과 일치하자 마울리시가 다시 지갑을 던져 주었다.

총을 내린 그는 황당했다.

"당신 제정신은 아니군. 지금 여기서 그런 식으로 나타났다간 총 맞기 딱 좋다는 걸 알아야 해."

"이래 보여도 능력은 좋아서."

"의용군 자원자와 함께 왔다고 했나?"

"맞아."

"근데 의용군에 들어올 생각은 없다?"

"그것도 맞고."

"당신 눈으로 이곳의 참상을 확인하면? 그땐 뭐가 달라지는데?"

"러시아 군대를 자기들 영역으로 쭉쭉 밀어낼 수 있겠지."

"당신 하나 있다고 그게 가능하다고? 크으, 아무나 다 받아준다고 하니까 별 미친 인간들까지 다 모여드는군. 이 전쟁, 정말 힘들겠어……."

최강은 웃었다.

그가 그리 말하는 것도 무리가 아니란 건 안다.

웬 놈이 갑자기 나타나서는 러시아 군대를 밀어낼 수 있다고 하는데 누구인들 믿을까.

"믿기 힘든 사람한테는 보여 주는 것만큼 빠른 게 없지. 러시아에서 그 마을 사람들을 언제 처형한다고 했지?"

"내일 정오……."

"그렇군."

최강이 의자에서 일어나 다른 곳으로 걸었다.

마울리시는 눈매를 꿈틀대며 물었다.

"이봐! 어딜 가는 거야?"

"그때까진 할 게 없잖아. 그 전까진 조금 둘러볼게."

"그러고 다니다간 총 맞는다니까?"

"그럼 거기 있는 사람이라도 붙여 주든가. 미에스코 씨라고 했나요? 괜찮으면 안내 좀 해 주시죠."

최강이 허락을 바라듯 마울리시를 보았다.

마울리시는 어차피 자기 멋대로의 군대에 무슨 규율이 있을까 싶어 포기한 사람의 눈빛을 보냈다.

"그래, 마음대로 해라. 하아, 더는 무너질 기강도 없다."

마울리시는 누군가를 불러 최강의 감시를 맡겼지만, 최강은 대수롭지 않게 미에스코와 함께 다니며 여러 사람을 만나고 이야기를 나누기 시작했다.

* * *

최소현은 오랜만에 친구 민신혜를 만났다.

"어서 와."

민신혜는 자리에 앉자마자 투덜대기부터 했다.

"어우~ 너는 뭐가 그렇게 바쁘니? 커플로 여행 한 번 가자고 해도 바쁘다고만 하고."

"최근에 유럽 곳곳으로 안 다녀 본 곳이 없어서 말이야. 정말 많이 바빴어, 얘."

"아니, 경찰에서 국가정보원 요원이 된 것도 정말 놀랄 일인 것 같은데, 그렇게 임무 때문에 해외도 돌아다니고 그러는 거야?"

"호호, 어쩌다 보니까. 그렇게 된 거지, 뭐."

"그렇구나······. 야, 근데 그 일, 위험하진 않아? 민생이나 돌보고 범죄자나 잡는 일하고는 차원이 다를 거 아냐?"

"당연히 위험하지. 이번에 독일에서도 정말 죽을 뻔했는데."

"허업! 진짜? 무슨 일이 있었는데?"

그렇지만 집이 살아있는 생물체가 되어서는 자신을 잡아먹으려고 했다는 말은 차마 할 수가 없었다.

"아······ 그건, 기밀?"

"어우~ 치사해. 그거 조금 말해 주는 것도 안 되냐?"

"이런 거 어기면 큰일 난다는 거 모르니? 이쪽에선 그런 거하나에도 사표로 안 끝나."

"으, 싫다. 난 그런 곳엔 절대 못 들어갈 것 같아."

그녀들은 일상적인 대화를 나누다가 남자들에 관해서 대화가오갔다.

"요즘 정원 씨는 어때? 둘이 잘 지내?"

민신혜는 얼굴 전체로 행복을 가득 담았다.

"우리야 언제나 달달하지~! 야, 나는 정원 씨가 건강한 건 알았지만, 그렇게 에너자이저일 줄은 꿈에도 몰랐지 뭐야. 지칠

그런 쓰레기라면 죽어 마땅하지 159

줄을 모르더라니까?"

최소현은 화들짝 놀라서는 주변 눈치를 살폈다.

"어우, 야~! 너는 무슨 그런 얘기를 주변 시선도 안 보고 하니?"

"에이, 누가 듣는다고."

"아유, 참. 내 얼굴이 다 화끈거린다, 얘."

민신혜가 음흉한 미소로 최소현을 쳐다봤다.

"그러는 넌? 아직도 진도 안 나간 거야?"

"마, 말 안 해."

"어어? 얼굴 빨개지는 거 보니까 나가긴 했나 본데? 어땠어? 최강 씨도 막 야생마 같은가? 지칠 줄 모르고? 이렇게 막?"

"어우, 저질!"

"호호호호호!"

민신혜는 중간에 김정원의 전화가 와서 달달한 통화를 했다.

"어웅~ 자기야~! 웅, 나 소현이 만났어. 오랜만에 차도 마시고, 술도 한잔할까 해서."

"술? 우리가?"

잠깐 보자는 말에 나왔던 최소현은 잠시 황당해했지만, 원래 그런 민신혜인 걸 알기에 넘어가기로 했다.

최소현은 민신혜가 전화를 끊자 곧바로 물어 왔다.

"정원 씨가 잘 챙겨 주나 봐?"

"우리 자기는 뭐, 하루에 열 번은 전화하고 그래."

"그래······."

"뭐야, 넌 항상 붙어 다니면서?"

"그렇기는 한데. 어제부터 보이지를 않네, 이 남자가."

"왜? 어딜 갔는데?"

"출장이라고 하는데. 말을 안 해. 기밀이라면서."

"너네는 그건 좀 섭섭하겠다. 임무 때문에 서로한테도 그런 걸 숨겨야 하고."

최소현은 턱에 손을 받쳤다.

"다른 중요한 것들은 전부 다 공개하면서, 이번엔 대체 무슨 일이지······."

"전화라도 해 봐?"

"해 봤는데, 바쁜 건지 안 받아."

"한참 뒤에도 전화도 안 오고?"

"응."

"너무했다~!"

"임무 중이라면 뭐, 어쩔 수 없는 거니까."

* * *

오전이 조금 지났을 때였다.

마울리시는 보고를 듣고 화들짝 놀랐다.

"그게 무슨 소리야! 일부 병력이 빠져나갔다니?!"

그는 사람들이 모여 있는 곳을 확인했다.

주로 이 마을에서 희망자로 들였던 사람들이 사라져 있었다.

"설마……!"

그는 즉시 수하에게 물었다.

"그 사람들 혹시 무기도 가져간 거야?"

"네. 지니고 있던 걸 가지고 간 것 같습니다. 혹시 오늘 처형한다고 한 마을 주민들을 구출하러 간 걸까요?"

"말해 뭐해. 당연한 것을."

"어떻게 할까요? 그렇게 가서는 전부 죽게 될 텐데."

마울리시는 무척 난감했다.

"빌어먹을……."

그런데 어떻게 된 것이 어제 나타났던 한국인도 보이질 않았다.

"이봐! 어제 미에스코 씨하고 같이 다니던 한국인은 어디로 갔어?"

대답은 다른 곳에서 흘러나왔다.

"아침에 밖으로 같이 나가는 걸 봤습니다!"

"크으……. 그놈이야. 그놈이 괜한 헛바람을 집어넣은 게 확실해. 러시아 군대를 밀어낸다, 어쩐다, 헛소리를 지껄일 때부터 알아봤어야 했는데! 내 실수야."

그는 어찌할까 고민하다가 시계를 보았다.

막 10시가 넘어가고 있었다.

"정오에 처형을 한다고 했으니까 어쩌면 아직 기회가 있을지도 몰라. 전부다 무장시키고, 나를 따라오도록 해!"

"대장, 어쩌시려고요?"

"어쩌긴! 일을 벌이기 전에 설득을 해야지! 지금이라면 아직까진 막을 수 있어!"

* * *

11시쯤 되어 가자 러시아 군대는 지루함을 느꼈다.

벌써 한 시간 전부터 마을 사람들을 나무에 묶어 놓고 탱크의 포신을 겨누고 있는 상태였다.

혹시라도 그 전에 저항군이 올까 싶어서였다.

"중령님, 놈들이 오겠습니까?"

"메토프 소위, 자네라면 올 것 같은가?"

"멍청한 놈들이 아니고서야, 안 오는 게 옳은 거겠죠."

"그렇지? 그래도 한 번쯤은 써먹어 볼 법한 방법이라서 해 본건데. 지루하군그래. 더는 못 기다리겠어. 모두 사격 준비!"

그의 명령에 메토프 소위가 깜짝 놀랐다.

"안톤 중령님! 정말로 처형을 하시려는 겁니까?"

"자네가 보기에도 더 기다려 봐야 소용없을 것 같잖아. 그러니까 빨리 끝내자고."

"하지만……."

"왜, 내 명령이 불만인가? 하하! 저런 버러지 놈들 처형하는 게 한두 번도 아닌데 뭘 그래?"

"네……. 그건 그렇지요."

"어차피 다 쓸어버려야 끝날 전쟁이야! 자, 시작하자고."

그사이 마울리시는 멀리 떨어진 곳에서 망원경으로 그곳을 살피고 있었다.

"뭐야, 저것들! 아직 시간이 남았잖아. 근데 왜 저래?"

"아무래도 지금 처형을 시작하려나 봅니다!"

"젠장……. 이 쳐죽일 새끼들……."

마울리시는 주변을 둘러보다가 빠져나간 동료들을 발견할 수 있었다.

그는 얼른 수하를 시켰다.

"저쪽이야. 들키기 전에 얼른 돌아오라고 전해! 어서!"

"네! 대장님!"

한편, 미에스코는 러시아 군인들의 분주한 모습에 피가 말라 갔다.

그는 망원경으로 인질이 된 사람들을 지켜보다가 크게 흥분했다.

"미, 민디! 내 딸입니다! 내 딸 민디가 저기에 있다고요!"

그는 총을 잡고 당장에 뛰쳐나가려고 했다.

하지만 최강이 나서며 그를 막았다.

"지금 나가면 죽습니다."

그는 살며시 일어나 모두를 쭉 둘러봤다.

"지금 여러분들께선 안 보이겠지만, 지금 곳곳의 무너진 건물들 하며, 구석구석에 러시아 저격수들이 배치되어 있습니다. 그리고 위치를 들킨 순간, 탱크의 포탄까지 여기로 날아들겠죠. 그럼 여기 있는 사람들 모두 살아남지 못할 겁니다."

미에스코가 초조해서는 말했다.

"그럼 내 딸이 저렇게 죽는 걸 지켜보라는 겁니까?!"

최강이 그런 미에스코의 어깨를 부드럽게 만져 주었다.

"아뇨. 따님은 제가 구하겠습니다. 여러분들은 해방전투의 시작이 되는, 오늘을 기억하기만 하면 됩니다."

최강은 몸을 바로 세우고 앞으로 나아갔다.

마울리시가 망원경으로 그런 모습을 보고 크게 놀랐다.

"저런 미친놈이……!"

최강은 걸으며 탱크가 있는 쪽을 보았다.

그의 표정은 그 어느 때보다 무섭게 변해 있었다.

"단순히 협박용이면 그래…… 그럴 수 있어. 그렇지만 정말로 그게 쏘아진다면 니들은 오늘 내 손에 죽을 줄 알아."

민간인 학살을 눈앞에 지켜보게 된다면 그는 결코 저들을 용서하지 않을 생각이었다.

그는 전날 수많은 사람들을 만나며 가족들이 어떻게 죽고 어떻게 붙잡혔는지를 들었던 바, 감정이 많이 고조되어 있었다.

한데 그 진실이 실제로 눈앞에서 벌어진다면, 그 분노의 표출을 더는 절제하지 않으려 했다.

피융……!

휘익!

바로 그때, 어디선가 저격의 총알이 날아들었다.

하지만 최강은 슬쩍 피하며 계속 인질들을 향해 걸어갈 뿐이다.

"총알을…… 피하고 있어……."

"말도 안 돼……."

미에스코와 다른 사람들이 놀라며 그 광경을 지켜보는 가운데, 최강은 카우라를 가득 끌어올렸다.

본능의 감각들이 상승하는 가운데, 저 멀리서 조준하고 있는 탱크에서 포탄을 장전하는 소리가 들려오고 있었다.

처럭. 스르르륵. 처컹!

최강의 표정은 더욱 일그러졌다.

멀리서 지휘를 하고 있던 안톤 중령도 최강을 발견하고는 황당한 웃음을 흘렸다.

"뭐야, 저 미친놈은?"

"아무래도 인질을 구하려고 온 모양인데요?"

"크하하하! 그럼 눈앞에서 처참한 광경을 보여 줘야겠군!"

그리고 외쳤다.

"사격-!"

그의 외침에 따라 탱크에서 육중한 소리가 울려 퍼졌다.

쑤컹-!

포탄은 놀라운 빠름으로 나무에 묶인 마을 사람들에게로 쏘아졌다.

그들 모두는 공포에 질려 눈을 질끈 감았다.

휘우우우우우우우욱……!

그런데 수많은 이들이 목숨을 잃게 될 바로 그때!

바람처럼 날아든 최강이 막 마을 사람들에게 떨어지려는 포탄을 주먹을 휘둘러 날려 버렸다.

터엉……!

커다란 쇳소리의 울림과 함께 튕겨진 포탄은 엉뚱한 곳으로 날아가 건물에 처박히고 있었다.

콰광-!

"크허허헉……!"

"뭐야…… 방금 무슨 일이 일어난 거야……?"

처형을 명령한 안톤 중령도, 망원경으로 지켜보고 있던 마울리시도, 최강과 함께 왔던 미에스코도 눈앞의 광경을 믿을 수가 없었다.

"저걸…… 주먹으로 쳐 냈다고?"

영화에서나 볼 법한 히어로!

그와 같은 존재를 본 것만 같은 심정에 마울리시는 물론이고 미에스코와 함께 있던 모두가 격한 환호성을 내질렀다.

"우와아아아아아아아아-!"

최강은 더없이 분노했다.

"진짜로 쐈다 이거지……. 빠드득!"

그는 땅의 원소를 이용해 밑으로 긴 구멍을 팠다.

바람의 원소를 칼날처럼 만들어 묶인 이들을 모두 풀어 준 그는 모두에게 말했다.

"잠깐 들어가서 몸을 피하세요. 여긴 조금 시끄러워질 테니까."

한 여자아이가 물어왔다.

"아저씨는 누구세요?"

"넌 이름이 뭐니?"

"저는 민디요."

최강이 환하게 웃었다.

"그럼 네 아빠가 미에스코 씨겠구나."

"우리 아빠를 알아요?"

"그럼. 나를 보낸 게 너희 아빠인데."

"정말요? 아빠가 진짜 아저씨를 보냈어요?"

"안으로 들어가서 몸을 피하고 있으렴. 그럼 곧 아빠를 만나게 해 줄게."

민디는 밑으로 생긴 굴로 들어가다 말고 최강을 불렀다.

"아저씨!"

"응?"

"고맙습니다……."

그 인사를 듣는데 뭐가 이렇게 울컥하는지.

분노로 가득한 가슴으로 뒤섞인 그 따듯한 인사는 더욱 강한 활화산 같은 감정을 만들어냈다.

저 여리고 한없이 예쁘기만 한 아이를 죽이려고 했다는 사실에 그 분노는 한층 더해져 갔다.

그리고 그가 그렇게 만들어진 매서운 눈길로 러시아 군대를 쏘아봤다.

"그래……. 인사를 받았으면 그만큼 답을 해야겠지."

* * *

최강은 자리를 옮겼다.

이쪽으로 포탄이 떨어지면 파 놓은 구멍이 무너질지 몰랐다.

자리를 옮겨야만 마을 사람들이 조금이라도 안전해지는 것이다.

안톤 중령은 얼굴을 구기며 소리쳤다.

"뭐 하고 있어! 어서 저놈을 공격해!"

"네!"

명령과 동시에 최강을 향해 정말 많은 것들이 쏟아졌다.

곳곳에서 저격수들의 총알에, 다른 곳에서 나타난 탱크의 포탄에, 거기에 이동형 미사일까지.

온갖 것들이 순식간에 날아들었다.

"되돌려주지."

최강은 일순간 바람의 원소를 강하게 일으켰다.

미사일과 포탄들이 튕겨지듯 위로 솟아올랐다.

최강은 거기에 보태어 그 방향을 러시아 군대로 향하게 했다.

휘우우우우웅……!

푸스스스스……!

"허억!"

"피, 피해!"

"이쪽으로 날아온다!"

콰광!

퍼어엉-!

포탄과 미사일을 전부 제대로 맞출 수는 없었지만, 탱크 두 대가 그 자리에서 폭발하고 군인들 몇이 산산이 조각나며 튕겨 나가는 게 보였다.

하지만 저격수들의 총알은 여전히 곳곳에서 날아들고 있었다.

"귀찮아……."

최강은 빛의 원소를 끌어냈다.

강렬한 빛은 돋보기처럼 만들어진 얼음을 통과하여 더욱 가늘어졌다.

그 빛들은 다시 반사경으로 만들어진 얼음을 통해 수 없이 늘어나 수많은 건물과 바위 위로 쏟아져 내렸다.

저격수들 모두가 전멸한 것이다.

"이제야 좀 났군."

그는 러시아 군대에도 같은 걸 할까 고민했지만, 곧 그만두었다.

"저놈들까지 빛으로 끝낼 순 없지. 나는 지금 타격감에 고프거든."

그는 지금 뭐든 때려 부수어야 속이 후련할 것 같았다.

눈앞에는 그 원흉이 있었다.

그래서 부담 없이 달려들었다.

"저놈을 죽여! 어서!"

수많은 포탄과 총알이 날아드는 가운데, 최강이 하늘을 날았다.

포탄은 그의 빠름을 잡아 낼 수 없었고, 최강은 탱크로 날아들어 칼로 포신을 잘라 버렸다.

그리고 길게 늘어지는 카우라의 기운으로 탱크를 반으로 갈라 버렸다.

콰광-!

그는 바람처럼 쌩쌩 움직이며 러시아 군인들을 베고 탱크들을 폭파시켰다.

그리고 어느 순간 거대한 불의 파도가 일어나더니 사방으로 흩어지는 광경까지 나타났다.

다른 곳에서 나타난 탱크가 포탄을 쏘았지만 소용없다.

하늘에서 폭격처럼 쏟아지는 유성 앞에 탱크는 피할 수조차 없이 폭발하고 말았다.

바람을 일으키고, 빛을 번뜩이며, 하늘에서 화염의 비를 떨어뜨리는 존재.

저항군 대장 마울리시는 황홀감에 젖어 들었다.

"내가 보았던 분은 신이었구나……. 우리를 가엽게 여기는 신께서 우리의 기도를 들어주신 게야……."

최강은 그 이후 모습을 감췄지만, 저항군 모두는 잠시 그 자리에 무릎을 꿇고서 전투가 일어난 곳을 향해 경배를 올렸다.

"신이시어, 감사합니다……!"

* * *

최소현은 핸드폰으로 뉴스를 보다가 황당한 걸 보게 되었다.

[속보입니다. 러시아 군대가 공격을 멈추고 후퇴를 거듭하고 있다는 소식입니다.

전투의 양상은 갑자기 급변했다고 하는데요.

폴란드의 군인 중 하나는 구원자가 나타나 러시아 군대를 물리쳤다, 이렇게 말했다고 합니다.]

그와 함께 폴란드 군인이 스스로를 찍은 영상이 나왔다.

[우리는 신의 존재가 실재한다는 것을 보았습니다. 그분께선 위대한 힘으로 러시아 군대를 물리쳤고, 우린 그분의 구원을 받

았습니다. 보지 않은 사람들은 믿지 못하겠지만, 목격자가 매우 많습니다. 내가 하는 말은 모두 진실입니다. 그렇지 않고서 러시아 군대가 저렇게 물러날 수가 없는 거지요.]

핸드폰을 내린 최소현은 황당했다.

갑자기 신이 나타나 러시아 군대를 공격한다니.

거기서 떠오르는 사람은 최강밖에 없었다.

"설마…… 최강 씨 지금 여기에 가 있는 거? 아이, 씨! 이 남자가 진짜……!"

그녀는 다른 것에 화나는 게 아니었다.

자기만 놔두고 혼자 거길 갔다는 거.

오로지 그것에 화가 났다.

"누구는 나서고 싶지 않아서 안 나선 줄 아나. 진짜 치사해. 어디 오기만 해 봐. 내가 가만 안 놔둘 거야."

＊ ＊ ＊

한편, 제이슨은 러시아 쪽에 가 있는 헌터로부터 심각한 정보를 전달받게 되었다.

그는 사진을 보며 큰 충격에 빠지고 말았다.

그리고 전화를 걸어 확인코자 했다.

"방금 전에 이 사진, 진짜인가?"

러시아 현지에 가 있는 헌터는 심각한 어조로 답했다.

그런 쓰레기라면 죽어 마땅하지 173

[네, 진짜입니다. 저희들 장비로 찍은 사진이고, 보시는 바와 같이 크렘린궁 전체가 그처럼 파란색으로 보이고 있습니다.]

제이슨은 미간을 찌푸렸다.

"그렇다는 건, 그 건물 전체가 다크 웨이브의 손아귀에 넘어갔다는 것이잖아!"

[아무래도 이번 폴란드를 향한 러시아의 공격에는 다크 웨이브가 관련된 것 같습니다.]

"해치울 방도는?"

현지의 헌터는 무척 곤란해했다.

[얼마 전 암살 시도를 이유로, 주변에 무장한 경호 인력은 물론, 군인들까지 잔뜩 배치되어 있는 상태입니다. 거기에 내부로의 출입도 완전히 차단되어 있어 도저히 가까이 다가갈 방법이 없습니다. 다크 웨이브를 상대하려면, 그 전에 러시아의 군대부터 상대해야 할 상황입니다.]

"일이 어렵게 되었군. 정말로 전쟁에 다크 웨이브가 관련되어 있다면, 그들을 처리하지 않고서는 전쟁이 끝나지 않을 터인데……."

[건물과 일체화를 이룬 마법은 저 혼자로는 어떻게 할 수 없습니다. 다른 헌터가 필요합니다. 그것도 매우 높은 등급의 …….]

"알았네. 상황이 급한 만큼 최대한 빨리 지원을 보내 주도록 하지."

전화를 끊은 제이슨은 깊은 생각에 빠졌다.

"전쟁이라니……. 다크 웨이브가 왜? 무슨 득이 있어서?"

그들의 목적이 무엇인지는 몰라도, 이처럼 큰일을 벌이는 거로 보아서는 뭔가 나쁜 일을 꾸미고 있는 게 분명했다.

제이슨은 그들의 목적을 모르는 현실이 더욱 불안했다.

* * *

폴란드의 작은 마을에서 대대적인 공격이 진행되고 있었다.

피유유융-!

콰과광-!

그런데 폭발과 함께 하늘에서 쏟아지는 불꽃들이 심상치가 않았다.

파라라라락-!

나는 그것들이 뭔지 단박에 알아차렸다.

"집속탄이야!"

집속탄이란, 하나의 폭탄 안에 여러 소형 폭탄을 넣은 폭탄을 뜻했다.

거기다가 저 강한 불꽃을 보자면 소이탄일 게 뻔했다.

마을에 있을 주민들까지 전부 불태워 버리겠다는 거였다.

대량살상 피해가 심해 국제적으로 금지된 무기인데.

"정말 볼 때마다 속에서 울화가 치미는군."

그런 쓰레기라면 죽어 마땅하지 **175**

민간인의 피해는 안중에도 없는 러시아에 분노가 일었다.

그래서 나는 손을 뻗었다.

작은 바람으로 시작되었으나, 소이탄이 떨어지려는 곳으로 점차 회오리바람이 형성되었다.

소이탄은 떨어지기 전에 죄다 하늘로 말려 올라갔다.

"고스란히 니들이 당해 봐, 어디!"

나는 그 소이탄들을 마을과 떨어져 있는 러시아 군대로 고스란히 옮겨버렸다.

갑자기 자신들을 향해 떨어지는 소이탄에 러시아 군대가 혼비백산이다.

여기저기 비명이 솟구치고 폭발이 일어났다.

반대로 마을에선 환호성이 울렸다.

"신이다! 폴란드의 신께서 근처에 계신다-!"

"와아아아아-!"

"신이시여, 감사합니다-!"

솔직히 좀 낯부끄럽다.

부모 없이 다치고, 떠돌고, 죽어 가는 아이들이 불쌍해서 나선 것뿐인데.

그래도 뿌듯한 게 사실이다.

"이렇게나마 도울 수 있는 능력이 있다는 게 얼마나 감사한지 모릅니다."

-그 감사는 우리에게 하는 거겠구나.

"네. 당연하고말고요."

-우리도 약한 자를 도울 수 있어서 기분이 좋구나.

* * *

크렘린궁에선 고성이 오갔다.

쾅!

"그게 말이 되는가?! 고작 한 사람 때문에 군대가 밀린다니?"

"이것이 그렇게 단순하게 볼 일이 아닙니다, 대통령님."

국방부 장관이 영상 하나를 띄웠다.

"이것은 저희 장교 중 하나가 찍은 영상입니다. 한 번 보십시오."

영상에는 거대한 회오리가 나타나 탱크들과 장갑차들을 뒤집어 버리는 장면이 나오고 있었다.

곳곳으로 빛줄기가 번뜩이는 찰나, 모든 것들이 폭발하고 있었다.

영상은 짧았지만, 마지막에 허공을 날아다니는 사람이 찍혀 있기도 했다.

"대체 이건 뭐지? 그러니까 저것들이 전부 사람이 한 짓이라고?"

"폴란드에선 그를 폴란드의 신이라고 부르고 있습니다. 보시는 것과 같이 그는 인간이 아닙니다! 도저히 그를 막을 방법이 없단 말입니다!"

그러나 바오틴 대통령은 강경했다.

"닥치고 더 병력을 쏟아부어! 아니면 저놈을 찾아 핵이라도 쏘란 말이야!"

"대통령님, 그랬다간 이 나라는 망할 것입니다!"

"이런 무능한 새끼들……! 됐으니까 전부 나가! 멍청한 것들이 일 하나를 똑바로 못 해서는! 당장 나가지 않고 뭐 해!"

장관들은 쫓겨나듯 밖으로 나왔다.

국방부 장관은 속이 답답한지 한숨을 푹 내쉬었다.

"더 전쟁을 이어 갔다간 이 나라가 위태로울 지경인데. 대체 대통령께선 왜 이리도 이 전쟁을 끝까지 끌고 가려고 하시는 것인지……."

장관들과 장성급 군인들이 나가자 바오틴 대통령이 있던 방으로 다크 웨이브의 사내들이 들어섰다.

"도대체 훼방을 놓고 있다는 폴란드의 신이란 놈이 누구야?"

"혹시 전쟁을 두고 보지 못한 헌터가 나선 건 아니고?"

바오틴 대통령으로 변해 있는 아이칸이 영상을 보여 주었다.

"이걸 봐. 한 놈인 게 분명한데, 여러 힘을 쓰고 있어. 마법의 등급도 상당히 높아 보이고."

그들 모두의 표정이 돌처럼 굳어졌다.

"저거는 혹시……! 그놈인 거야? 독일에서도 죽이지 못한?"

"어쩌면……."

"크음, 일이 어렵게 돌아가는군."

아이칸이 긴 숨을 뱉어냈다.

"후우…… 저놈 때문에 구슬로 모으는 영혼의 수가 현저히 줄어들고 있어. 언제 조율자 놈들이 들이닥칠지 모르는 이때에……."

케스트로가 창을 통해 밖을 쳐다봤다.

"그래도 저만한 군대를 배치해 두었으니 조율자 놈들도 쉽게는 공격하지 못할 거야."

"그나마 그게 있어 안심이긴 한데……. 아무튼 더 서둘러야해. 현대식 무기를 쏟아부어서라도 저 폴란드의 신 놈을 죽일수 있으면 좋을 텐데."

"아무리 그래도 핵은 너무했어."

"후후, 역시 그건 아니겠지?"

"그랬다간 구슬조차 회수하지 못할 거야. 우리 희생이 다 헛수고가 되어 버린다고."

"알아. 거기다가 온 세상이 멸망하는데, 우리라고 멀쩡할 순없을 테지."

아이칸은 멈춰진 영상을 뚫어져라 쳐다봤다.

"그럼 저놈은 어떻게 죽인다……."

* * *

깊은 숲속에서 총성이 들려오고 있었다.

그곳에 있는 건 한국, 일본, 독일의 군인들이 뒤섞인 의용군이었다.

콰광-!

"모두 뒤로 후퇴! 어서 빠져!"

타다다다당! 타다다다당!

그들은 지금 러시아 군인들에 의해 추적당하고 있었다.

의용군은 포로로 잡힌 폴란드 병사들과 민간인들의 협상 도구로 쓰고자 전날 극비작전을 펼쳐 러시아의 장교를 납치한 바 있었다.

한데 러시아 군인들에게 들켜 이렇게 추적을 당하고 있는 거였다.

"저것들 왜 저렇게 끈질겨!"

"이러다가 자기들 장교가 죽어도 괜찮다는 거야?"

그러자 끌려가던 장교가 비웃음을 흘렸다.

"후후, 내 부하들을 얕보고 있군. 저들은 내 목숨 따위를 걱정하는 게 아냐. 나와 자신들의 명예를 지키는 게 중요한 자들이지. 내가 잡혀가서 치욕을 당하게 할 바에야, 차라리 내 목숨을 끊어 주는 게 낫다고 생각할걸?"

"러시아 최고의 부대라고 하더니. 정말 지독한 놈들이로군."

유리 보르세프.

러시아 특수부대의 장교이며, 가장 잔인하고 지독하다고 알려진 인물이다.

지금까지 유리가 이끄는 부대에 당한 폴란드 부대만도 엄청나, 폴란드 군인들에게는 공포의 대상이기도 한 존재였다.

그런데 그렇게 대단한 인물을, 의용군이 작전을 펼쳐 포로로 잡게 된 거였다.

타다다당-!

그러나 사방에서 몰아쳐 오는 적들로 인해 독일의 군인도, 일본에서 온 군인도 하나 둘 쓰러져 가기 시작했다.

털썩.

"켄타로!"

피융-!

퍼억!

"커윽!"

오상역도 어디선가 날아온 총알에 의해 어깨를 맞고 말았다.

"상역 형님-!"

"끄윽, 염병…… 더럽게 아프네……."

처컥! 처컥!

옆에서 총을 쏘던 김철민이 절망스러운 목소리를 냈다.

"젠장, 총알도 다 떨어졌네요."

"저도요. 이제 어쩌죠?"

도저히 안 되겠다고 생각했는지 박성철이 총 맞은 다리를 질질 끌고 오며 사방으로 연막탄을 던졌다.

푸스으으으……!

하지만 잠깐 시간을 끌어 줄 뿐이다.

그들은 저마다 소총을 내려놓고 권총을 들었다.

"어이, 동생들. 서로 자신을 위해서 한 발씩은 남겨두자고. 잡혀가는 것보단 그게 나을 거야."

유리가 큰 소리로 웃었다.

"크그극, 어차피 이렇게 죽을 거. 이게 무슨 고생들이야? 이럴 게 아니라 나를 풀어주는 게 어때?"

오상역이 그의 머리로 총구를 가져다 댔다.

"닥쳐, 이 악마 같은 새끼야. 네가 가진 핸드폰에서 다 봤어. 어떻게 살아 있는 폴란드 어린아이들의 살가죽을 웃으면서 벗길 수 있는 거지?"

"아, 그거? 여흥은 좀 되었지."

"이 미친 새끼야. 우리가 여기서 죽더라도 너는 죽이고 끝낼 거야. 그러니까 닥치고 잠자코 있어."

그런데 연막탄에 의해 모든 것이 가려져 있는 그때였다.

어딘가에서 목소리가 들려왔다.

"그런 쓰레기라면 죽어 마땅하지……."

한국의 의용군들은 눈을 번쩍 떴다.

"뭐야……."

"방금 들었어?"

"한국말 같지 않았어요?"

"맞아······. 분명히 한국말이었어······."

그뿐이 아니었다.

어둠 속에서 전화벨 소리가 울리고 있었다.

그것도 K팝의 선명한 한국 음악이었다.

그 즉시 그 벨 소리를 향해 다른 곳에서 총이 쏘아졌다.

타다다당-!

티딩! 팅! 팅! 팅!

그러나 팅기는 소리가 이어지더니 전화 받는 소리가 들려왔다.

"네, 여보세요. 아, 제이슨. 웬일입니까? 바쁘냐고요? 그냥 뭐······. 폴란드에서 화풀이를 좀 하고 있다고 할까. 그러고 있습니다."

의용군은 황당했다.

전쟁터에서 총알이 빗발치는 중에 전화 통화라니.

"뭐야, 저 미친놈은?"

오상역이 박성철을 붙잡았다.

"가만! 가만히 있어 봐. 저 목소리······ 어디서 들어 본 것 같지 않아?"

전화통화는 계속 이어졌다.

"그러니까 이 전쟁이 그놈들 때문이다······. 흠, 조금 황당하네요."

전화 목소리는 어둠 속을 옮겨 다녔다.

그리고 그 근처에서 총소리가 다시 들렸다.

타다다당!

서걱!

베이는 소리와 함께 한 줄기 핏줄기가 의용군이 있는 곳까지 튀었다.

그들은 놀라 눈이 휘둥그레졌지만, 통화 소리는 계속 이어졌다.

"후우……. 아무튼 러시아 정보부와 특수요원들, 그리고 경호 인력 때문에 놈들을 치는 것도 어렵다는 거 아닙니까? 그 일을 내가 맡아 줬으면 하는 거고요."

연막탄이 가득한 곳에선 총소리가 이어졌다.

그때마다 무언가 썰리는 소리도 계속 들려왔다.

심지어 빛이 번뜩이기도 했으며, 불길이 일어나 확 번졌다가 사그라지기도 했다.

그런 일들이 계속 이어질수록 의용군은 이해할 수가 없었다.

아무것도 보이질 않으니 더 답답했다.

대체 저 안에서 무슨 일이 일어나는 건지 궁금해 미치겠는 것이다.

그리고 잠시 후, 전화 통화하는 소리가 그들에게로 가까워졌다.

"알았습니다. 제가 그쪽으로 가 보도록 하죠. 이쪽도 충분히 밀어내긴 했는데, 그쪽 일을 확실히 끝내야 마무리가 될 것 같네요."

저벅. 저벅. 저벅.

의용군들은 잔뜩 긴장해서는 바로 앞으로 보이는 그림자를 향해 총구를 겨누었다.

"거기 멈춰!"

눈앞에 나타난 누군가는 전화를 안주머니에 챙겨놓으며 말을 건넸다.

"기껏 목숨을 구해 줬더니, 총을 겨누는 건 너무하는군요."

오상역은 상대가 스카프로 입가를 가리고 있기는 했지만, 머리 스타일 하며 눈매까지 어딘가 모르게 익숙했다.

그는 랜턴을 비춰 상대를 보고는 무척 놀랐다.

"당신은 설마……! 최강 씨?"

"훗, 여기서 또 뵙는군요. 상황이 어려워 보여서 와 본 건데. 제가 좀 늦은 모양입니다."

"당신이 여길 어떻게……."

박상철이 최강이 지닌 칼을 보았다.

듣기로 폴란드의 신은 전장에 칼을 들고 다닌다는 말이 있었다.

박성철이 입을 쩍 벌렸다.

"설마……. 다, 당신이 그……! 폴란드의 신?"

"말도 안 돼……. 정말 최강 씨가?"

최강은 스카프를 내려 얼굴을 보여 주었고, 그들이 붙잡은 유리를 슬쩍 쳐다봤다.

그는 그들이 자신을 어찌 보건 조금도 개의치 않았다.

"그러니까 저놈이 살아 있는 애들의 살가죽을 벗겼다고요."

"네……."

"아주 개새끼네요. 근데 저놈은 왜 인질로 잡고 있는 겁니까? 확 죽여 버리지요?"

"러시아에서 잡은 포로와 맞교환하려면 이놈 정도 되는 놈은 필요했습니다. 이놈, 잔인하기로 꽤나 유명하거든요."

"흠……."

최강은 고개를 한번 끄덕이더니 말했다.

"포로의 위치는 알고 있고요? 아니다. 그건 내가 알아서 알아 내도록 하죠. 아무튼 러시아로 가는 길에 포로들은 내가 풀어 주도록 하죠. 그러니까 그놈, 제대로 재판받게 하세요."

"그래 주신다면 정말 고마운 일이긴 한데……."

최강은 몸을 돌리려다 말고 깜빡했다는 듯 다시 되돌았다.

"아, 그리고 이건 그래도 혹시 몰라서."

그리고는 대뜸 유리의 얼굴을 주먹으로 후려쳤다.

퍼억!

최강은 영문을 몰라 하는 의용군들에게 설명해 주었다.

"혀를 깨물어 자결할 수도 있으니까. 이빨은 부수어 버리는 게 낫지 싶어서."

"아……."

"그리고 자칫 포로를 고문했다는 오해를 받을 수도 있으니까, 다른 사람들한테는 제가 때렸다고 말해 주면 될 것 같네요. 그리고 제 정체에 관해선 굳이 부탁 안 드려도 되겠죠?"

오상역이 피식 웃었다.

"네, 그야 당연하죠. 평생 비밀로 가져가겠습니다."

"이렇게 말이 잘 통하니, 선물을 하나 주고 가야겠네요."

잠시 후, 최강은 사라졌다.

그렇지만 의용군으로 자원한 한국 군인들은 마치 꿈을 꾼 것 같았다.

오상역은 팔을 돌려보며 신기해했고, 다리에 총상을 입었던 박성철도 멀쩡한 다리를 보며 놀라워했다.

"근데요. 우리나라 국정원 요원이 원래 저렇게 대단한 사람들이었습니까?"

모두가 그를 어이없는 시선으로 쳐다봤다.

"에라이, 새끼야. 말 같은 소리를 해라……."

"그게 제정신으로 할 소리냐?"

박성철은 억울해했다.

"그럼 저 사람은 뭔데요?"

그 물음에 답을 할 수 있는 사람은 아무도 없었다.

오상역은 웃으며 혼자 흘러가듯 말해 보았다.

"모르긴 해도…… 좋은 사람이면 된 거 아니겠냐……."

모두는 별말 없이 웃음만 머금었다.

자신들은 목숨을 건졌고, 이렇게 살아남았다.

눈앞에서 기적을 보았지만, 지금은 그거면 충분했다.

* * *

비행기 밖을 신기하게 바라보던 7살의 아이는 구름 속을 보다가 깜짝 놀랐다.

"엄마! 엄마! 밖에서 자동차가 날고 있어!"

"얘는…… 만화만 보더니 이상한 소리를 하고 있어."

"정말이야! 내가 봤다니까? 밖에 검은색 차가 빛으로 된 날개를 달고서 날고 있었다니까! 정말이라니까!"

"어~ 그래~ 알았어~! 근데 사람들이 많은 곳에선 그렇게 떠드는 거 아냐. 그러니까 조용히 하자, 아들?"

아이는 억울한 듯 밖을 가리켰지만, 아이가 봤던 차는 이미 사라지고 없었다.

* * *

러시아 모스크바.

그곳의 한적한 도로로 차 한 대가 비행기처럼 날아와 천천히 착지했다.

차의 겉으로 방금 전까지 빛에 둘러싸여 있었고, 마찬가지로 빛의 날개도 있었지만, 그것들은 감쪽같이 사라져 있었다.

"착지 좋고."

제라로바가 감탄했다.

-머리도 좋구나. 자동차에 염력 마법을 새겨 띄우고, 반지의
빛으로 날개를 달아서 효율성을 높이다니.

"거기에 바람의 원소 마법으로 밀어 주고, 저항은 없애 버리
니 엄청난 속도로 날 수가 있었네요."

최강은 스스로도 대단하다고 생각했다.

"진즉에 이렇게 할 수 있는 걸 알았으면 비행기는 탈 필요도
없는 거였는데. 확실히 사람이란 건 상상을 거듭해야 발전을 이
룰 수 있는 것 같네요."

-한데 길은 알고서 가는 것이냐?

"그야 당연하죠. 제가 직접 손대고 개조한 핸드폰입니다. 전
세계 어딜 가든 위치 정보는 전부 잡을 수 있고, 원하는 곳이
어디든 다 가르쳐 주게 해 놨죠. 우리의 목적지는 크렘린궁, 지
금 여기서 멀지도 않습니다."

이번엔 케라가 말해 왔다.

-전쟁을 일으킨 원흉들이 그곳에 있다고?

"네."

-아주 잘게 썰어 주어라. 그딴 것들은 결코 용서해서는 안 되
니까.

그 목소리에서 진심 어린 분노가 느껴졌다.

그런 쓰레기라면 죽어 마땅하지 189

"같은 생각입니다. 다크 웨이브 이것들은 정말이지…… 용서가 안 되네요. 그놈들 때문에 너무 많은 사람들이 죽고 고통받았어요."

크렘린궁 근처에 도착하자 곳곳에서 신분 확인을 해 왔다.

사실상 밀입국자인 최강은 슬쩍 차를 투명하게 만들며 옆길로 빠졌다.

"길이 삼엄하네……."

옆으로 살짝 비켜서 길을 빠져나온 최강은 마경을 썼다.

아직 크렘린궁까진 거리가 있었지만, 지금 서 있는 장소에서 봐도 크렘린궁은 그 전체가 파란색으로 보였다.

하여 차를 그곳에 세워 두고 걸어서 그곳을 향해 다가갔다.

하지만 살짝 주춤했다.

크렘린궁에서 멀지 않은 곳 2층에서 또 다른 파란색을 발견해서다.

혹시나 해서 안으로 들어간 최강은 파란색으로 식별된 인물이 크렘린궁을 감시하는 걸 알아채며 그의 앞으로 앉았다.

"뭐 하고 있지? 혹시 감시?"

"아유, 깜짝이야. 뭡니까, 당신?"

"근처에서 정보를 수집 중인 헌터가 있다고 하던데, 그게 당신인가 봐?"

"네?"

20대의 젊은 사내는 뜨끔하며 놀라는 모습을 보였다.

딱 봐도 아마추어.

현장을 접한 지 얼마 안 된 초짜가 분명했다.

"그게 아니면 다크 웨이브인가? 다크 웨이브이면 지금 목숨이 위태로운 상황인데. 내가 지금 그놈들한테 화가 단단히 나 있거든."

"아, 아뇨! 헌터입니다!"

"정말?"

"네!"

"그럼 너를 알아본 내가 누구인지 말해봐."

"그게…… 저희 조율자의 새로운 협력자라고……."

"이름은?"

"최강이라고 들었습니다."

"현재 너희 조직과 장로들의 관계는?"

"그게…… 별거 중이라고 해야 할지……."

최강이 킥킥대고 웃었다.

"하하하! 그래, 당장은 그렇게 보일 수도 있겠네. 별거라, 아주 좋은 표현이야. 근데 그 별거라는 게 있잖아. 하는 사람들 보면 다시 합치는 경우는 거의 없더라고."

다크 웨이브는 현재 조율자 조직의 내부 사정에 관해선 전혀 모른다.

그가 헌터인 것은 이 정도면 충분한 검증이 되었다.

"그래서 현재 상황은 어때?"

"보시다시피 전혀 들어갈 틈이 없고, 안에서도 무슨 일이 일어나는지 알 수가 없는 상황입니다."

"들어가려고는 해 봤고?"

"미쳤습니까? 저 혼자서 무슨 수로……."

"자기 능력에 그렇게나 자신이 없는 거야? 너는 능력은 뭔데?"

"저는 소리를 다룹니다."

"소리?"

"예를 들자면, 이런 식으로요."

사내는 손가락을 튕겼다.

그리고 사내가 바라보는 옆 테이블의 컵이 파르르 떨더니 퍽 하고 터져 나갔다.

"꺄아아악!"

최강은 마음에 드는 듯 고개를 끄덕였다.

"오~ 괜찮은 능력이네. 소리를 증폭하고 원하는 곳으로 보낼 수 있는 것이군. 근데 적과 싸울 때는 그런 소리를 어떻게 만들어낼 거지?"

"핸드폰 음악도 되고, 여기 종도 들고 다니고요, 그리고 이 두 개의 곤봉도 텅 빈 쇠로 되어 있죠."

"그렇군."

"거기다가 주변에 소음이 없는 곳이 없어서 뭐든 증폭해서 이용할 수 있습니다."

"사용하기에 따라선 꽤나 치명적이겠어. 파란색일 만하군."

최강은 그제야 상대의 이름을 물었다.

"그래서 자네 이름은?"

"나이도 많지 않아 보이는데, 자네라는 말은 좀 이상하지 않나요?"

"훗, 원래 높은 사람들은 이렇게 말하는 거야. 토 달지 말고 이름이나 말해 봐."

"루벤입니다. 루벤 리번트."

"부르긴 좋군."

루벤은 크렘린궁을 바라보고는 최강에게 물었다.

"그런데 저긴 어떻게 들어가실 거죠? 아무리 봐도 평범한 방법으로는 어려울 것 같은데……."

"바보로군."

루벤이 그 말을 듣고 발끈했다.

"뭐라고요?"

"너, 내가 평범한 사람이라고 하든?"

"아뇨……."

"나는 너의 관점으로 판단할 수 있는 그런 사람이 아니야. 알았어? 나에겐 많은 능력이 있고, 활용도 어마어마해. 내가 여기까지 어떻게 왔는 줄 알아? 하늘로 날아왔어."

"정말요? 그런 것도 가능하시다고요?"

최강은 자신감에 충만해서는 웃음 지었다.

"자, 잘 봐. 내가 지금 여기서 사라질 거거든? 그럼 한 3분쯤 후에는 저 안에 들어가 있을 거야. 내부 사정은 살펴봐야 하니까…… 그 후로 한 20분 후면 저곳이 활활 타오르겠군."

"그렇게 금방 끝날 일이 아닐 텐데요."

"들어 보니까 이미 저 건물 자체가 괴물이라면서? 태우지 않고서는 복구 불가능하고."

"네, 그렇기는 합니다. 저들도 되돌리는 방법은 모르는 것 같더라고요."

"이 나라에는 소중한 장소지만, 어쩔 수 없지. 자, 그럼 우리는 여기서 더 보는 일은 없는 거로 하자고. 난 이 일 끝내고 곧장 한국으로 돌아갈 거거든."

스륵.

최강은 그렇게 사라졌다.

너무도 순식간에 일어난 일에 루벤은 눈을 크게 뜨고 주변을 둘러봤다.

그렇지만 그의 흔적은 조금도 발견할 수가 없었다.

"뭐야……. 정말로 이렇게 사라진다고?"

그는 조금 전 최강이 했던 말을 떠올리며 시선을 크렘린 궁으로 주었다.

그가 그곳으로 향하고 있을 걸 알아서였다.

* * *

스르르륵.

나에게 있어 크렘린궁으로 들어오는 건 무척 쉬운 일이다.

모습을 감추고, 관통 마법을 이용해 땅 아래로 이동하면 침입 정도는 일도 아니었다.

"흠."

위로 슥 하고 올라오니 1층 출입구가 보였다.

양쪽으로 꽤나 넓은 복도가 보였고, 폭이 큰 계단도 보였다.

"이 넓은 곳에 사람 하나 없다는 게 참 안 어울리는군. 그래도 대통령이 있는 곳인데."

처러럭!

나는 가슴에서 칼을 꺼내 날을 늘렸다.

그리고 지팡이 삼아 지면을 찍었다.

척!

한 번, 두 번.

마치 무언가를 기다리듯 계속 찍었다.

어쭈, 반응이 없다 이거지?

"뻔히 아는데 아닌 척 언제까지 가만히 있을 거지?"

그래서 칼끝이 움푹 들어갈 만큼 강하게 지면을 찔렀다.

퍼억-!

그러자 바닥에서 이상한 액체가 흘러나왔다.

"건물이 살아 있다더니. 피도 흘리고. 참 신기해."

그제야 참고 견뎌왔던 비명이 곳곳에서 들려왔다.

"아파! 아프다고! 그만해!"

"이제야 답을 하는군."

계단 쪽에서 촉수가 사람의 형체를 만들며 나타났다.

"너는…… 누구지?"

"나를 모르진 않을 텐데. 독일에서도 나를 이런 식으로 공격했으면서?"

"말도 안 돼…… 넌 전장에 있던 거 아니었어?"

"전쟁터에서 설치던 게 나라는 것 정도는 알고 있었다는 얘기군."

"대체 어떻게 여기까지 온 거지?"

나는 대범하게 촉수가 있는 쪽으로 걸어갔다.

그리고 물었다.

"내가 어떻게 온 건 중요한 게 아냐. 난 지금 대체 너희가 왜 이런 짓을 벌인 것인지 그게 궁금하거든."

그런데 사람의 얼굴을 만들고 말까지 하는 촉수가 실실 웃었다.

"흐흐흐, 그걸 알아낼 때쯤이면 너 같은 것 따위는 이미 세상에서 사라지고 없겠지."

"흠, 그래? 뭘 꾸미고 있기는 한가 보군."

너도 웃는데 나라고 못 웃을까.

나도 함께 웃었다.

"그럼 나도 전력을 다해서 너희들이 하는 일을 막아 주도록 하지."

"크흐흐, 그게 될까? 넌 오늘 여기서 죽을 텐데."

갑자기 계단 위에서 거대한 뱀이 입을 크게 벌리며 덮쳐 왔다.

촤아아아아앗-!

그 모습이 얼마나 끔찍한지 나도 모르게 순간적으로 움찔하긴 했다.

나는 땅으로 꺼지듯 내려와 다른 곳에서 모습을 드러냈다.

조금 떨어져서 바라보니 뱀이 입맛을 다시며 주변을 둘러보는 모습이었다.

사람을 먹는 뱀이라니.

근데 저거 진짜 뱀은 맞아?

"이 멍청아! 저기에 있잖아!"

거대한 뱀은 나를 발견하며 다시 날아들었다.

나는 뱀을 바라보며 칼을 수직으로 들었다.

그리고 뱀이 근접해 왔을 때, 한 걸음 나서며 그 칼을 내리그었다.

스핫-!

쭉 뻗어 나가는 카우라와 함께 뱀이 양 갈래로 갈라졌다.

그런데 피를 쏟으며 죽어야 할 뱀은 연기로 흩어지더니 사라지고 있었다.

"역시 이것도 마법이라는 건데……."

그렇다는 건, 이곳에 있는 다크 웨이브가 한 놈이 아니라는 게 된다.

몇 놈이나 있을까?

굳이 알아볼 필요도 없이 계단에서 두 놈이 나타났다.

"이놈, 오늘에야말로 죽여 주마!"

양손으로 검은 기운을 모은 놈이 두 개의 기운을 내게 쏘아냈다.

나는 손을 까딱거렸다.

양옆으로 바람의 골렘이 생성되었다.

바람의 골렘은 생성된 즉시 가슴에 불꽃도 담았다.

하나, 둘, 여섯, 열.

순식간에 늘어난 골렘 중에 둘이 날아드는 검은 기운으로 달려들었다.

콰광-! 콰광-!

강력한 폭발과 함께 그 여파가 그곳을 휩쓸었다.

"뭐야……!"

주변으로 불이 옮겨붙자 촉수가 튀어나와 마구 때리며 불을 끄고 있었다.

"뜨, 뜨거! 뜨겁다고!"

그 광경에 나는 살짝 생각을 해 봤다.

"건물과 일체화하는 게 대체 뭐가 득인 거지?"

어딜 공격해도 타격을 입는데 말이다.

아무 능력이 없는 보통의 사람에겐 두려울 수 있겠지만, 공격이 가능한 능력을 보유한 자를 상대로는 불리하기만 할 것 같았다.

아무튼 그건 그렇고.

나는 다시 검은 기운과 두 마리의 커다란 뱀을 만든 두 놈을 보았다.

그에 따라 나의 곁으로도 검은 어둠의 형체들이 하나둘 늘어나기 시작했다.

점차 공간을 꽉 채워 가는 바람의 골렘과 어둠의 형체들을 보며 다크 웨이브는 무척 당황한 표정들이었다.

"대체 뭐야, 저것들은……."

나는 환하게 웃어주었다.

"내가 혼자서 싸울 거라고 누가 그랬지?"

잠시 뒤, 크렘린궁 내부에선 거대한 폭발과 다급한 음성들이 연이어 발생하고 있었다.

"저것들 좀 막아 봐!"

"하고 있다고!"

콰광-!

"끄아악!"

검은 기운을 다루는 자가 둥글게 보호막을 만들어 보지만, 바람의 골렘이 달려들어 폭발할 때면 튕겨져 날아가 벽으로 처박혔다.

하지만 그들은 벌떡 일어나야 했다.

캬아아아악-!

저주받은 악령들처럼 검은 형체들이 벽과 천장을 기어 다니며 그들을 덮쳐 왔기 때문이다.

나는 유유히 그들이 당하는 모습을 보며 계단을 걸을 뿐이다.

"수준의 차이를 좀 느꼈으면 하는데. 마음만 먹으면 이런 건물 따위 순식간에 잿더미로 만들 수 있단 말이지……."

그게 뭐 어려울까.

벽에 구멍을 낸 후에 산소만 골라 건물 내부로 가득 채워 넣으면 끝이다.

거기에 불의 원소를 살짝만 피워 주면 이 건물 내부는 거대한 폭탄이 되어 터져 나갈 것이다.

사실 바람의 골렘도 그와 같은 원리였다.

불 주변으로 막을 두어 안정성을 부여한 게 다르겠지만.

근데 왜 머뭇거리고 이들을 상대하고 있냐고?

혹시 모를 인질 때문이다.

"이놈들이 여길 차지한 것만으론 나라의 국방력을 쥐락펴락할 순 없어. 누군가 높은 사람을 인질로 잡은 걸 테지. 예를 들면……."

나는 커다란 문을 발견하고는 그곳으로 다가갔다.

바람으로 밀어 재끼는 힘에 문이 발칵 열렸다.

그리고 거기서 밧줄에 묶여 있는 누군가를 발견할 수 있었다.

"대통령 같은……."

뉴스에서 많이 보던 얼굴이다.

실제로 보니 더 밉상이기도 했다.

"당신이 바오틴 대통령?"

"그, 그렇네만. 자네는 누구인가?"

"운이 좋아……. 굳이 당신을 구하러 온 건 아니지만, 그래도 이왕 왔으니까 구해는 주지."

"부탁하네……! 도와주게!"

여전히 복도 밖에서는 폭발과 다급한 음성이 이어졌다.

저들이 나에게 신경 쓸 틈이 없다는 걸 안 나는 여유롭게 바오틴 대통령의 밧줄을 풀어 주었다.

그런데 그사이 벽 곳곳에서 촉수가 나타나 날아들었다.

사라락!

그런 것들은 칼을 휘둘러 가볍게 잘라 주었다.

"으아아아아악-!"

"건물이 비명을 지른다는 게…… 보통의 경우였으면 소름 끼쳤을 거야……."

나는 손을 내밀어 바오틴 대통령을 일으켜 세워 주었다.

"내 뒤만 잘 쫓아와. 그럼 살 수 있을 거야."

그런데 몸을 돌리자마자 싸한 기분이 엄습했다.

-최강아-!

슬쩍 고개를 돌리는데 칼을 잡은 바오틴이 그 칼을 내게 찔러 왔다.

팟!

"아니!"

바오틴 대통령은 내 두 손가락 사이에 잡힌 칼을 보며 무척 당혹스러워했다.

"이잇!"

힘껏 빼내려 하지만 그게 빠질 리 없다.

"너 뭐야……. 대통령이 아니었던 거야?"

나는 그를 발로 차 날려 버렸다. 그리고 그가 날아가는 속도보다 더 빠르게 다가들며 칼을 목으로 들이밀었다.

스잉……!

"흐읍!"

"말해……. 진짜 대통령은 어떻게 했어?"

두려움이 떠오른 그의 표정에 미소가 깃들었다.

"내가 이 모습인데, 대통령을 살려 뒀을 리 없잖아? 키기기긱!"

나는 마경을 꺼내 그를 보았다.

초록색이다.

"뭔가 들러붙거나 한 것 같지는 않고……. 모습을 바꿀 수 있는 능력인가?"

마경과 수상한 행동 때문에 알아볼 수 있었지, 그렇지 않았다면 정말 감쪽같이 속았을 것이다.

나는 칼을 거두고 살짝 물러났다.

"마지막으로 묻겠어. 대체 이러는 이유가 뭐야? 왜 전쟁까지 일으킨 거냐고?"

"이제 곧 공간 너머의 위대한 분께서 우리에게 큰 힘을 주신다."

"뭐……?"

"많은 수의 영혼은 차원의 틈을 녹이는 산화제 역할을 하지……. 우린 이 전쟁으로 그 영혼들을 모은 것이야. 크하하하하!"

다른 차원과의 틈을 보다 넓히고 큰 힘을 얻기 위해.

또는, 더 강력한 무언가를 끌어들이기 위해.

더 설명하지 않아도 목적은 충분히 이해가 갔다.

"나는 너희가 무엇에 현혹되어 이러는 건지 잘 모르겠지만, 아무리 생각해도 너희는 사라지는 게 낫겠다."

"이미 늦었어……! 이제 곧 너에게 지옥이 열릴 것이다-! 아무리 네놈이라고 해도 우릴 막지는 못할 것이야-!"

"그래, 마지막인데. 마음껏 떠들기라도 해야지."

그로부터 1분 후, 크렘린궁은 거대한 폭발로 산산조각이 났다.

콰과과광-!

그 여파는 매우 커, 주변 건물들까지 뒤흔들었다.

온 사방의 유리창이 깨어지는 걸 본 나는 한 가지는 다행이라고 생각했다.

"차를 멀리 두고서 걸어오길 잘했군. 안 그랬으면 내 차도 유리가 깨졌겠어."

차에 오르는데 제라로바가 심각한 목소리로 말해 왔다.

-하루빨리 놈들의 본거지를 찾아야겠구나! 그놈들이 계속 일을 벌이게 놔두었다가는 이 차원에 큰 해가 닥칠 것이다.

"제 생각도 같습니다. 일단은 저놈들을 통해 얻은 단서로 시작해 보자고요."

건물을 폭발시키기 직전, 심문 마법으로 영혼을 모은 물건의 이동 경로는 알아냈다.

저들도 아는 바가 없는지, 본거지가 어디인지는 알아낼 수 없었지만, 추적할 방법은 마련된 셈이다.

부아아아앙-!

나는 차에 시동을 걸었고, 거칠게 차를 몰아 그곳을 벗어나기 시작했다.

4. 두 분 다 건강하세요

빙의로
최강요원

강남서 서장인 최경준은 차장들과 함께 술을 한잔했다.

"이제 곧 차기 경찰청장님이 되실 우리 서장님을 위하여!"

"위하여!"

최경준은 이런 분위기를 어색해했다.

"허허, 사람들. 무슨 이런 자리를 다 마련하고 말이야."

"지난번에는 후보에만 올랐지만, 제 정보통에 의하면 이번에는 서장님께서 유력하다고 들었습니다. 그러니 청장님이 되시면……! 저희들 좀 잘 이끌어 주십시오!"

"잘 부탁드리겠습니다, 서장님!"

좋은 분위기 속에서 축하를 받으니 기분이 좋은 건 사실이다.

대리를 자처한 부하직원도 미리부터 축하를 건네고 있었다.

"분명 좋은 결과가 있으실 겁니다, 서장님."

"아직 된 것도 아닌데. 다들 호들갑은……."

"그래도 이번엔 분위기가 다르던데요. 정말 뭔가 좋은 일이 일어날 것 같은 기분입니다."

사실 그도 의외이긴 했다.

별로 한 것도 없는 것 같은데 갑자기 윗선에서 자신을 낙점했다는 말이 돌았다.

윗분들과 사이가 안 좋은 건 아니지만, 그렇다고 여기저기 쫓아다니며 줄을 대는 성격도 아니다.

그런데 자신이 대체 왜?

"허허……."

그렇지만 청장이 된다는 건 그에게도 은근히 바라는 목표인지라 싫지는 않았다.

집까지 데려다 준 부하직원은 차에서 내려 허리를 깊숙이 숙였다.

"그럼 편히 쉬십시오, 서장님!"

"고생했네. 수고했고, 고마워."

"별말씀을요. 들어가십시오!"

"어, 그래."

아파트 현관으로 들어선 그는 엘리베이터에 올랐다.

서른 평 중반의 아파트.

평생을 벌어 어렵게 마련한 집이다.

살면서 뇌물 한 번 받지 않은 그에게는 이 보잘것없는 집이 자신의 자존심이었으며, 자긍심이었다.

그래서 늘 집에 올 때면 마음이 편안해진다.

"여보, 나 왔어."

지금의 부인은 옛 파트너의 부인이기도 했다.

그의 파트너였던 김중현은 조직폭력배를 검거하는 과정에서 목숨을 잃었다.

사고 당시 함께 있지 못했다는 죄책감으로 몇 년이나 그 부인과 남은 자식을 챙겼다.

이후, 첫 부인을 사고로 잃고 많이 힘들었던 그는 딸을 맡길 곳이 없어 그녀에게 부탁하기도 했었다.

한데 그렇게 자주 부딪치다 보니 정이 들고 만 것이다.

최소현은 자신이 바람을 피웠다고 믿고 있었지만, 그건 사실이 아니었다.

하지만 쌓인 오해는 풀 길이 없었고, 그렇게 세월만 흘러 버리고 말았다.

"뭐야, 이 사람? 어디에 있는데 답이 없어?"

가방을 내려놓은 그는 안방으로 다가가 문을 열려고 했다.

"여보?"

그런데 맞은편 작은 방 문이 빠르게 열리는가 싶더니 머리로 딱딱한 것이 닿았다.

"음!"

"움직이지 마, 최 서장. 머리통 날아가고 싶지 않으면."

최경준의 표정이 돌처럼 굳어졌다.

"너, 뭐야? 왜 이래?"

"그 문부터 열어 보시지."

최경준이 문을 열었다.

그곳엔 다른 복면인이 팔다리를 묶고 입을 막은 부인에게 칼을 들이대고 있었다.

"여보! 이 새끼들이……!"

"아아……! 진정해. 그러다가 내가 실수로 쏘기라도 하면 어떻게 하려고 그래."

"니들 뭐 하는 새끼들이야? 나한테 왜 이래?"

총을 겨눈 사내가 피식 웃었다.

"그건 알 거 없고. 당신은 당신 딸만 잘 불러 주면 돼."

"내 딸? 소현이? 소현이를 불러서 뭘 어쩌려고?"

총을 겨눈 사내가 총으로 최경준의 목을 내리쳤다.

퍼억!

"커억!"

털썩.

그리고 다시 총을 겨누며 말했다.

"살고 싶으면 말에 따르기나 해. 안 그러면 당신의 재혼한 부인부터 쏠 거니까. 당신 부인은 굳이 살려 둘 필요가 없거든."

하지만 최경준 그도 부모다.

자신이 위협받는다고 해서 자식까지 이 위험 속으로 끌어들일 순 없었다.

아무리 자신을 원망하고 있다지만, 여전히 자신에겐 눈에 넣어도 안 아플 사랑스러운 딸이었다.

"여보, 미안해……."

최경준은 아내에게 사과를 한 후에 사내에게 말했다.

"내가 딸하고 사이가 안 좋은 건 몰랐나 보군. 내가 연락한다고 해서 올 개가 아니야. 내 딸한테 뭔가 원한이 있는 모양인데, 나를 이용하려고 했다면 번지수 잘못 찾았어."

사내는 손을 뻗어와 최경준의 전화기를 호주머니에서 빼 갔다.

그리고 최경준한테 내밀었다.

"풀어."

최경준은 듣지 않았다.

사내는 즉시 소음기를 낀 총을 그의 부인 다리로 겨누었다.

"발목부터 무릎, 허리까지……. 평생 휠체어 타게 해 줄까? 마누라 병신 되기 전에 말 듣는 게 낫지 않겠어?"

표정을 찌푸린 최경준은 하는 수 없이 비밀번호를 풀었다.

"다시 말하지만, 연락해 봐야 안 받을 거야."

"그건 상관없어. 내가 보내는 메시지만 보면 되니까."

사내는 잡힌 최경준과 그의 부인을 사진으로 찍었다.

그리고는 곧장 최소현에게 메시지를 보냈다.

"훗, 됐군. 연락이 오는지 안 오는지는 한번 지켜보자고."

* * *

최소현은 집에서 가벼운 옷차림으로 핸드폰을 만지고 있었다.

그러다가 한 번씩 최강에게 전화를 걸었다.

신호는 가는데, 받지는 않았다.

"혹시 일부러 안 받는 거야? 그럼 나 진짜 화날 것 같은데."

그러면서도 한숨을 푹 내쉬기도 했다.

"뭔가 못 받을 사정이 있는 거겠지? 그래, 전쟁터에 있는 거면 내가 전화를 거는 것도 방해가 될 거야."

그러다가도 그녀는 벌떡 일어나 얼굴에 힘을 줬다.

"그래도 그렇지. 한가할 때도 있을 거잖아. 부재중을 못 봤다는 게 말이 돼?"

하루에도 열두 번, 배신감과 이해심으로 열탕과 냉탕을 오갔다.

하지만 답답한 속내는 좀처럼 해소되지가 않았다.

띠링!

그런데 바로 그때, 전화에서 소리가 들려 왔다.

"앗!"

메시지가 와서 보는데, 곧 그녀의 표정에 실망감이 떠올랐다.

"뭐야, 아빠잖아……."

그녀는 확인할 생각도 없이 다시 핸드폰을 휙 집어 던졌다.

"최강 씨는 대체 언제 전화하는 거냐고……. 아아앙~!"

팔다리를 마구 휘젓던 것도 잠시.

행동을 멈춘 그녀가 다시 핸드폰을 쳐다봤다.

"근데 아빠가 나한테 메시지를? 전화도 잘 안 하시는 분이
왜……."

그녀는 아버지를 향한 미움에 고개를 획 돌렸다.

"에이, 몰라."

돌아누운 그녀는 잠이나 잘까 했다.

그렇지만 또 궁금한 건 못 참기에 다시 벌떡 일어나 핸드폰을
보았다.

"대체 이 밤에 무슨 메시지를 보낸 거야……. 음? 사진?"

내용을 확인한 순간, 그녀의 눈이 큼지막하게 떠졌다.

"허업……!"

아버지와 새 어머니가 복면을 쓴 누군가에게 칼로 위협을 받
으며 붙잡혀 있는 모습이었다.

깜짝 놀란 그녀는 얼른 아빠인 최경준의 전화로 전화를 걸어
보았다.

"아, 아빠?"

'내가 이럴 줄 알았지. 그래도 딸인데, 설마 전화를 안 하

겠어?'

다른 목소리.

최소현이 무서운 얼굴로 물었다.

"당신 누구야? 우리 아빠한테 무슨 짓을 한 거야?"

'지금부터 내 얘기 잘 들어, 최소현. 아버지를 찾고 싶으면 경찰이나 다른 곳에 도움 청할 생각 말고, 곧장 내가 말하는 주소로 와. 너의 행동 하나하나 우리가 감시하고 있다는 거 잊지 말고. 만약 허튼 짓을 했을 땐, 다시는 아버지를 산 사람으로는 보지 못할 거야.'

"너, 잇⋯⋯!"

최소현은 화가 치밀어 당장에라도 욕을 퍼붓고 싶었다.

하지만 이런 상황에 상대를 자극했다가는, 그 피해가 고스란히 인질에게 갈 수 있었다.

꾹 참은 그녀는 심호흡을 하며 제안을 하나 했다.

"우선 아빠가 무사한지부터 보여 줘. 영상통화, 영상통화를 하게 해 줘."

영상통화.

그거면 됐다.

그리고 주변에 비치는 작은 유리만 있어도 충분했다.

그럼 자신이 넘어가 당장에 붙잡힌 두 사람을 구할 수 있었다.

그렇지만 기대와는 달리 상대는 그리 만만치 않았다.

"후후, 그건 말 듣고 잘 오면 그때. 그럼 기다릴게?"

"야, 야, 끊지 마! 야……!"

뚝.

전화는 끊어졌다.

두 주먹을 불끈 쥔 그녀는 화가 머리끝까지 났다.

누가 대체 왜 이런 짓을 벌인 건지는 모른다.

그렇지만 자신을 오라고 하는 걸 보면 노리는 게 자신인 것만은 분명했다.

"그래, 간다……. 그리고 어떤 새끼들인지는 몰라도…… 니들은 내 손에 죽었어."

* * *

최소현이 급하게 집을 나와 차를 몰고 나갈 때, 최경준과 그의 부인을 붙잡고 있던 사내는 어디론가 연락을 하고 있었다.

"접니다. 계획대로 잘 처리될 것 같습니다."

복면을 내리는 자.

그의 정체는 공조위였다.

예전에 자츠원 청이 정이한에게 부탁하여 구출토록 했던 인물이었다.

동시에 한국으로 부스터를 옮겨와 실험을 주도했던 인물이기도 했다.

그리고 그가 연락하는 사람은 바로 정이한이었다.

"그 여자 주변에서 며칠 최강이 안 보였다고 하지만, 방심은 말아야 해. 언제 나타나서 너희들을 쓸어버릴지 모르니까."

"네, 명심하겠습니다."

"그 여자를 잡을 계획은 잘 세워 둔 거지?"

"네. 아무리 출중한 능력이 있어도 절대로 못 벗어날 겁니다. 믿고 맡겨 주십시오."

"그래, 기대하도록 하지."

전화를 끊은 정이한은 희미한 미소를 머금었다.

"최강 너라면 네가 좋아하는 여자의 안전을 위해 여러 안전장치를 해 뒀겠지. 그렇지만 최소현을 바로 건드리는 건 어려워도, 그 여자의 가족을 건드리는 건 쉬운 거거든. 최강, 너도 이건 생각 못 했을 거다. 후후후."

* * *

최소현은 차를 몰아 경기도 인근의 건물로 도착했다.

유치권 있음.

불법 침입 시 고발.

그러한 현수막으로 잔뜩 걸린 건물은 다 지어지긴 했지만, 내부 수리는 마무리되지 않은 건물이었다.

그녀는 반지를 잘 끼고 있는지부터 확인했다.

샤워를 할 때면 모든 액세서리를 다 빼는 습관이 있었는데, 다행히 잘 끼고 있었다.

"깜빡하지 않아서 다행이야."

그것 하나만 있으면 어디에 가든 두려울 게 없었다.

하지만 대비는 많이 해 둘수록 좋았다.

글로브박스를 연 그녀는 총까지 챙겨서는 차에서 내려 건물 안으로 들어가기 시작했다.

"어디에 있어! 나와-!"

그녀의 외침이 건물 전체로 쩌렁쩌렁하게 울렸다.

잠시 정적이 감도는 가운데, 핸드폰이 울렸다.

그녀는 얼른 그 핸드폰을 받았다.

'잘 도착했군.'

"이제 어쩔 건데? 날 봐야 하지 않아? 그러려고 부른 걸 거잖아."

'봐야겠지. 그렇지만 해 줘야 할 게 하나 더 있어.'

"말해."

'그 건물 302호로 가보면 알 거야.'

그녀는 전기가 들어오지 않는 건물의 계단을 올랐다.

3층.

어둡긴 하지만, 바깥에서 들어오는 불빛이 있어 아주 안 보이는 건 아니었다.

그녀는 주변을 둘러보면서 살짝 고민했다.

'거울로 들어갈까⋯⋯.'

그런데 복도 천장으로 작은 무언가가 붙어 있는 게 보였다.

우뚝 멈춘 그녀에게 다시 전화가 왔다.

'잘 오고 있어. 조금만 더 오면 돼.'

전화를 끊은 그녀는 천장에 달린 것이 카메라라는 걸 알 수 있었다.

'곳곳에 카메라가 있어. 여기서 내가 사라지면 놈들이 무슨 짓을 할지 몰라.'

저쪽에선 내가 딴짓을 할까 봐 카메라로 지켜보며 때때로 전화까지 걸어 오고 있었다.

인질을 위해서라도 여기서 저들을 자극할 일을 해서는 안 된다.

마음 같아선 지금 바로 비춰지는 유리나 거울로 들어가, 반지의 실로 저들의 목을 따 버리고 싶은 심정이다.

하지만 성질대로 해서는 안 되는 걸 알기에 꾹 참았다.

스륵.

잠시 뒤, 저들이 말하는 302호에 도착했다.

"으으음! 음음!"

"으으으음!"

그런데 저쪽 구석에 두 사람이 묶인 채 발버둥 치고 있었다.

"아빠-!"

뭔가 오지 말라는 듯 소리를 내는 것 같지만, 입이 테이프로 막혀 있어 무슨 말을 하는 건지는 안 들렸다.

주변을 둘러보지만, 아무것도 없었다.

여기저기 종이 박스만 잔뜩 있는 것 같았다.

'대체 무슨 수작이야? 지키는 사람도 없이, 왜 저 두 분만 저렇게 묶어 놨지?'

그녀가 살짝 밖을 보았다.

'저격수는 아니야. 그럴 것 같았으면 아까 차에서 내릴 때 쐈을 거야.'

종이 박스가 있는 곳이 살짝 불안했다.

'그게 아니면 혹시 폭탄?'

발걸음도 조심해야 할 것 같았다.

요즘은 센서에 의한 폭탄도 수없이 많았다.

그런데 그런 고민을 하는 와중에 갑자기 오지 말라고 발버둥 치던 두 사람이 축 늘어지고 있었다.

"아빠~!"

놀라 바라보고 있는데, 갑자기 현기증이 밀려왔다.

"뭐야…… 왜 이래…….''

그제야 그녀는 표정이 굳어지며 당혹감을 내비쳤다.

"설마……! 수면 가스?"

그랬다. 어두워서 잘 보이지 않을 뿐, 어디선가 수면 가스가 나오고 있었던 것이다.

그걸 알아차리고서 문을 향해 걸어가려고 할 땐 이미 몸이 말을 듣지 않았다.

"아흑! 안 되는데……."

최소한 거울이라도.

그러나 정신은 아득해져만 갔다.

잠시 핸드폰 액정도 거울처럼 비춰진다는 걸 깨닫고 꺼내보지만 금세 축 늘어져 버리고 마는 그녀였다.

* * *

결과를 기다리는 정이한에게 전화가 걸려 왔다.

"어. 어떻게 됐어?"

결과가 좋은 것일까, 그가 웃음 지었다.

"잘했군. 저항은 없던가? 그래……. 좋아. 계속 그렇게 해."

그가 전화를 끊자 함께 기다리던 자츠원 청이 그를 보았다.

"일이 잘된 모양이군요."

"이제 최강만 잘 끌어다가 놓으면 되는군요."

"같은 방법이면, 놈도 당할 수밖에 없지 않겠습니까?"

"마법을 사용하고, 원하는 대로 숨어들고 순식간에 사라질 수도 있는 놈입니다. 쉽게 봤다간 오히려 우리가 당할 수 있어요."

자츠원 청이 씨익 웃었다.

"하지만 그 여자와 같은 공간에 두고서 함께 날려 버리면, 그도 어쩌진 못할 겁니다. 설마, 구하러 온 놈이 자기 여자만 두고서 혼자 살아남겠습니까?"

"그런 계산이긴 한데…… 아무튼 두고 보자고요."

* * *

사내 하나가 공조위에게 다가와 보고했다.

"입고 있던 옷들을 전부 처분하고 다른 거로 입혀 두었습니다."

"추적 장치가 될 만한 다른 것은 없었나?"

"몸에 이식한 추적 장치는 없었습니다. 추적 장치가 달린 목걸이를 차고 있기는 했습니다만, 오는 와중에 부수어서 버렸으니 이곳이 드러날 일은 없을 겁니다. 실반지 같은 걸 하나 끼고 있긴 했는데, 그래도 혹시 몰라 액세서리란 액세서리는 전부 빼두었습니다."

"잘했어. 일 끝날 때까지 감시 철저히 하도록 해."

"네, 알겠습니다."

텅빈 방 안.

최소현은 강한 두통을 느끼며 깨어났다.

그러나 두통보단 충격이 더 컸다.

"뭐야! 여기가 어디야?"

냄새나는 허름한 매트리스 위에서 일어난 그녀는 손과 몸이 묶인 채로 얼른 일어났다.

아무것도 없는 텅 빈 방.

그녀는 고개를 들어 철창으로 된 창문을 보았다.

거기에 최근에 달아 놓은 것 같은 철문까지.

나갈 길이 없어 보였다.

"와……. 하하!"

그녀는 황당해하다가 자신의 실수를 곱씹었다.

"수면 가스는 진짜 생각도 못 했네. 폭탄이나 부비트랩 같은
것만 생각하다가 그 와중에 당해 버렸어."

아무리 급한 성격이라지만, 상황에 대한 면밀한 파악 정도는
할 줄 알았다.

당장 눈앞에 가족이 붙잡혀 있더라도 바보처럼 생각 없이 달
려들지는 않는다는 것이다.

그런데 이번 건 그야말로 그런 자신의 성격까지 파악해 두고
서 펴둔 함정 같았다.

아차 싶었을 땐, 이미 수면 가스를 일부 흡입해 버린 뒤였다.

"근데 나한테 무슨 보복 같은 걸 하려고 그런 건 아닌 것 같은
데."

보복을 목적으로 부모를 납치한 거라면 벌써 죽였을 것이다.

그렇지 않다는 건 자신에게 뭔가 다른 목적이 있다는 거였다.

"무슨 생각인지는 몰라도, 여기에 이대로 있을 순 없지."

최소현은 빠져나갈 생각으로 주변을 둘러봤다.

어딘가 폐건물 같은 곳인지 거울이나 비춰질 만한 것들이 아

무엇도 없었다.

무엇보다 그녀는 거울에 손이 닿아야 들어갈 수 있었다.

갇힌 방 내부에 거울 같은 게 없다면 빠져나갈 방법이 없는 것이다.

근데 지금 자신이 있는 곳이 딱 그런 곳이었다.

"아, 씨. 거울이 없네."

그래도 믿는 게 있어 좌절은 크지 않았다.

반지만 있으면 밧줄이나 저깟 철문, 단숨에 조각 낼 수 있었다.

하지만 최소현은 휑한 손을 보며 화들짝 놀라고 말았다.

"어! 내 반지! 내 반지 어디 갔어?!"

없는 건 반지만이 아니었다.

"내 목걸이! 뭐야, 옷은 또 누가……! 허업……! 이것들 설마……! 옷까지 갈아입힌 거야? 속옷도 다른 거잖아……! 이 씨……!"

누군가가 알몸을 봤다는 사실에 강한 수치심이 온몸으로 번졌다.

"이 개 같은 놈들……! 어디 나가기만 해. 다 죽을 줄 알아……!"

그런데 무슨 수로 나가지?

암담했다.

내부로 거울 하나만 있으면, 거기로 들어갔다가 누군가가 왔을 때를 기회 삼기라도 할 텐데.

"그 좋은 능력도 이런 곳에선 쓸모가 없네…… 아휴, 반지는 진짜 어디로 간 거야. 그놈들, 설마 버린 건 아니겠지?"

병원이나 마사지샵처럼 고이 간직해 줬을 리 없기에 나오는 소리다.

그렇지만 언제까지 아쉬운 소리만 하고 있을 순 없다.

저 밖에 어딘가에서 아버지와 새어머니가 곤욕을 치르고 있을지 몰랐다.

어떻게든 자신의 힘으로 이곳을 빠져나가야 했다.

* * *

집에 도착한 나는 들어가자니 갈등이 되었다.

핸드폰을 보자 더 난감해진다.

"부재중 전화가 이게 몇 개야……."

전화가 온다는 걸 몰랐던 적은 없었다.

그렇지만 받을 수도 없었다.

받게 되면 최소현이 곧장 영상 통화를 시도할 테고, 내가 있는 곳으로 넘어오려고 할 건 불 보듯 당연했다.

"다른 건 몰라도, 어떤 미친놈이 자기 여자를 전쟁터에 끌고 다니냐고……."

아무리 그녀가 스스로를 지킬 수 있는 능력이 있다고 하지만,

아직 날아오는 총알까진 피하지 못하는 그녀다.

아무리 귀물의 능력이 보태어졌다고는 해도 걱정되는 건 마찬가지인 것이다.

그래도 혼날 생각을 하니 긴장이 된다.

그래서 작은 발걸음으로 집으로 다가갔다.

그런데 문을 막 열려고 하는데, 문에 무언가가 붙어 있는 게 보였다.

"음? 이게 뭐야."

[최소현은 우리가 데리고 있다.]

깜짝 놀란 나는 얼른 그 종이를 떼어 냈다.

그런데 그건 단순한 종이가 아니었다.

사진의 뒤에 글씨를 써놓은 거였다.

그리고 사진에는 어딘가에 정신을 잃고 쓰러진 최소현의 모습이 찍혀 있었다.

"소현 씨가……!"

나는 곧장 관통 마법을 이용해 최소현의 집으로 들어갔다.

그래도 혹시라도 합성이라든가, 누군가의 장난일지도 모른다고 믿고 싶어서다.

그렇지만 최소현은 없었다.

"말도 안 돼……. 귀물의 능력이 있을 텐데, 소현 씨가 왜……?"

거울의 힘도 대단하지만, 반지의 능력만도 위력적이어서 누가 함부로 그녀를 건드리거나 할 순 없다.

그런데 누가 어떻게 최소현을 잡을 수 있었을지 이해가 안 되었다.

"일단 침착하자……. 최소현 씨에게 무슨 일이 있었는지 그것부터 알아내야 해."

혹시나 싶어 선물로 준 목걸이의 위치 추적 기능을 살펴봤다.

그런데 아무것도 잡히지 않았다.

나는 곧장 신정환에게 전화를 걸었다.

"접니다. 최소현 씨가 누군가에게 납치를 당한 것 같아요. 위치 추적이 달린 목걸이를 줬었는데 신호도 없어요. 전국 감시망을 통해서 최소현 씨가 어디서 나타나는지 전부 찾아주세요!"

나는 노트북을 가져와 열었다.

초조한 나머지 직접 관제센터를 해킹해 집 주변으로 있는 방범용 카메라를 살폈다.

그렇게 현재 시각부터 돌려 보는데, 전날 저녁 늦게 최소현이 다급하게 뛰어나와 차를 몰고 가는 게 보였다.

"어제저녁에 나간 거였어. 그럼 어디로 갔는지만 찾으면 돼……. 기다려요, 소현 씨. 금방 갈 테니까."

나의 시선이 최소현의 물건들로 향했다. 이대로 최소현이 어디로 갔는지 역추적을 해도 되지만, 마법이면 그녀를 쉽게 찾을 수 있다.

찾고자 하는 상대의 물건만 있으면 언제든지 있는 위치를 찾을 수 있기 때문이다.

그런데 뭐가 좋을까 싶어 살펴보는데 갑자기 전화가 왔다.

"소현 씨?"

걸려온 전화는 최소현의 번호였다.

붙잡혀 있다던 최소현이 전화를 걸어 왔을 리는 없다.

필시 납치범이 거는 전화일 것이다.

"여보세요."

곧 변조된 음성이 흘러나왔다.

'메시지는 잘 봤나?'

"너희들 누구야? 최소현 씨는 어디에 있지?"

'알려 줄 테니, 그곳으로 와. 그럼 최소현을 만날 수 있을 거야.'

"뭐?"

뚝.

전화는 끊어졌다.

그리고 최소현의 번호로 메시지가 왔다.

띠링.

거기엔 주소가 적혀 있었다.

"그래, 오라면 가 줘야지."

나는 최소현의 물건들부터 챙겼다. 놈들이 말하는 위치에 최소현이 있는지 제대로 확인부터 하고 싶었다.

아니, 그녀가 안전한지 그것부터 알고 싶었다.

추적 마법을 쓰면 잠시나마 그 대상을 볼 수가 있어서였다.

그런데 케라도 궁금한 모양이다.

-정말 이상하구나. 그렇게 쉽게 잡힐 아이가 아닌데. 대체 어떻게 잡힌 걸까?

나도 솔직히 그게 궁금하다.

"그러니까요. 도대체가 놈들이 소현 씨를 어떻게 잡고 있는지 저도 그걸 이해할 수가 없네요. 아무튼 가 보자고요. 소현 씨를 구하면 알 수 있겠죠."

* * *

최소현은 몇 번의 힘을 준 끝에 밧줄을 끊어 냈다.

손톱에 카우라를 집중하고 밧줄을 찍듯이 긁어낸 뒤, 힘을 주어 끊어 버린 거였다.

"휴, 이제야 살 것 같네."

하지만 여전히 나갈 수 없는 건 마찬가지였다.

최소현은 쇠로 된 작은 창을 보았다.

"좁긴 해도, 저것만 빼내면 빠져나갈 순 있을 건데. 난 날씬하니까."

스스로의 몸매를 보며 자신감과 함께 감탄하기를 잠시.

그녀가 매서운 눈빛으로 쇠창살을 쏘아봤다.

"후우……."

뭔가 도구라도 있으면 좋으련만, 정말 방 안에는 솜뭉치로 된 매트리스 달랑 하나다.

그 외에는 먼지밖에 없었다.

결국 저 쇠창살을 뜯어내는 건 맨몸으로 해야 한다는 거였다.

"해 보자, 그래."

하지만 쇠창살을 뜯어내기 전에 벽을 살짝 만져 보았다.

"굉장히 오래된 건물인 것 같은데……. 그래도 주먹에 카우라를 씌워서 때리면 이 정도는 부술 수 있지 않나?"

그래서 해 보았다.

휘익!

쿵-!

"으윽!"

카우라를 두르긴 했지만, 어깨까지 전해지는 충격이 보통이 아니다.

게다가 벽은 금조차 없이 멀쩡했다.

"벽은 안 되겠다."

빠른 포기를 한 그녀는 다시 쇠창살을 보았다.

바깥쪽에서 볼트로 박혀 고정된 것 같았다.

하지만 오래되었으면 충격에 그리 잘 버틸 것 같진 않았다.

발로 차면 좋겠지만, 뛰어서 차다간 천장에 머리를 먼저 부딪칠 것이다.

그렇다고 맨손으로 치자니 그것도 아플 것 같고.

하여 그녀는 신발을 벗어서 손에 끼었다.

"좋네. 딱이야. 자, 그럼!"

* * *

의자에 앉아 핸드폰을 보고 있던 사내들이 서서히 고개를 들었다.

쿵……. 쿵…….

"뭐야, 이거?"

어딘가에서 쿵쿵 하는 소리가 계속해서 들려오고 있었다.

"그 여자가 있는 곳에서 들려오는 거 아냐?"

"아무리 소란을 피워도 그렇지, 이렇게 큰 소리가 들려온다고?"

때마침 소리가 멈췄다.

"큭큭, 멍청한 년. 지가 무슨 수로 그 철문을 뚫겠어. 지쳤나보다. 내버려 둬라."

"그런가 보네. 후후후."

잠시 뒤, 그런 그들에게로 다른 사내가 다가왔다.

"이봐, 그 여자 데려와. 그놈하고 통화가 됐어."

그제야 움직일 때가 되었다고 여긴 사내들이 앉아 있던 의자에서 일어났다.

"그럼 이제부터가 시작이겠군. 후우, 가서 데려오자고."

견고한 철문으로 다가간 그들은 두 명이 뒤로 빠져서 총을
꺼냈다.

혹시 모를 돌발적인 상황에 대비하는 거였다.

"야, 그 여자 멋도 모르고 돌진해올 수도 있으니까 조심해라."

"큭큭, 그럼 사뿐히 안아 주면 되겠네. 얼굴도 제법 예쁘던데.
나야 환영이지."

끼이이이익.

그러나 천천히 문이 열리는 그 순간, 그들 모두의 표정에서
웃음이 사라졌다.

"뭐야……! 이 여자 어디 갔어?"

방이 텅 비어 있는 것이다.

곧 안으로 들어서던 사내가 작은 쇠창살이 있던 자리를 가리
켰다.

"야, 저거……!"

뜯겨 나간 쇠창살.

그제야 사내들은 아까의 그 쿵쿵거리는 소리가 이것 때문이
었구나 하고 깨달았다.

그들은 오만상을 다 찌푸렸다.

"아이, 씨……! 일 났다……! 어서 찾아!"

"대체 어떻게 빠져나간 거야?!"

"빨리 찾기나 해! 못 찾으면 우리 다 죽어!"

공조위가 이런 사실을 알기라도 하면 자신들은 죄다 머리에

총알이 박히고 만다.

초조해진 그들은 방을 나가며 온 사방을 돌아다니기 시작했다.

* * *

사내들이 문을 열어 놓고 간 방.

그 방으로 갑자기 최소현이 스륵 하고 나타났다.

"호홋! 바보들. 내가 정말로 빠져나간 줄 아나 봐."

사실 쇠창살을 떨어뜨리며 환호했던 그녀다.

그리고 거길 통해 빠져나가려고도 했었다.

근데 어깨도 잘 빠져나가고 가슴도 간신히 빠졌는데, 골반이 문제였다.

아무리 시도해도 골반이 빠져나오질 못했던 것이다.

"아~ 이 골반은 어떻게 할 방법이 없단 말이야. 음음. 아무튼 이제 나갈 수 있겠어. 최강 씨가 새겨 준 이 마법, 진짜 유용하네. 호호!"

격한 움직임에서는 마법이 풀린다지만, 숨거나 도망치는 데 이보다 효율적인 게 없었다.

폐건물 내부는 무척 소란스러웠다.

이제 최강만 오면 된다고 생각했던 공조위도 놀라며 뛰쳐나왔다.

"무슨 일이야?!"

"그 여자가 탈출했습니다!"

"뭐?"

그는 어이가 없었다.

이번 일을 위해 철문까지 가져다가 새로 달아 놨었다.

아무런 도구도 없는 방에, 밧줄까지 묶어서 던져 놨는데 탈출이라니?

"이런 등신 같은 것들……! 빨리 찾아……! 어떻게든 찾으란 말이야!"

못 찾으면 어떻게 하나 고민하던 그가 수하에게 물었다.

"최강, 그놈한테 연락된 게 언제지?"

"10분 전입니다."

"여기까지 오는 데 얼마나 걸릴까?"

"빨라도 1시간은 걸리지 않겠습니까?"

"1시간……. 빌어먹을……."

그는 걸음을 재촉했다.

"혹시라도 그 여자가 자기 아버지를 구하러 갈지 모르니까 가서 철저히 지켜. 알았어? 그들까지 놓치면 정말 방법이 없으니까 똑바로 해!"

"네!"

공조위는 겨우 손을 봐서 활성화시켜 놓은 보안실로 갔다.

몇 군데 카메라를 설치하고 모니터도 가져다 놓았다.

"도망친 여자가 어디로 갔는지 못 봤어?"

"네, 아직 못 찾았습니다."

공조위가 마이크를 보았다.

"이거, 되는 거지?"

"네. 됩니다."

잠시 후, 공조위의 목소리가 건물 내부에 있는 낡은 스피커를 통해 흘러나왔다.

[어이, 최소현. 들리나? 아직 이 안에 있다는 거 알아. 근데 이렇게 사람을 번거롭게 하면 곤란하지. 힘 빼지 말고 나와. 안 그러면…… 당신 아버지의 떨어진 팔 한 짝을 보게 될 거야.]

묶인 채로 갇혀 있던 최경준과 그의 부인도 그 소리를 들었다.

최경준은 붙잡힌 딸이 탈출에 성공했다는 걸 알게 되며 내심 기뻐했다.

'그래, 소현아. 너라도 살아야 한다. 어서 도망쳐……!'

같은 시각, 최소현은 창문을 통해 거울로 들어가 사내 하나를 목 조르고 있었다.

"그러니까, 내 부모님을 잡고 나를 붙잡은 게 다…… 최강 씨를 끌어들이기 위해서라고?"

"커걱! 그래……!"

"나쁜 새끼들. 결국 우릴 살려 둘 생각은 없었다는 거잖아."

그녀가 사내의 목을 더욱 졸랐다.

"내 반지 어디에 뒀어. 내가 끼고 있던 반지! 어디에 있냐고?!"

"모, 몰라……! 여기 도착해서 빼긴 했는데……! 누가 가져갔는지는 모른다고……!"

그녀는 목 조르는 사내의 목을 그대로 꺾어 버렸다.

구국!

축 늘어진 사내는 그대로 쓰러졌다.

최소현은 서릿발 같은 기세를 풍기며 거울 속에서 앞으로 빠르게 나아가고 있었다.

"대체 어떤 놈이 챙긴 거야……."

아무런 반응이 없는 최소현의 행동에 공조위가 마이크를 집어 던졌다.

파다닥!

"이 빌어먹을 년이……. 기어이 사람 꼭지를 돌게 만든다 이거지……."

단순한 위협으로 받아들인다면 정말로 해 주면 된다.

공조위는 자신이 방금 말한 것처럼 최소현의 아버지 팔을 자르려고 보안실에서 성큼성큼 걸어나갔다.

"어디 네 아버지 뜯겨진 팔을 보고도 안 나오나 보자."

* * *

거울을 통해 온 사방을 돌아다니던 최소현은 자신을 찾아 온 사방을 뛰어다니는 사내들을 보았다.

거울 속에서 그녀는 복도 중앙에 서 있었지만, 사내들 중에 그걸 아는 사람은 아무도 없었다.

"내 반지. 어디에 있는 거야?"

그런데 바로 그때였다.

뛰어다니던 사내 중에 하나의 손이 반짝 빛났다.

"어?"

새끼손가락에 끼고 있는 반지를 발견한 그녀는 눈이 큼지막해져서는 당장에 그가 있는 곳으로 옮겨갔다.

거울 속에서 눈 깜짝할 사이에 넘어가 사내의 발을 걸어버린 거였다.

"내 반지!"

"어억!"

철퍼덕!

갑자기 발이 걸려 넘어진 사내는 자신이 왜 넘어진 건지 알지 못했다.

아무리 둘러봐도 걸릴 만한 게 없었다.

"뭐야, 이거?"

그런데 갑자기 손이 확 들리는가 싶더니 그 손에서 반지가 저절로 빠졌다.

"허억!"

반지가 저절로 떠올라 허공에 머물기를 잠시, 갑자기 눈앞에서 최소현이 번쩍하고 나타났다.

그리고는 웃으며 그 반지를 끼고 있었다.

"찾았다, 내 반지."

사내가 황당해하며 물었다.

"너 뭐야? 어디서 나타난 거야?"

최소현은 발로 사내의 얼굴을 후려 찼다.

퍼억!

그리고는 기절한 사내를 보며 거친 음성을 내뱉었다.

"이거 내 거거든?!"

하지만 반지를 찾았다는 만족감에 다시 미소가 지어졌다.

"어우~ 잃어버린 줄 알고 깜짝 놀랐네."

화사한 미소를 머금은 그녀는 실을 빼어 시험 삼아 한 번 휘둘러 보았다.

사르륵!

와장창-!

가까이에 있던 유리가 산산조각이 나고, 벽이 베이며 금이 갔다.

"됐어. 이제 니들 다 죽었어……."

그녀는 앞으로 걸으며 손을 옆으로 뻗었다.

그녀의 손은 다시 유리로 닿았고, 그 순간 그녀는 다시 감쪽같이 사라졌다.

비춰지는 반대편 건물로도 순식간에 옮겨 가고, 곳곳의 층에도 나타나는 그녀는 어디든 존재하여 원하는 어디든 나타날 수 있었다.

* * *

콰당-!

공조위가 갇혀 있던 최경준의 방문을 거칠게 열었다.

방금 전 그의 스피커 음성을 들은 최경준은 그가 무엇을 할지 알았다.

그렇지만 두렵거나 하진 않았다.

그는 오히려 자신으로 인해 딸이 도망치지 못하고 다시 이들에게 붙잡히면 어쩌나 그게 더 걱정이었다.

"저 새끼, 끌어내!"

"네!"

최경준의 부인이 두려움 가득한 눈으로 뭐라 말하지만, 최경준은 미안함을 담은 시선을 주는 것 외에는 할 수 있는 게 없었다.

잠시 후.

최경준은 건물 중앙으로 질질 끌려 나왔다.

어느새 공조위의 손에는 커다란 칼이 들려 있었다.

"눕혀."

공조위의 수하들이 최경준을 밑으로 엎드리게 했다.

한 사람은 위에서 짓누르고, 한 사람은 팔을 펴 강하게 붙잡았다.

최경준이 거칠게 반항해 보지만, 움직일 수가 없었다.

공조위는 곧 주변으로 강하게 소리쳤다.

"최소현-! 지금부터 셋 준다! 셋 셀 때까지 안 나오면 이놈은 오늘부터 팔 없이 살아야 할 거야. 알아-?!"

그런데 때마침 그때였다.

곳곳의 층에서 최소현을 찾고 있던 수하들이 사방에서 피를 뿌리며 쓰러지고 있는 거였다.

3층. 2층. 1층.

층을 가리지 않고 도미노 쓰러지듯 순식간에 일어났다.

창문에 튄 피를 본 공조위는 입을 다물지 못했다.

"뭐야……. 갑자기 무슨 일이 벌어지는 거야……."

그 많던 수하들이 모조리 쓰러졌다.

당황한 공조위는 팔을 자르려던 걸 멈추고 칼끝으로 최경준의 목 위를 찍어 눌렀다.

행여나 자신에게 무슨 일이 생긴다면 그 체중에 의해 최경준도 죽게 되는 것이다.

"당장 안 나오면 이 목을 자른다! 하나! 둘! 셋!"

빠르게 새어가는 수에 최소현이 갑자기 모습을 드러냈다.

"멈춰–!"

갑자기 눈앞에서 나타난 그녀를 보며 공조위가 눈을 가늘게 떴다.

"뭐야…… 설마, 너도 마법인가 뭔가 그런 걸 쓸 수 있는 거였어?"

최소현이 아버지 최경준을 보다가 공조위를 쏘아봤다.

"여기서 그만두면 목숨은 살려 준다. 그러니까 그분 가만히 놔두고 꺼져."

공조위가 좀 더 체중을 실으며 말했다.

"웃기지 마. 내가 여기서 잘못되면 네 아버지 목도 같이 뚫리는 거야. 그러니까 순순히 잡히라고. 오늘을 평생 후회하기 전에."

"이잇……!"

솔직히 그녀도 아버지의 팔 하나를 자른다고 했을 땐, 크게 위협을 받진 않았다.

이들의 목표가 결국 최강이고, 그가 이곳으로 온다면 팔 하나쯤 잘려도 금방 회복시킬 수 있다는 걸 알아서다.

하지만 목숨을 완전히 잃게 된다면 문제가 컸다.

"최강 씨도 죽은 사람은 살릴 수 없다고 했는데……."

급한 마음에 이렇게 나타나긴 했지만, 당장 그를 어떻게 막을지 생각이 떠오르질 않았다.

그런데 그때, 그녀의 눈빛에 이채가 번뜩였다.

'그래, 반지의 실은 너무 가늘어서 한 가닥 정도 움직이는 건 잘 보이질 않아. 이걸 이용하면……!'

그녀는 순순히 따르는 척했다.

"알았어. 알았으니까, 그 칼부터 치워."

그사이 반지로 의지를 전달하여 길게 뺐었다. 실은 빠르게 뻗어 나가 칼에 닿고 있었다.

공조위는 수하들에게 지시했다.

"가서 잡아 와. 수갑 없어? 팔이고 다리고 못 움직이게 하라고!"

"네!"

최경준은 두 사내가 딸에게 다가가는 걸 보며 소리쳤다.

"안 된다, 소현아-! 도망쳐! 나는 괜찮으니까 도망치라고!"

최소현이 표정을 잔뜩 찌푸렸다.

"아무리 미운 아버지라지만, 그게 될 것 같아요? 나도 아버지가 죽을 만큼 싫은데……! 이럴 수밖에 없는 게 또 딸이네요. 가족이 뭐라고……."

공조위가 킥킥대고 웃었다.

"아버지 쪽은 아닌 것 같지만, 아버지로서 딸은 잘 둔 것 같군."

바로 그때였다.

거의 다 다가온 사내들에게 최소현이 갑자기 손을 몇 번 휘둘렀다.

사락-!

두 사내가 순식간에 팔과 목이 잘리며 그 자리에서 쓰러졌고, 그러한 광경을 목격한 공조위는 눈을 부릅떴다.

"무슨……!"

그런 그에게 최소현이 더없이 잔인한 미소를 머금었다.

"아무리 우리 사이가 안 좋다지만, 그렇다고 그게 사람이나 납치해서 죽이려는 너 같은 놈한테서 들을 소리는 아니거든. 이 쓰레기 놈아."

공조위는 최소현에게 무언가 무서운 능력이 있음을 깨달았다.

"움직이지 마! 이 미친년이……! 네 아버지 목 잘리는 거 보고 싶어?"

"어디 해 보든가."

"뭐……?"

"그 칼, 움직일 수나 있겠어?"

최소현이 손을 가볍게 휘저었다.

그와 동시에 칼은 강한 힘으로 확 하고 날아가 버렸다.

"엇!"

칼을 놓친 공조위는 당황하여 총을 꺼내 들었다.

이대로 있다간 자신까지 당할 거라는 두려움이 앞선 때문일까, 그는 즉시 총을 쏘았다.

"이 죽일 년! 그냥 죽어라! 죽어!"

탕! 탕! 탕! 탕!

최소현은 옆으로 달리다가 감쪽같이 모습을 감췄다.

그녀가 사라진 자리에는 깨진 유리 조각이 있었고, 총을 쏘던 공조위는 숨이 턱 하고 막혔다.

"크허허헙!"

무언가가 가슴을 꿰뚫은 듯한 답답한 느낌 때문이다.

뭐 때문일까 가슴을 만져 보지만, 아무것도 느껴지질 않았다.

저 멀리 유리에 비춰진 모습에서, 최소현이 반지의 실로 그의 폐와 심장을 꿰듯이 꿰뚫고 있었지만, 공조위로서는 아무것도 만져지지 않기에 천천히 무릎을 꿇으며 그 자리에서 쓰러질 뿐이었다.

털썩.

* * *

최강이 폐건물에 도착했다.

그는 최소현이 아버지인 최경준과 그의 부인과 함께 나오는 걸 보며 서둘러 달려갔다.

"소현 씨……! 괜찮아요? 어디 다친 곳은요?"

"없어요. 저는 괜찮아요."

"놈들이 소현 씨를 잡고 있다고 해서 급하게 달려온 건데. 어떻게 된 겁니까?"

"다 처리했어요."

"처리했다고요?"

최소현이 뒤를 보며 말했다.

"괜찮으면 우리 아버지랑 새어머니부터 모셔다드리면 안 될까요?"

최강은 잠시 그녀의 뒤에 있는 두 사람을 보며 고개를 끄덕였다.

"네, 알았어요."

잠시 후, 그들 네 사람은 최경준의 집으로 도착했다.

차에서 내린 최경준은 딸을 보며 할 말이 많다는 표정이었다.

최소현도 그걸 아는지 일부러 시선을 안 마주치려고 했다.

"소현아……."

"안 다쳤으니까 다행이에요. 그렇지만, 또 언제 어떻게 노려질지 모르니까 조심하세요. 아버지가 위험해지면 결국 나도 위험해지는 거니까."

"음……. 고맙다……."

새어머니도 말했다.

"고맙구나, 애야……. 그리고 걱정 끼쳐서 미안해……."

최소현은 마음이 복잡했다.

자신은 늘 엄마 대신에 아빠 옆을 지킨 그녀가 싫었다.

그렇지만 그녀는 단 한 번도 자신에게 살뜰하지 않았던 적이 없었다.

"조심하시고, 두 분 다 건강하세요. 그럼 이만 갈게요."

차를 타고 가는 길, 최강은 최소현을 보았다.

그녀는 뭔가 생각이 많은 듯 창밖만 바라보고 있었다.

최강은 그녀만의 시간을 주고자 아무 말도 하지 않았다.

그렇게 두 사람은 야경을 보며 밤거리를 달렸다.

* * *

다음 날 아침.

나는 사무실에서 최소현과 마주 보고 앉았다.

전날의 사건으로 잘 넘어가는 듯했지만, 그녀는 그렇지 않았다.

"자, 이제 말해 봐요. 혼자서 대체 어딜 다녀왔어요?"

표정이 무섭다.

어디 거짓말을 조금이라도 섞어 봐라.

그 순간, 가만히 두지 않겠다.

그런 살얼음 같은 속내가 표정에 가득 보였다.

그렇지만 두려워하진 말자.

이곳까지 오며 이미 할 말을 다 생각해 두지 않았던가.

그대로만 하면 아무 문제 없을 거라 믿었다.

"이번에 러시아가 일으킨 전쟁. 그 일에 다크 웨이브가 개입되었더군요."

"네에? 진짜요? 아니, 어떻게……."

나는 사무실 내에 있는 텔레비전을 틀었다.

[러시아군이 3차 협상 끝에 모든 병력을 후퇴시키는 것에 합의했습니다.]

[어제, 크렘린궁이 폭발했다는 보고를 전해 드렸는데요. 그 과정에서 바오틴 대통령도 화를 면치 못했다 알려지고 있습니다.]

[미국이 공개 발표를 했습니다. 미국의 첩보에 의하면 바오틴 대통령이 크렘린궁의 폭발로 암살당한 것이 확실하다는 것이었습니다.]

[세계적 논란에도 불구하고 바오틴 대통령이 현재 공개 석상에 모습을 드러내지 않고 있어, 미국의 발언에 힘이 실리고 있습니다.]

"다크 웨이브가 크렘린궁을 장악했고, 모습을 바꿀 수 있는 놈이 바오틴 대통령을 대신하고 있었습니다. 그들은 긴장 상황을 이용해 전쟁을 일으켰고, 그래서 저도 개입했던 겁니다."

"말도 안 돼……."

"지난번 독일에서 다크 웨이브가 집과 일체화를 이뤘던 거 기억나죠?"

"네."

"크렘린궁도 그렇게 만들었더군요. 그래서 저렇게 폭파시키는 것 외에는 방법이 없었어요."

"아……. 그랬구나."

사실은 전쟁으로 죽어가는 아이들이 가여웠고, 분노가 치밀어 날아갔던 거였다.

하지만 결과적으론 다크 웨이브가 벌인 짓이 맞고, 그들의 처리도 확실히 했다.

얘기가 잘 맞아들어갔기에 그녀의 다른 의심을 살 일은 없었다.

"왜요, 설마 저 혼자 저기로 놀러 가기라도 했을까 봐서요?"

"네? 아, 아뇨. 그냥……. 연락도 없고…….."

"폭탄이 날아다니고, 은밀히 적과 교전해야 하는 상황에서 전화를 받을 순 없죠."

"호호, 역시…… 그랬겠죠?"

"사실 부재중 전화를 보고 몇 번이나 전화를 하려고 했는데, 그때마다 러시아가 마을을 공격하고 있다고 해서. 급히 다니느라 할 겨를이 없었네요."

나는 그녀가 서운해할 부분을 잘 알기에 쐐기를 박았다.

"그리고 말입니다, 소현 씨."

"네?"

"그 어떤 남자도 자기 여자를 전쟁터에 데려가지는 않습니다."

"그렇기는 하죠…….."

"그리고 저, 이번에 정말 많이 놀랐습니다. 누군가가 작정하고 소현 씨를 노린다면 아무리 소현 씨라도 다칠 수 있다는 걸 알았거든요."

다행히 기세가 조금 누그러진 모습이다.

"네……."

"앞으로는 더 조심, 우리 둘 다 조금 더 신중해지자고요."

"알겠어요."

"그렇지만 이번엔 내가 연락을 받지 못했던 잘못도 있으니까. 얘기는 여기까지만 하죠."

최소현이 나가는 걸 끝까지 지켜본 나는 그녀가 나가자 한숨을 푹 내쉬었다.

"휴……. 어떻게 먼저 선수 쳐서 잘 마무리한 것 같죠?"

-일 때문에 갔다고 하는데, 쟤라고 별수 있을까.

-단단히 벼른 것 같던데, 제대로 차단시켰구나.

나는 자리에서 일어났다.

그리고 사무실을 나갈 생각으로 걸음을 옮겼다.

"자, 그럼 이제 어떤 놈들이 그런 짓을 벌였는지 살펴봐야겠습니다."

최소현이 처리한 시신들을 그곳에 그대로 둘 순 없었다.

하여 발라스에게 시신을 수습하라고 했고, 그들의 신원은 물론, 관련된 모두를 알아내라고 명령해 두었다.

그래서 보고를 받기 위해 발라스가 보유한 빌딩으로 오게 되었다.

"알아낸 사항은?"

발라스의 요원이 고개를 숙인 후에 빔프로젝터를 틀고 한 사람의 시신을 보여 주었다.

"혹시 이놈, 기억나십니까?"

나는 절로 눈매가 좁혀졌다.

"공조위…… 기억이 나다마다. 이놈을 따라 참 멀리도 갔었으니까."

그리고 거기서 정이한을 만났었다.

"죽은 시신들 중 몇몇은 공조위와 함께 귀국하거나 순차적으로 귀국하였고, 또 다른 몇몇은 공조위가 한국에 있을 때 종종 부리던 자들이었습니다."

죽은 이들이 공조위와 만나 왔던 사진들이 연이어 나왔다.

하지만 지금 내겐 이것들이 중요한 게 아니다.

발라스 요원인 이자는 모르겠지만 나는 안다.

공조위가 누구와 연결되어 있는지.

"정이한…… 조용하다 했더니, 기어이 이빨을 들이미는군."

"정이한이요?"

"여기까지면 됐어. 공조위 저놈 하나만으로도 누가 시켰는지 알았으니까."

나는 자리에서 일어나며 명령했다.

"지금부터 전 조직원을 이용해서 공조위가 어디에서 넘어왔고, 넘어오기 전에는 어떤 동선으로 움직였는지 전부 추적해."

"네."

"본거지가 어디인지 알아내면, 그때 이번 일의 책임을 물을 테니까."

나는 이후 강남서로 가 최경준 서장을 만났다.

그는 살짝 부끄러운 듯 나를 대했다.

"그러고 보니 자네에겐 말하지 못했군그래. 어제는 정말 고마웠네."

"아닙니다. 제가 뭐 한 게 있다고요."

"그리 인질이 되어서는 자네와 딸에게 폐만 끼치고. 면목이 없네."

"오히려 제가 죄송하죠. 그놈들, 애초에 저를 노린 거였으니까요. 사실 소현 씨가 위험해질 건 어느 정도 알고 있었지만, 설마 소현 씨의 가족을 건드려서 소현 씨를 끌어낼 줄은 저도 미처 생각지 못했습니다."

"그 아이……. 충분히 자기를 지킬 힘이 있던데. 근데 그건 자네와 연관된 일인 겐가?"

자기를 지킬 힘이라.

뭘 뜻하는 것일까?

설마…….

"혹시 소현 씨의 능력을 보신 겁니까?"

"사실 지금도 이해가 안 가는 게 많아. 어떻게 그렇게 눈앞에서 사라졌다가 나타난 건지, 그리고 주변에 있던 이들은 어떻게 해친 건지……. 무엇보다 그렇게 사람을 쉽게 해치는 걸 보고서는 내 딸이 맞는지 의심이 들었다네."

"그랬군요……."

최경준이 어색한 미소를 머금고는 나에게 물어 왔다.

"원래는 안 그랬던 아이가, 놀라운 능력과 함께 무서운 모습으로 나타났어. 난 그게 자네의 영향으로 보네만."

"소현 씨를 지키기 위해서였습니다. 언제나 함께할 수 없다면, 지키고자 하는 사람을 강하게 만드는 것이 최선이라고 생각했습니다."

"그렇군……."

"하지만 제 생각이 짧았다는 걸 이번에 깨달았습니다. 그래서 말씀드리는 것인데, 당분간 주변에 사람을 붙여도 되겠습니까?"

"내게 경호 인력이라도 붙이겠단 것인가?"

"서장님뿐만 아니라, 부인되시는 분과 그 자제분인 최성주 검사까지도요."

"그들이 다시 우리를 노릴 수도 있다는 거로군."

"누구의 짓인지 알아냈습니다만, 하루아침에 해결될 일은 아닙니다. 그러니 불편하셔도 당분간만 견뎌 주십시오. 너무 오래 끌지는 않겠습니다."

잠시 생각하던 최경준이 나를 빤히 쳐다봤다.

"이런 부탁, 선을 넘는 거라는 건 아네만 그래도 들어주게나. 내 딸…… 너무 위험하게만 하지 말아 주게. 그쪽 일이 어떻게 흘러가는 건지 내 아는 바는 없네만, 이번 일로 평범한 국정원 일이 아니라는 건 알 것 같더군. 그러니…… 부탁함세."

"네, 소현 씨가 위험해지는 일 없도록 최선을 다하겠습니다."

"고맙네……."

최경준 서장을 만나고 나오는데 마음이 무척 무거웠다.

"묻고 싶은 게 무척 많았을 텐데. 속으로 삭이는 저 감정이 왜 이렇게 가슴 깊이 와닿을까요."

-딸 가진 부모 심정이란 것이 늘 저렇게 불안하고 애타는 법이지.

케라의 목소리에서도 쓰린 감정이 전해진다.

그래, 그도 딸이 있었다고 했지.

왕자들의 정치 싸움에 휘말려 목숨을 잃었고.

다 같은 자식일지라도 유독 딸에 대한 걱정이 더 많은 건 모든 아버지들의 공통된 부분이지 않을까.

* * *

정이한은 소식을 전해 듣고 참담한 표정을 머금었다.

"흠……."

자츠원 청 역시 무척 가슴이 쓰려 했다.

"죄송합니다, 마스터."

"아닙니다. 누구보다도 가슴 아파할 분께서 그런 말씀을 하시면 안 되죠. 공조위라는 그자, 많이 아끼지 않으셨습니까?"

"지금까지 제가 시킨 일들을 하며, 저의 가려운 부분을 잘 긁어 주던 녀석이었지요. 일 처리 깨끗하고 어떤 위기에서도 스스로 살아 돌아오고. 정말 제 밑으로 있는 녀석들 중에 그만한 녀석이 없었습니다."

정이한은 걱정이 하나 있었다.

"한데……. 당했다는 건 확인했지만, 어떻게 당했는지를 몰라 답답합니다. 그곳에서 일어난 일들을 곧장 전송할 수 있는 장치가 있었으면 좋았을 텐데."

"안타깝게도 발라스가 이미 그곳을 정리하고 있어 그곳의 상황을 저장한 영상은 회수할 수 없었다고 들었습니다."

"그러니까 말입니다. 그렇다고 회수를 하자니 그 또한 추격의 빌미가 될 것 같고. 언제 어디서 따라붙고 있을지 모를 최강이라 참 어려운 게 많군요."

정이한이 자츠윈 청의 눈치를 보며 말을 툭 던졌다.

"근데 과연, 부스터를 사용했을까요?"

"아무래도 하지 않았겠습니까?"

"죽음에 이르기까지 사용을 안 했다는 게 말이 안 될 테지만, 그래도 걱정이 되어서 말입니다."

"안심하십시오. 설사 부스터가 저들의 손아귀에 넘어갔을지언정, 복제를 못 하도록 방비를 해 두었으니 말입니다."

"네. 그 부분은 믿습니다. 하지만 걱정이 되는 것도 사실인지

라. 이런 제 입장을 이해해 주셨으면 싶군요."

"이해합니다."

언제까지 일의 실패를 쓰려 하고 있을 순 없었다.

정이한은 다시 중요한 이야기를 꺼내고자 뜸을 들였다.

"그나저나…… 이제 슬슬 나노로봇을 이용한 약을 배포했으면 싶은데요."

"계획 중에 있습니다. 하지만 강력한 제어를 위해선 송출장치부터 제대로 설치할 필요가 있습니다."

"진행은 되고 있는 거겠지요?"

"걱정 마십시오. 대한민국 도심의 각 건물에 무료서비스를 이유로 설치가 되어 가고 있으니 말입니다."

"대한민국은 작은 나라이기에 시험에 가장 적합하기도 하지만, 국방력이나 경제력에 있어서도 세계적으로 인정받는 나라이기에 장악만 할 수 있다면 우리에게 많은 걸 가져다줄 겁니다. 하니, 반드시 성공하십시오."

"네, 마스터. 믿고 맡겨 주십시오."

자츠원 청이 나간 후, 정이한은 곰곰이 생각에 잠겼다.

"분명 최소현을 잡는 것까지 성공했고, 최강한테도 연락을 넣었다고 했는데…… 어디서 일이 잘못된 것일까? 역시 최강 그놈이 그만큼 난공불락이었던 것인가……."

그는 여전히 현장의 상황이 궁금했지만, 아무리 생각해도 알 방법이 없었다.

"다음엔 뭐든 정보를 모을 자료 수집에 신경을 써야 할 듯싶군. 상대를 알아야 이길 방법도 떠오를 테니."

* * *

최소현은 옷을 갈아입고 훈련실로 들어왔다.

그렇게 날이 없는 칼을 잡고서 휘두르기를 몇 번.

얼마 못 가 흥미를 잃은 듯, 칼을 내려놓았다.

"아직 난 내 힘을 제대로 활용할 줄을 모르고 있어. 여기서 뭔가 더 괜찮은 활용이 있는지 그걸 알아보고 싶은데……."

그녀는 반지의 실을 빼어 보았다.

너무 가늘어 다른 이들에겐 안 보이는 실이다.

그렇지만 그녀에게는 무척 선명하게 보였다.

마치 반지는 물론, 실과도 일체화를 이루어 한 몸이 된 것 같은 느낌이었다.

휘익! 휘익!

그녀는 실을 빳빳하게 세워 칼처럼 휘둘러 보았다.

"바람의 저항도 느껴지지 않고, 무게도 없어. 그러면서도 칼처럼 휘두를 수 있어서 기습이나 적을 암살하기엔 정말 좋다고 봐."

이번엔 실을 좀 더 유연하게 해 보았다.

의지를 보낸 대로 채찍처럼 휘둘러지기도 했으며, 한 곳으로 집중되어 말리기도 했다.

"혹시 단단함만 부여하고 내 앞으로 모으면……."

원형으로 둘러 손을 내밀자 방패가 생긴 것 같았다.

하지만 미리 빼 둔 실이어야 급변함이 가능했다.

앞으로 내밀면 충분히 침을 쏘는 빠르기로 쏘아지기는 했지만, 갑자기 빠르게 빼 방패처럼 쓰기에는 무리가 있었다.

"총알을 막는 데 무리는 없을 것 같지만, 미리 준비하지 않으면 어렵겠구나……."

그런데 다시 실을 날카롭게 하여 휘두를 때였다.

철컹!

"허업……! 어머, 어떻게 해!"

올려놓은 아령 하나가 싹뚝 잘려서는 떨어지는 거였다.

"아잉, 최강 씨가 알면 뭐라고 할 텐데. 안 되겠다. 우선은 잘 놓아놓고, 새 걸로 사 와서 바꿔 둬야지."

그녀는 감쪽같이 붙여 놓은 후에 밖으로 나가며 중얼거렸다.

"어디 아무 걱정 없이 훈련 같은 걸 할 곳이 없으려나……."

조금만 휘둘러도 벽이고 뭐고 죄다 절단해 버리는 실이었다.

그래서 그녀는 베이거나 부서지지 않는 장소를 필요로 했다.

그런데 그로부터 얼마 후.

운동복으로 갈아입은 장태열이 훈련실의 문을 열고 있었다.

"으차! 오늘도 이 멋진 근육들을 잔뜩 괴롭혀 볼까? 오늘은 이두부터. 크흐흐."

그리고 잠시 후.

훈련실에서 둔탁한 비명 소리가 흘러나왔다.

쿵-!

"끄아아악-!"

* * *

최강은 김지혜로부터 황당한 보고를 전달받아야 했다.

"뭐? 장태열 씨가 다쳐? 어디를 어떻게?"

[그게요. 훈련실에 들어갔다가 아령에 찍혀서 발등 뼈가 골절되었대요.]

"헐…… 그렇게 부주의한 사람이 아닐 텐데…….""

[근데요, 그 아령, 좀 이상했어요. 아무리 단단하더라도 충격에 의해 부서질 수야 있다고 하지만, 그렇게 사선으로 깨끗하게 떨어져 있는 건 말이 안 되잖아요?]

"아……."

최강은 눈을 지그시 감았다가 뜨며 김지혜에게 물었다.

"혹시 말인데요, 지혜 씨?"

[네, 과장님.]

"장태열 씨 들어가기 전에 최소현 씨가 훈련실을 이용했나?"

[그랬죠.]

"끙, 알았어요."

[근데 그건 왜요?]

"아니, 그냥. 아무튼 장태열 씨한테는 잘 치료받으라고 전해 줘요."

'네…….'

전화를 끊은 최강이 한숨을 푹 내쉬었다.

"하아, 사고를 쳤으면 잘 치워 두기라도 하지……. 하여간 소현 씨도……."

하지만 그 사고를 치고도 몰래 붙여 놓았을 그녀를 생각하니 갑자기 웃음이 흘러나왔다.

"후후후, 후후후……. 근데 장태열 씨가 다친 걸 알면 어떤 표정을 지을지, 그것도 궁금하군."

* * *

띵동!

장태열은 갑작스러운 벨 소리를 듣고 절뚝거리며 문으로 걸어갔다.

"누구세요~?"

인터폰 화면에는 최소현이 보였다.

"음?"

그는 얼른 문을 열었다.

"아이고, 우리 파트너께서 여긴 어쩐 일이실까?"

최소현은 과일바구니까지 들고서는 무척 어색한 표정으로 서 있었다.

"다쳤잖아요. 그래서 병문안으로……."

"병문안 와 주는 사람도 다 있고. 고맙군. 들어와서 커피라도 한잔하고 갈래?"

"주시면 좋죠……."

의외로 깨끗한 집을 보며 최소현이 신기해했다.

"집이 깔끔하네요."

장태열이 커피를 가져오며 웃었다.

"왜, 내가 생긴 게 구질구질해서 집도 어지러울 줄 알았어?"

"아뇨, 그런 건 아니고……. 원래 남자들 혼자 사는 집이라는 게 보통은 지저분하다는 소리를 많이 들어서."

"홀아비 냄새 안 나면 다행이긴 하지. 자, 마셔."

최소현은 깁스를 한 장태열의 발을 보았다.

"발은 좀 어떠세요?"

"의사도 신기하다고 하더라. 정말 조각도 없이 또각 잘 부러졌다고 하지 뭐야."

"그래요……."

"근데 참 이상해……. 그 아령, 들자마자 느낌도 없이 그냥 뚝 떨어졌거든. 단면은 또 뭐가 그렇게 깨끗한 건지. 누가 보면 일부러 잘라 놓은 줄 알겠더라니까."

"호호호……."

"근데 그럴 리가 없겠지? 그 쇳덩이가 두부도 아니고 말이야.

일부러 그러려고 해도 힘들 거야. 그지?"

"그, 그렇죠……."

* * *

사무실에 있는데 최소현이 풀이 죽은 얼굴로 노크도 없이 들어왔다.

"병문안은 잘 다녀왔어요?"

그녀가 소파에 털썩 주저앉았다.

"내가 그랬다고 말도 못 하고, 정말 미안해 죽겠는 거 있죠."

"오히려 설명하기가 더 어려운 일이긴 하죠."

"혹시 최강 씨가 가서 확 낫게 해 주면 안 될까요?"

"내가 마법사다. 온 동네방네 다 말하고 다닐까요?"

"역시 안 되겠죠?"

"자고 있을 때 몰래 가서 한다면야 상관없겠지만, 지금은 아니지 않을까요? 이상한 거 눈치 못 채게 하려면 최소한 보름 정도는 지나서 해야 할 것 같은데. 한동안 바쁘게 일했겠다, 이참에 푹 쉬라고 하죠, 뭐."

"아파서 못 나오는 게 어디 쉬는 건가요? 그 불편한 몸으로……."

"그거 잘 아는 사람이면, 다음엔 이런 실수 안 하기입니다?"

"미안해요……."

나도 그녀의 마음은 알 것 같다.

허무하게 납치를 당했으니 자신의 능력을 보다 보완하고 싶었을 거다.

그렇지만 쇠도 무처럼 잘라서야 아무리 훈련실이라고 해도 그녀의 실의 날카로움을 감당할 수 있을 리 없다.

확실히 무기의 활용을 잘 못 하고 있는 건 분명해 보였다.

그런데 최소현이 내게 먼저 부탁을 해 왔다.

"그래서 말인데요. 이런 부탁 어떻게 들릴지 모르겠지만, 좀 들어주었으면 해요."

"뭔데요?"

"마음껏 휘둘러도 괜찮을 만한 시설. 그런 것 좀 만들어 주면 안 될까요? 이것저것 해 보고 싶은 건 많은데, 할 수 있는 곳이 없어서요."

야외에서 하자니 사람들 시선이 걸리고, 건물 내부에서 하자니 벽이고 뭐고 남아날 게 없다.

그러니 이런 부탁을 하는 것일 거다.

"마음껏 휘둘러도 괜찮을 만한 시설이라……. 옥상 같은 곳이라도 자칫 바닥이 무너질 위험이 있고. 흠……."

닿아도 베이지 않을 게 뭐가 있을까?

곰곰이 생각 끝에 좋은 생각이 났다.

"아~ 그게 좋겠군."

"뭔데요? 장소가 떠올랐어요?"

"만들면 가능은 할 것 같아서. 나한테 며칠만 시간을 줄래요?"

그렇게 며칠의 시간이 지나 나는 그녀를 경기도 인근의 마을로 데려갔다.

그곳은 천장이 없는 온 사방이 벽으로 된 공간이었다.

"여기 어때요? 옛날에 초등학교가 있던 자리인데, 지금은 여기저기 폐교되는 곳도 많아서. 그래서 내가 이곳 부지를 샀습니다."

나는 주변을 둘러보며 설명을 시작했다.

"주변으로는 아무도 들어오지 못하도록 벽을 세웠고, 바닥은 전부 모래라서 아무리 날카로운 실을 휘둘러도 베이지 않을 겁니다. 공간도 넓고 바닥이나 천장도 부서질 필요 없고. 여기라면 괜찮지 않을까요?"

최소현이 활짝 웃었다.

"그러네요……. 여기라면 정말 뭐든 해도 되겠어요! 정말 고마워요, 최강 씨."

"거리가 좀 있긴 하지만, 그런 불편함은 감수하자고요."

"네!"

* * *

최강의 도움으로 훈련장을 얻게 된 최소현은 그날 이후 훈련에 매진했다.

"차앗!"

실을 세워 칼처럼 휘두르기도, 유연하게 만들어 채찍처럼 이용하기도 했다.

그리고 어느 정도 조절이 가능해져 날카로움을 순간적으로 만들고 지우는 것도 익숙해졌다.

그래서 채찍처럼 휘두를 때 바닥에 닿더라도 베이지 않게 하는 게 가능해졌다.

"자, 그럼!"

그런 그녀가 높게 세워진 기둥을 향해 손을 내밀었다.

빠르게 쏘아진 실은 너무 가늘어서 소리도 없었다.

그저 순식간에 쏘아져 기둥의 끝에 휘감길 뿐이었다.

파앗!

최소현은 몸을 날렸고, 줄어드는 실을 따라 높은 기둥까지 순식간에 떠올랐다.

실이 줄어들며 그녀는 허공을 날았고, 그렇게 허공에서 몇 바퀴 돌다가 정확히 높은 기둥의 위로 안착하는 모습이었다.

터덕.

"후! 좋았어. 이 정도면 완벽해."

그뿐이 아니었다.

그녀는 실을 낡은 초등학교 건물 옥상으로 이었다.

벽을 파고든 실은 마치 최소현을 들어 올리는 듯했으며, 최소현은 다시 붕 날아 초등학교 건물 옥상으로 이동할 수 있었다.

"호호! 그래, 해 보니까 정말 할 수 있는 게 많잖아. 이러면 높은 건물에서 떨어져도 무서울 게 없어."

심지어 비행기에서 떨어지더라도 미리부터 바닥으로 실을 쏘아 보낸다면 얼마든지 충격을 완화시킬 수 있을 것 같았다.

"꼭 스파이더맨이 된 기분이네. 호호!"

하지만 단점도 있었다.

실로 무언가를 들어 올리려면 그 지지하는 힘은 온전히 자신이 받아야 한다는 거였다.

그러나 그것도 금방 해결되었다.

손을 단단한 바닥에 대면 타고 온 차도 얼마든지 들어 올릴 수 있고, 내던질 수도 있었다.

그러던 어느 날이었다.

최소현은 몸을 움직이는 훈련을 마치고, 다른 훈련에 접어들었다.

그것은 날아오는 것을 맞추고 막는 연습이었다.

파앗-!

그것은 피칭 머신으로부터 날아오는 야구공을 실로 맞추는 거였다.

빗나가고.

또 빗나가고.

아슬아슬하게 얼굴을 스치기까지.

"이거 어려운데? 실이 얇아서 더 맞추기가 어려워."

그녀는 전화를 걸어 최강으로부터 조언을 얻었다.

그러자 최강이 이런 말을 했다.

[날아오는 궤도와 그 중심에 집중해야죠. 그리고 주변의 공기를 밀어내고 날아오는 그 흐름을 느껴 봐요. 눈으로만 보려 하면 어려울 겁니다. 카우라를 극대화시키면 어느 순간, 주변의 공간 전체를 보게 될 겁니다.]

그녀는 피칭 머신 앞으로 다시 섰다.

"눈으로 보지 말고 공간 전체를 보고 느끼라고."

터엉!

쎄에에에에엑-!

야구공이 빠르게 날아왔다.

최소현은 눈은 공을 보되, 최강이 말한 그대로 카우라를 일으켜 공기를 밀어내고 날아오는 공을 느끼려 했다.

그리고 그 느낌이 닿는 곳에 실을 가져다 두었다.

파앗!

실에 때려 맞은 야구공은 건물을 넘어 사라졌다.

"됐다!"

그녀는 무척 신이 나서는 팔짝팔짝 뛰었다.

"오오~! 이거였구나! 최강 씨는 어떻게 총알을 쳐 낼 수 있나 신기했는데. 이런 느낌이었어."

그렇지만 아직 총알을 시험하기엔 너무 위험하지 싶었다.

"역시 아직 총알은 어렵겠지?"

얇은 실로 더 작은 총알을 쳐 내는 일이다.

적이 공격하는 순간이라면, 약간의 오차만 생겨도 시도하다가 죽을 수도 있는 일이었다.

"실로 주변 벽이나 바닥을 뜯어내서 막는 방법도 있다지만, 그러면 멋이 안 살잖아. 어디서 날아오건! 전부 막을 수 있을 만큼 연습해야 해."

그렇게 곳곳으로 피칭 머신을 가져다 놓은 그녀는 씨익 웃으며 자신만의 수련에 몰두하기 시작했다.

* * *

정이한은 연구동으로 이동했다.

치이이이익.

자동문을 통해 한 연구실로 들어간 그는 자츠윈 청을 보았다.

그도 정이한이 들어온 걸 보며 얼른 다가왔다.

"여긴 어쩐 일이십니까?"

"연구 중인 게 잘되고 있는지 궁금해서 말이죠."

정이한이 투명한 유리벽 너머를 보았다.

장로파에선 이탈했다고 알고 있던 도나가 그곳에 묶여 있었다.

"저 여자에게 어떤 능력이 있는지는 알아내셨습니까?"

"상대를 마비시키는 능력이 있더군요."

"마비라. 방식은요?"

"호흡을 흘려보내고, 그걸 맡은 사람은 곧장 몸이 굳어 버리는 것 같았습니다. 호흡도 원하는 즉시 상대에게 스며들고요."

정이한이 팔짱을 끼었다.

"순순히 능력을 보여 주었을 리는 없고. 어떻게 알아냈죠?"

"허허, 일부러 틈을 주어 빠져나갈 수 있도록 해 주었거든요. 마음껏 능력을 펼쳐 보라고 말입니다. 그 덕분에 영상으로 능력을 알아내는 건 물론, 좋은 자료도 얻을 수 있었습니다."

"하하, 저 여자로서는 정말 큰 불행이었겠네요. 잠깐이나마 희망찬 탈출을 꿈꿨을 텐데."

"외벽을 내려 다시 가둘 줄은 몰랐을 겁니다. 거기에 산소를 모두 빼 버렸더니, 아무것도 하지 못하더군요."

"사람에게 통하는 능력만 있을 뿐, 그 외의 물리적인 능력은 없다는 거군요. 모르고 당하면 치명적일지 몰라도, 아는 상태에서는 그리 위협적이진 않을 것이고. 총으로 쏴 버려도 될 테니."

자츠원 청이 정이한의 의도를 물었다.

"그것보다 저 여자의 능력을 다른 사람이 쓸 방법이 없는지 그것이 궁금하셨던 게 아닙니까?"

"후훗, 그 방법을 벌써 알아내셨다면, 제가 청 씨를 정말 좋아하게 될 것 같은데요."

"방법은 찾았습니다."

"정말입니까?"

자츠원 청이 몇 가지 자료를 보여 주며 설명을 이었다.

"이 귀걸이는 이미 저 여자를 주인으로 인식하고 있는 것 같았습니다. 하여 저 여자의 피부조직을 쥐에게 이식하고 그 이식된 부분에 귀걸이를 채워 보았습니다. 함께 다른 쥐도 몇 마리 넣어 보았지요. 그러자 피부조직을 이식한 쥐를 제외한 다른 쥐들이 죄다 움직임을 멈추더군요."

"유전적인 요인이 크다. 그런 거로군요."

"그것을 가장 첫 번째로 보는 것 같았습니다만, 그것 말고도 그 대상의 강함이나 정신력과도 연관이 있는 것 같았습니다."

"귀물이 그런 걸 판단한다고요?"

"귀물은 마치 살아 있는 생물체 같습니다. 어쩌면 최초의 주인과 비슷한 습성의 무언가를 찾고 있는 게 아닐까, 그런 생각도 들더군요."

"복잡한 물건이군요."

"그래서 수많은 이들 중에 그 주인이 오직 한 사람만 나오는 거겠죠. 어떤 귀물은 수백 년간 그 주인이 나타나지 않았다는 말도 있더군요."

"아무튼 현 주인의 피부조직만 있으면 사용할 수 있다는 것이지 않습니까?"

"그렇습니다. 그리고 조율자 조직의 장로파를 돕고 있는 이들에 의하면 적합성에 따라 그 능력치가 달라진다고 하는데, 이러한 방법대로라면 현 주인의 능력치 이상은 사용할 수 없게 되는 것이죠."

"그건 조금 아쉽지만, 사용할 방법이 있다는 게 어디입니까?"

"현재 신경망을 이을 수 있는 기술을 통해 굳이 피부 이식이 아니더라도 사용할 수 있는 방법을 개발 중입니다."

정이한이 진한 미소를 머금었다.

"그것이 완전히 개발되고 나면, 더는 늙은 여우들을 도울 필요가 없겠군요."

"후후, 그때는 사냥을 하셔도 되실 겁니다."

"그때가 무척 기다려지는군요. 우리 조직이 얼마나 더 강해질지, 기대가 큽니다."

빙의로
최강요원

5. 지금부터는 속도 좀
내겠습니다

빙의로
최강요원

독일의 베를린.

밤거리의 다리 밑에서 경찰들이 시신을 수습하고 있었다.

폴리스 라인이 쳐진 가운데, 수많은 구경꾼들이 주변으로 몰렸다.

경찰들은 분주하게 움직였고, 형사 하나가 시신을 확인하다가 인상을 팍 썼다.

"어우! 이게 뭐야……!"

"목과 옆구리가 뭔가에 물어뜯긴 것 같습니다."

"사진 찍었지?"

"네."

"그럼 얼른 치워라. 흉측해서 못 보겠다."

형사들은 이해할 수가 없었다.

"근데 대체 뭐가 물어뜯으면 저렇게 될 수 있는 거야? 강에서 악어가 나왔나?"

"목격자들을 찾고 있는데, 어떻게 된 게 아무도 안 나타나는 군요."

"CCTV는?"

"다리 밑이고 강가 쪽이라 여길 비추는 카메라는 없는 모양입니다."

"목격자도 없고, 무슨 일이 일어났는지를 알 수 없으니, 수사가 힘들어지겠군그래."

한편, 구경꾼 중에는 20대 중반의 사내가 끼어 있었다.

턱수염을 기른 그는 매서운 눈길로 현장을 바라보다가 사라졌다.

그리고 잠시 후 구급차가 와서 시신을 실어 갔다.

시신을 실은 구급차는 사이렌을 울리며 경찰의 통제를 벗어나 현장을 빠져나가고 있었다.

한참을 도로를 달리는 구급차.

그런데 잘 달리던 구급차가 갑자기 한적한 곳에 멈춰 섰다.

뒤로 타고 있던 구급요원이 뒤 창문을 보며 물었다.

"이봐? 여기는 왜 서는 거야?"

운전석에서 내리는 소리가 들려왔다.

그리고 잠시 후, 뒤 칸 문도 열렸다.

놀랍게도 운전사는 아까 구경꾼들 사이에 서 있던 턱수염의 사내였다.

"조용히 잠들어."

그 말 한마디에 구급요원은 옆으로 쓰러지며 혼절했다.

턱수염의 사내는 안으로 들어가는가 싶더니 시신의 팔에서 팔찌 하나를 뺐었다.

그리고 정이 가득한 눈빛으로 시신의 얼굴을 보며 중얼거렸다.

"편히 쉬게 형제여. 너의 희생은 헛되지 않을 거다. 이번에야 말로 놈들의 본거지를 반드시 알아낼 테니까."

그랬다.

턱수염의 사내는 헌터였다.

그것도 정신을 조종할 줄 아는 헌터였다.

그로부터 얼마 후, 턱수염의 사내는 외딴 건물로 들어갔다.

어둡고 긴 복도를 지나 커다란 문을 열고 안으로 들어간 그는 그곳에서 동료 둘과 시선을 교환했다.

"아무스, 귀물은 챙겼나?"

"어, 잘 수거했어."

"다행이군."

그들 세 사람은 건물 기둥에 쇠사슬로 칭칭 감겨 있는 사내에게로 시선을 모았다.

다크 웨이브의 일원이자, 동료를 살해한 자.

그가 그곳에 묶여 있었다.

"크으……. 너희는 나에게서 아무것도 알아낼 수 없어. 그러니까 그냥 죽이지그래? 안 그러면 내 손에 죽게 될 테니까."

헌터 중 하나가 말했다.

"그건 평범한 사슬이 아니야. 귀물이지. 주인이 된 지 고작 몇 개월밖에 안 되었지만, 난 지금까지 거기서 자력으로 풀려난 사람을 본 적이 없어."

아무스가 동료들에게 물었다.

"아직 아무것도 말한 게 없는 모양이군."

그러자 왼쪽의 동료가 사슬에 묶인 자를 향해 손을 내밀었다.

화르르륵!

갑자기 묶인 자의 손과 발에 불이 붙으며 활활 타올랐다.

그리고 그 순간 묶인 자의 신체가 순식간에 커지며 비늘이 있는 괴수의 모습으로 돌변했다.

카아아아악! 카라아아아악!

그 괴수의 모습은 타들어 가는 불길이 사라지고 나서야 변하며 다시 사람으로 되돌아갔다.

불을 일으킨 헌터가 아무스에게 말했다.

"봐."

아무스가 불타던 손과 발을 보았다.

"피부가 다시 재생되고 있군."

"신체변환자들을 몇 번 보긴 했지만, 이런 경우는 처음 봐. 고통은 느끼는 것 같지만, 이래서야 고문으로는 소용이 없어."

"결국 내가 나서야 한다는 거로군."

곧 아무스의 눈빛에서 옅은 빛이 번뜩였다.

그와 동시에 사슬에 묶인 자의 표정이 딱딱하게 굳어졌다.

아무스는 물었다.

"말해. 너희가 본거지로 두고 있는 곳이 어디인지."

"끄윽! 끄으으윽!"

묶인 자의 저항은 심했다.

하지만 어느 순간, 눈이 획 하고 돌아갔다.

"몰라……. 다음 접선 장소만 알고 있어……."

"접선 장소? 누굴 만나서 뭘 하려는 거지?"

"수정구를 넘길 거야. 수만 명의 영혼이 모인……."

"장소가 어디야? 어서 말해."

* * *

1장로 윌리엄이 정이한을 찾아왔다.

정이한은 갑작스러운 방문에도 불구하고 그를 환영했다.

"어서 오십시오, 장로님. 이렇게 다시 뵈니 무척 기쁘군요."

"매우 중요한 논의를 하고자 찾아왔습니다."

"중요한 논의라. 저도 궁금하군요. 일단 앉아서 얘기 나누시죠."

소파에 앉은 정이한은 그의 입이 열리는 걸 기다렸다.

곧 윌리엄이 심각한 표정으로 말했다.

"어쩌면 최강 그놈과의 이 불리한 싸움을 한순간에 뒤집을 수 있는 방법이 있을지도 모르겠소."

"불리한 싸움을 한순간에 뒤집는다. 어떤 방법으로 말이죠?"

"아는지 모르겠지만 현재 우리 쪽에서는 나날이 이탈자가 늘어나는 상황이외다. 이제 빠져나갈 사람들이 다 빠져나갔는지 더는 이탈자가 없지만, 우리도 그런 상황을 이용하지 않을 수가 없었다오. 하여 이탈자로 꾸며 저쪽에 사람을 심어 두었지요."

"후훗, 그럴듯한 방법이군요. 뭐, 저들이 바보가 아닌 이상에야 이탈해서 들어온 이들을 전부 믿지는 않을 테지만 말이죠."

어설픈 수라는 걸 은근히 내비치는 거였다.

윌리엄은 그 말뜻을 알고 살짝 불쾌했지만, 개의치 않고 대화를 이었다.

"한데 그로부터 이상한 정보가 흘러들더이다. 이번에 러시아가 일으킨 전쟁이 다크 웨이브에 의한 것이었으며, 그 전쟁에서 수많은 영혼을 모은 무언가를 옮기는 중이라고 하였소."

"그 전쟁이 다크 웨이브 때문이라고요? 흠……."

정이한은 어쩌면 자신들이 손을 잡아야 할 존재들이 이들 장로파가 아닌, 그들이 아닐까 하는 생각을 하게 되었다.

전쟁을 일으킬 정도라면, 절제된 형식으로 싸우려는 답답한 이들보다야 더 도움이 되지 않을까 싶었다.

곧 정이한이 물었다.

"그럼 그 다크 웨이브의 목적은 무엇이랍니까?"

"그 모은 영혼의 힘을 가져가면 거대한 힘을 줄 무언가를 받게 된다. 이렇게 전해 왔소."

"흠……. 흥미가 생기는 일이로군요."

"지금 독일에서 추적이 이루어지고 있다고 하니, 그대들이 우리와 함께 추적에 힘써 주었으면 하오."

정이한은 환하게 웃음 지었다.

"당연히 도와야죠. 우리 쪽의 모든 정보망을 동원하여 돕겠습니다."

"고맙소이다."

"뭘요. 같은 적을 둔 사람으로서 당연히 해야 할 일인 걸요."

그러나 정이한은 돌아가는 윌리엄을 보며 다른 생각을 품었다.

"이거 어쩌면 답답함을 해소할 재밌는 일이 벌어질지도 모르겠는데……. 후훗, 후후후후."

* * *

나는 제이슨과 통화를 했다.

"일전에 말씀드린 놈들의 계획은 어찌 되어 가고 있습니까?"

[말씀해 주신 덕분에 폴란드를 빠져나가는 다크 웨이브를 추적하여 독일에서 습격할 수 있었습니다. 그리고 놈들 일원 하나를 잡아, 놈들이 접선코자 하는 장소를 알아냈습니다.]

"놈들이 가지게 된다는 그 힘에 관해서는요?"

[뭔가 거대한 힘을 넘겨받게 된다는 것 이외에는 운송자들도 아는 바가 없는 것 같았습니다. 최소한 간부 정도는 잡아야 알 수 있을 것입니다.]

"놈들도 일원이 잡혔으면 경계를 단단히 하고 있겠군요."

[그럴 것입니다. 하여 추가적으로 독일에 있는 헌터들을 전부 투입하고자 합니다. 그들이 전달하려는 것을 가로챌 수 있다면, 그들의 야욕을 차단할 수 있을 테니까요.]

"그 접선 장소, 제게도 알려 주시죠."

[설마, 최강 님께서 가시렵니까?]

"관전자로서 지켜만 보겠습니다. 일의 실패 시, 누군가는 대안이 될 수 있어야 할 테니까요."

제이슨은 살짝 걱정스럽다는 투로 말했다.

[접선일이 당장 내일인데 어찌 가시려고요?]

"훗, 그건 걱정 마십시오. 제가 알아서 하겠습니다."

전화를 끊은 나는 창밖을 보았다.

그리고 하늘을 보았다.

"딱히 비행기를 타고 갈 게 아니라서 말이지. 후훗."

하지만 당장 내일이라고 하는데, 이렇게 여유 부리고 있을 때가 아니다.

나는 곧장 차를 몰고 서울 도심의 빌딩으로 들어갔다.

며칠 전에 주문한 물건을 보기 위해서다.

겉보기에는 여러 회사들이 모인 빌딩 같지만, 이곳은 발라스가 소유한 곳 중에 하나였다.

나는 화물 엘리베이터에 타 숨겨진 지하 5층 버튼을 눌렀고, 잠시 뒤 상당한 높이를 지닌 공간에 들어섰다.

그곳은 바로, 발라스의 연구시설이었다.

"내가 부탁한 건 어떻게 됐어?"

"안 그래도 막 완성하여 연락드리려던 참이었습니다."

"훗, 그럼 지금 바로 볼 수 있을까?"

곧 그들의 안내로 나는 차를 하나 보게 되었다.

겉보기엔 승합차로 보이나 평범한 차가 아니었다.

연구원은 자신의 작품을 설명하기 시작했다.

"유리와 차체가 방탄인 것은 물론이고, 내부의 특정 장치를 통해 총은 물론이고 여러 무기가 장착되어 있습니다. 그리고 부탁하신 그대로 짐칸을 개조하여 로켓 엔진을 장착시켜 두었습니다."

하지만 그도 무언가 우려스러운지 표정이 어색하게 변했다.

"하지만 일반적인 도심에서 그걸 사용하시면 무척 위험하리라 사료됩니다만. 그 출력으로 인한 속도를 타이어가 버티지 못

할 것이며, 과도한 출력으로 자칫 차가 전복될 수도 있음을 아
셔야 할 겁니다."

"도로를 달리기 위한 게 아니니까 그건 걱정 마."

"아, 네……."

전쟁터를 다니며 생각했었다.

어디든 안전하게 다닐 수 있는 운송수단 하나 있었으면 싶다
고.

그래서 만든 것이 이것이다.

사실 어떤 차를 타더라도 반지로 날개를 만들고, 뒤에서 바람
을 일으키면 가속이 붙어 빠르게 날아갈 수 있었다.

거기다가 앞으로의 공기 저항을 없애면 그 속도는 배가 된다.

그건 일전에 비행기보다도 더 빠른 속도로 날며 시험해 본
것이었다.

하지만 남자라면 속도를 즐길 줄 알아야겠지?

그래서 좌석과 차단이 된 로켓 엔진을 달아 달라고 했다.

보다 강한 추진력을 얻고 싶어서.

거기다가 공기의 저항까지 없애 버리면 얼마나 빨리 날아가
게 될지 상상이 되지 않았다.

"그리고 내부적으로도 편의시설이 몇 가지 있습니다. 그 부분
은 여기 설명서로 만들어 두었습니다. 여기 보시면……."

나는 그가 내미는 설명서를 낚아챘다.

"그건 가면서 차차 보도록 하지. 지금 바로 썼으면 싶은데.

이대로 가져가면 되지?"

"그, 그럼요."

"수고했어. 성과에 대한 보상은 기대해도 좋아."

부릉……!

"소리 좋고. 그럼 가 볼까?"

끼이이이익!

나는 곧장 차를 밖으로 끌고 나갔다.

도심을 달리는데 차 자체의 엔진도 특별한 것을 쓴 것인지 굉장히 잘나갔다.

하지만 이걸로는 안 된다.

여기에는 특별한 나만의 조작이 몇 가지 더 필요했다.

바로 마법이다.

그래서 차를 한적한 곳에 세우고서 곳곳에 룬을 새기기 시작했다.

"됐어. 이제 완벽해."

차에 숨겨져 있는 총알 하며, 미사일까지 전부 다 염력의 룬을 새겼다.

이제 어디든 날아갈 수 있으며, 어떤 적이든 이 차 한 대만 있어도 충분히 상대할 수 있을 것이다.

뭐, 굳이 이런 것들이 아니고서도 원소 마법으로도 뭐든 상대할 수 있을 테지만, 하나쯤 가지고 싶은 욕구를 채우는 건 남자에게 무척 중요한 일이었다.

나만의 보다 완벽한 슈퍼카.

이걸로 완성이다.

잠시 후, 나는 하늘을 날고 있었다.

처음엔 바깥의 바람 소리며, 뒤에서 들려오는 로켓 엔진의 소음으로 상당히 시끄러웠지만, 바람의 원소로 차단한 결과 고요함을 찾을 수 있었다.

편안한 자세로 햄버거를 먹으며 날아가는 여유란.

웬만한 퍼스트 급의 기내가 부럽지 않았다.

"날아가는 데 신경을 집중해야 할 부분이 많다는 걸 제외하고는 나쁘지 않네요. 비행기보다 몇 배는 빠르기도 하고요."

ㅡ나의 마법만으로는 할 수 없는 일이, 귀물과 이곳 과학의 힘과 맞물려 참으로 많은 것들을 해낼 수 있게 하는구나. 만약 내가 이곳에서 살아갈 수 있다면 그에 관한 연구를 원 없이 해보고 싶어.

"훗, 곧 그렇게 되실 수 있을 겁니다. 아, 근데 보석에 대한 관찰은 어떻게 되어 가세요? 제가 잘 때마다 그걸 연구하시는 것 같던데요."

나는 손목의 팔찌를 보며 말했다.

팔에는 작게 말린 붉은 보석이 박힌 팔찌가 있었다.

사실 이것의 마법을 해제하면 지팡이로 변한다.

기어이 제라로바의 욕심이 이루어진 것이었다.

-그 보석에는 겹겹이 쌓인 놀라운 힘이 존재했다. 내가 겉으로 감지했던 마력 이상의 힘이 그 안에 잠들어 있더구나.

"오오~ 그래요?"

-그것들은 함부로 건드릴 수 없는 것 같아 매우 조심스럽게 다루는 중이다.

"조율자 조직에서도 그 내력을 알 수 없는 물건이라고 했던 것 같은데……. 지금까지 주인도 없었다죠, 아마?"

-그렇다고 했었지.

그리 뛰어나진 않지만, 내게 파란색의 적합성을 보인 보석.

한데 그 안에 엄청난 힘의 비밀이 숨겨져 있다고 하니 거기에도 궁금증이 생긴다.

그런데 그러한 여유를 순식간에 날려 버릴 사건이 일어났다.

쑤아아앙-!

갑자기 눈앞에서 뭔가 검은 물체 몇 개가 빠르게 지나간 거였다.

"엇!"

뭔가 해서 뒤를 봤더니, 전투기였다.

그러한 전투기들은 방향을 돌더니 다시 나를 쫓아오는 것 같았다.

"뭐야……! 전투기잖아? 나를 쫓아오고 있어……."

나는 그제야 한 가지 간과했던 걸 깨달았다.

"아……! 레이다……! 그래, 이런 걸 대비해서 스텔스 같은 기능을 넣었어야 했는데. 사용 용도를 얘기 안 했던 게 실수네."

하지만 당장 없는 걸 어떻게 할까.

지금은 서둘러 사라지는 게 중요했다.

쏴아아아앙-!

* * *

늦은 밤, 낡은 건물에서 빠져나와 급하게 차로 오르는 수 명의 사내들이 있었다.

"우린 포츠담으로 이동한다."

중년 사내의 말에 모두가 눈을 크게 떴다.

"무슨 말입니까, 대장? 거긴 접선 장소가 아니지 않습니까?"

"설마 윗분들께서 이런 일에 대비도 안 해 두었을 것 같으냐? 그분들께선 우리 중 몇몇이 붙잡힐 것까지도 계산하셨다. 하여 너희와 내가 접선 장소를 다르게 알고 있는 것이지."

"그럼 우리가 알고 있는 접선 장소는 가짜라는 겁니까?"

"진짜는 오로지 수정구를 맡은 나만 알고 있는 것이었어. 그래서 우린 포츠담으로 간다. 거기가 우리가 수정구를 넘길 진짜 접선 장소야."

* * *

아무스는 새로 합류한 이들을 만나며 악수를 청했다.

"던킨."

"아무스."

"팀의 대장을 맡았군."

"자네도 알다시피 내가 훈련생 때부터 좀 우수했어야지. 당연한 결과 아닌가?"

"자만하는 것도 여전하고. 그렇지만 이번 임무는 중요해. 방심은 말자고."

"알고 있어. 이번 임무의 지휘는 너에게 맡길 테니까 걱정 마."

"그럼 가지. 놈들의 접선 시간이 다 되어 가니까."

헌터들은 베를린에서 조금 떨어진 동쪽의 강으로 이동했다.

긴 다리를 지나 깊은 숲에 도착한 그들은 그곳에서 차를 세우며 내렸다.

"여기서부터는 걸어서 이동한다. 놈들이 감시를 두었을지 모르니 다들 조심해."

선두로는 아무스가 앞장섰다.

그는 이따금씩 멈춰 서서는 정신 능력을 이용했다.

이동하며 감지되는 누군가가 있으면 조종하여 제압하려는 목적이었다.

그런데 얼마 후, 그가 멈춰서 정신을 집중하자 누군가가 숲에서 걸어 나오는 게 보였다.

곧 벤킨이 저격총을 지닌 그의 곁으로 가 목을 살폈다. 그리고 거기서 익숙한 문신을 발견했다.

"다크 웨이브의 일원이야."

"여기가 확실하다는 거로군."

벤킨은 허리춤에서 칼을 꺼내어 정신조종을 받고 있는 사내의 목을 찔렀다.

푹!

털썩.

감시자를 제거한 그들은 계속해서 더 나아갔고, 나무 위를 원숭이처럼 매달리며 나아가는 이가 짐승의 눈길로 주변을 둘러보며 카메라를 발견했다.

헌터들은 카메라의 방향을 다른 곳으로 돌려 놓으며 안전하게 나아가는 듯했지만, 그들이 향하는 건물에서는 이미 그들의 침입을 감지한 후였다.

붉은 전등이 번뜩이는 가운데 나이 든 노인이 웃음을 머금고 있었던 것이다.

"후후, 어서 오너라. 여기를 너희들의 무덤으로 만들어 주마……."

* * *

접선 장소를 전달받은 나는 높은 저택의 꼭대기 위에 걸터앉아 있었다.

투시를 포함한 식별 마법을 펼치자 밤은 낮처럼 보였다.

뿐만 아니라, 숲에 숨어있는 다크 웨이브의 일원들과 막 그들의 영역으로 숨어들기 시작한 무리들도 발견할 수 있었다.

"이제야 오는군요."

-이곳에 있는 놈들도 대비는 철저히 한 것 같구나.

"전쟁까지 일으키면서 얻어낸 물건인데, 당연히 그래야겠죠."

-한데 정말로 지켜보기만 할 생각이냐?

나는 주변을 둘러봤다.

헌터가 온 것을 아직은 모르는지 도망치거나 소란스러운 기색은 없었다.

"따로 뒤로 도망치는 놈들이 없다면 일단은요. 기껏 여기까지 노력해서 온 사람들도 있는데, 그 공로를 훔치고 싶진 않군요."

나는 아래를 보았다.

저택 내부로도 십여 명의 사람들이 있었다.

벌써 접선을 한 것인지는 잘 모른다.

나도 이제 막 도착한 거였으니까.

그저 이 저택에 있는 이들 중에 누군가가 중요한 물건을 가지고 있다는 것만 알 뿐이다.

아무튼 헌터들도 다 온 것 같으니까 함께 들어가 볼까?

스륵.

모습을 감춘 나는 천천히 밑으로 떨어져 내렸다.

나는 헌터들이 저택으로 어떻게 숨어드는지 잠시 지켜봤다.

그런데 사내 하나가 창문을 통해 안을 살펴보더니 안에서 누군가가 문을 열어 주었다.

눈빛에 초점이 없고, 시키는 대로 하는 것을 보며 나는 그 헌터의 능력을 알 수 있었다.

"대머리의 능력이 저기로 갔군."

정신을 조종하는 능력자는 일전에 시간 능력자와 함께 나를 공격했던 무리들 중에 섞여 있었다.

그래서 난 발라스 요원들이 조율자 조직을 습격하기 전에, 그를 가장 경계하여 먼저 죽이기도 했었다.

그가 발라스 요원들을 조종해 버리면 곤란했으니까.

근데 그때 죽은 헌터들의 귀물 중에 몇몇은 새로운 주인을 찾았다고 하더니, 아마도 저 젊은 사내가 그중 하나인 모양이다.

따라서 들어가니 헌터 중 하나는 벽을 타며 빠르게 움직이고 있었다.

스파이더맨이야, 뭐야?

아니면 그 외의 다른 곤충이나 짐승계열인가?

아무튼 신기하긴 했다.

"커윽!"

"컥!"

헌터들은 조용하면서도 은밀히 감시자들을 제거해나갔고, 천천히 주변을 살펴 가는 것 같았다.

그런데 갑자기 집이 마구 뒤흔들렸다.

구구구구구구구!

"뭐야?!"

모습만 보이지 않을 뿐, 함께 있던 나도 기이한 느낌을 받기는 마찬가지다.

나는 조용히 둘에게 의견을 물었다.

"설마, 또 집과 사람이 하나가 되었을까요?"

그런데 갑자기 아무도 답이 없다.

"형님? 할아버지?"

뭐지?

왜 대답이 없어?

내가 이상하게 생각하고 있을 때였다.

갑자기 벽에서 거대한 가시가 튀어나와 헌터 하나를 덮쳤다.

촤아아아앗!

퍼억!

"쿠억!"

"실러스!"

하지만 그 찰나의 순간 몸이 강철처럼 변한 덕분에 화를 면했다.

"모두 조심해! 집이 우리를 공격하고 있어!"

그런데 갑자기 온 사방의 문들이 닫히기 시작했다.

콰당! 탕! 콰당!

큰 거실로 우리를 가두려는 것 같았다.

하지만 내 생각은 틀렸다.

<u>스르르르륵.</u>

갑자기 있던 공간 전체가 흐릿해지는가 싶더니 벽돌로 가득한 오래된 미로가 나타나는 거였다.

완전히 다른 장소로 옮겨진 것 같은 형상.

"환상 마법인가……."

그렇게 중얼거리는데, 여전히 답이 없다.

"할아버지, 정말 말씀 안 하실 건가요? 이보세요, 케라 씨? 형님? 왜들 그러십니까? 저기요~!"

서로가 감정적으로 틀어지는 사건이 있지 않고서야 이렇게 답을 안 해 줄 사람들이 아니다.

근데 답이 없다.

그렇다는 건, 뭔가 내게 이상한 일이 생겼다는 거였다.

"그거 참 이상하네……."

헌터들은 주변 벽을 향해 불을 뿜어 내기도 했으며, 강철로 변한 사내가 주먹으로 후려치기도 했다.

쿠웅-!

정신 능력자도 주변으로 무언가를 발견하려는 것 같지만, 그들의 능력은 아무것도 소용이 없었다.

빠지지지직-!

갑자기 전기가 벽을 타고 흐르기도 했지만, 여전히 반응은 없었다.

"건물과 하나 된 그런 능력자는 아니야."

"이거 설마……!"

모두의 낯빛이 갑자기 어두워졌다.

그리고 정신 능력자가 입술을 씹으며 말했다.

"드림 룰러야……."

"뭐……?!"

"빌어먹을……. 그럼 다크 웨이브의 간부가 여기에 있다는 거야?"

"말로만 듣던 거지만, 틀림없어. 우린 지금 꿈속에 빠져 있어."

모두가 당황할 때, 정신 능력자가 소리쳤다.

"다들 정신 차려! 드림 룰러도 그리 오랫동안 능력을 지속할 수는 없다고 들었어. 놈의 능력이 다할 때까지만 버티면 돼!"

"그게 문제가 아니잖아! 놈이 우리를 꿈속으로 집어넣었다면 저 바깥의 우리 몸은 무방비라는 거야! 누군가가 보호해 주지 않으면 그는 우리를 하나씩 사냥하게 될 거라고!"

나는 그제야 이해가 갔다.

"오오~ 그러니까 여기가 꿈속이란 거지? 쓰읍, 대단한데?"

다음에 제이슨을 만나면 다크 웨이브가 가진 능력들부터 좀 물어봐야겠다.

이렇게 아무것도 모르고 당해서야, 아무리 나라도 당혹스러운 게 사실이었다.

"그래서 케라 형님과 제라로라 할아버지께서 말씀이 없으셨던 거로군. 내가 잠들어 버려서."

그렇지만 걱정은 없다.

내가 잠들면?

그 몸은 케라나 제라로바가 지배하게 된다.

나보다 더 무시무시한 존재들이 그 몸을 움직이는데, 몸이 다칠 염려는 필요가 없을 것이다.

물론, 저들이야 그게 가장 걱정스럽겠지만.

"근데 참 이상하네. 꿈속이라고는 해도, 귀물 능력자들은 저마다 자기 능력은 쓸 수 있다는 건가?"

방금 전 저들은 자신들의 능력으로 주변을 공격했었다.

그리고 나도 여전히 저들의 눈에 보이지 않는 모양이다.

자기 능력을 고스란히 쓸 수 있는 꿈속이라.

아무튼 어떤 일이 벌어지는지 더 두고 보도록 하자.

캬아아아악-!

푸다다닥!

그러던 중 붉은 하늘에서 무언가가 날아다녔다.

검고 칙칙한 박쥐의 날개를 지닌 존재.

그것들은 하늘을 날다가 미로와 같은 높은 벽의 위로 내려앉았다.

몸은 사람과 비슷한데, 머리는 새의 것이었다.

"이거 어디선가 본 것 같은데……."

저런 건 이집트 쪽에서 나오는 거 아닌가?

워낙 종교에 관심이 없기도 하지만, 타국 종교여서야 더욱 알 턱이 없다.

나중에 시간이 되면 그런 것도 수박 겉핥기 수준으로라도 공부 좀 하도록 하자.

근데 박쥐 날개는 아니지 아마?

아무튼.

그런데 헌터들이 중앙으로 모여들며 경계할 때였다.

곳곳의 벽 위로 내려선 괴생물체가 말을 해 왔다.

"어서 와라, 어리석은 헌터들아. 이제부터 너희에게 지옥을 선사하마."

"네 멋대로 하게 두진 않아!"

화르르륵!

불을 다루는 능력자가 화염을 만들어 냈다.

그 화염은 불사조와 같은 새로 변하며 빠르게 쏘아졌다.

퍼엉!

꾀에에에엑!

괴생물체 하나가 그걸 얻어맞더니 뒤로 떨어졌다.

"와~ 저게 맞긴 하네. 꿈속이라더니."

뭔가 단순한 꿈속은 아니란 거다.

아무래도 귀물의 마법적인 힘들이 꿈속에서도 작용을 하며 저항할 수 있는 힘을 주는 것 같았다.

이 내부는 다른 공간에서 서로가 힘을 겨루는, 새로운 싸움터인 것이다.

괴생물체들은 다시 말했다.

"그럼 어디 마음껏 저항해 보아라. 이 미로를 통과했을 때, 너희는 비로소 내게서 벗어날 수 있을 거니까."

괴생물체가 허공을 날며 헌터들을 공격했다.

날카로운 손톱과 날개로 공격하는 괴생물체들의 움직임은 매우 빨랐다.

그러나 문신에서 무기를 꺼내어 싸우는 헌터들의 저항에 괴생물체들은 하나둘 제거되었다.

"어떻게든 여기서 빠져나가야 해! 가자고!"

벽을 손쉽게 타는 헌터가 벽을 타고 올라 벽 위로 올랐다.

그는 먼 곳을 바라보며 소리쳤다.

"저쪽이야! 저기에 출구가 보여!"

그런데 눈 깜짝할 사이에 또 다른 괴수가 나타났다.

그 괴수는 낫을 들고서 단숨에 헌터의 목을 베어 버렸다.

서걱!

헌터는 목이 잘려 떨어졌고, 모두가 눈을 부릅뜨며 소리쳤다.

"보리슨!"

"크윽! 위로 오르는 건 위험해. 어서 여기서 빠져나가자고."

"하지만 보리슨이⋯⋯!"

"이미 늦었어! 여기서 죽으면 밖에서도 죽는다고 했어. 우리라도 살려면 여길 빠져나가야 해!"

헌터들은 우르르 달려 미로를 헤쳐 나갔다.

나는 죽은 자를 보며 살짝 안타까웠다.

"아아, 저렇게 갑자기 죽어 버려서야, 도와줄 방법이 없잖아……."

이제는 내 편이 되는 사람들이다.

그러니 저렇게 죽도록 내버려 둘 수만은 없다.

"어쩌다 보니 보모 노릇을 하게 생겼군."

먼저 달려간 이들이 또 언제 위험해질지 몰랐다.

하여 나도 서둘러 그들을 따르려고 했다.

그런데 그때, 갑자기 벽이 꿈틀거리더니 얼굴을 만들어 갔다.

"이곳에 헌터들 말고 다른 놈이 숨어들었구나. 웬 놈인지는 모르나, 네놈도 곧 후회할 것이다. 이곳을 빠져나갈 수 있는 존재는 아무도 없을 거니까. 후후후, 흐하하하!"

벽이 말을 한다니.

묘하게 소름이 끼친다.

어쨌거나 나까지 휩쓸린 걸 안다 이거지.

나는 곧 공간 전체를 둘러봤다.

"마법은 통하는 것 같은데……. 확 공간 전체를 박살 내면 어떻게 되려나……."

* * *

야니스는 카메라를 통해 지켜보다가 고개를 갸웃했다.

"한 놈은 쓰러졌고, 이제 남은 건 다섯인데 왜 여전히 여섯이 느껴지는 걸까."

그는 눈매를 가늘게 떴다.

"설마, 모습을 감추는 귀물의 소유자인 건가⋯⋯."

꿈속을 들여다봤지만, 여전히 보이는 건 다섯뿐이었다.

그렇지만 분명 그곳에서 느껴지기 때문에 경고는 해 주었다.

어차피 모습을 감춰 봐야 자신의 먹잇감에서 벗어날 수는 없기 때문이다.

그런데 때마침 그때, 놀라운 일이 일어났다.

갑자기 헌터들이 모인 공간에 누군가가 모습을 드러냈다.

"아니! 뭐야, 이놈은?"

거실 내부의 있는 이들은 분명 모두 꿈속으로 밀어 넣었다. 그리고 그 존재들까지 확실히 느껴졌다.

그런데 그 안에서 누군가가 움직이고 있으니 그로서는 이 상황이 무척 당혹스러웠다.

"끄음, 계속해서 꿈속으로 밀어 넣고 있는데도 여전히 움직이고 있어⋯⋯. 대체 이놈은 왜 걸려들지 않는 거지?"

한편, 눈을 뜬 케라는 주변을 둘러보며 심상치 않은 표정을 머금고 있었다.

"뭐야, 최강은 어떻게 된 거야?"

-이놈들을 봐라. 전부 미동도 하지 않고 있어.

"최면인 건가……."

-최강도 똑같은 상태라면 어쩌면 잠에 든 상태일 수도 있다.

"뭐, 그랬으니 내가 이렇게 몸을 움직이는 거겠지. 근데 이 정도 마법은 당신 정도면 충분히 깰 수 있는 거 아닌가?"

-나도 처음 접해 보는 마법이기에 억지로 깼다가는 최강에게 어떤 타격이 가해질지 알 수 없다. 그보다 위를 봐라. 카메라가 있다.

케라는 그걸 보며 아차 싶었다.

"크으, 이런. 그럼 저걸 통해 보는 누군가가 이미 나를 보았겠군."

-이런 마법을 부린다면 분명 가까이에 있을 터. 이들을 이렇게 만든 놈이 저걸 통해 지켜보고 있을 거라고 본다.

"후훗, 그럼 그놈을 잡아 죽이면 모두가 정상으로 돌아올 거라는 거로군."

-아마도 그렇겠지.

"그럼 간만에 사냥을 할 수 있겠군. 함께 이 상황을 즐겨볼까?"

-흘흘흘, 그것도 좋지…….

* * *

쿠구구구국!

땅에서 튀어나오는 벌레들이 헌터들을 덮쳤다.

불길이 날아들고, 쇠사슬이 휘둘러지며 괴수들이 죽어 갔다.

꽤에에에엑!

하늘과 땅.

심지어 벽에서도 튀어나오는 괴수들의 공격에 헌터들은 점차 지쳐 갔다.

벽 위로는 낫을 든 괴수들이 공격은 하지 않고 그들을 쫓아다 녔다.

"저놈들은 벽 위로 오르는 것만 차단하는 모양이야."

"정당하게 미로를 통과하라는 건가? 웃기는 것들이군!"

벽 곳곳에서 사람의 얼굴이 만들어지며 그들의 의지를 꺾는 음성이 들려왔다.

"발악해 봐야 소용없다! 결국 네놈들은 죽게 될 거야!"

헌터들은 그 말을 무시하고 계속해서 달렸다.

몇 번 막다른 골목을 보기는 했지만, 처음부터 방향을 잘 잡 았기 때문인지 금방 길을 찾아냈다.

벽을 올랐던 헌터의 희생 덕분이었다.

"근데 뭔가 이상하지 않아?"

"안 그래도 정신없는데, 뭐가?"

"잠에 빠졌을 우리들의 몸 말이야. 완전히 무방비일 텐데, 보리슨이 죽은 이후로 아무도 죽는 사람이 없잖아."

"그렇군."

나는 그 이유가 짐작이 갔다.

"케라 형님이 지켜 주는 거겠지."

근데 가만히 생각해 보니 뭔가 좀 그렇다.

대체 언제까지 지켜만 봐야 하지?

헌터들이 자기 일을 하도록 내버려 두려고 했지만, 희생이 생겨서야 무슨 소용인가.

일단 사람부터 살리는 게 먼저인데.

그런데 그런 고민을 할 때, 벽에서 생긴 얼굴이 황당한 소리를 해 왔다.

"크하하하! 이곳에 너희가 원하는 것이 있을 줄 알았더냐? 너희는 속은 거다! 여긴 너희를 함정에 빠뜨리기 위해 준비해 놓은 곳에 불과하거든!"

"헛소리!"

"정말 그럴까? 일부러 밑에 놈들에겐 이곳을 접선 장소로 알려 주었지. 너희가 끈질기게 추적해 올 것을 알고 있었거든. 지금쯤 물건은 아주 멀리 가고 있을 거다. 우리의 염원을 이루기 위해. 흐하하하하!"

헌터들은 무척 허탈해했다.

"말도 안 돼……. 우리가 진짜 속은 거라고?"

하지만 내 허탈감만 할까.

"염병, 그럼 지금까지 난 뭘 한 거야?"

헌터들이 뒤에서 나타난 나를 보며 깜짝 놀랐다.

"뭐야!"

"당신 누구야?"

그들은 나를 경계했으나 나는 무지 짜증이 나는 중이다.

"그러니까, 이 녀석들이 얻은 거짓 정보가 고스란히 제이슨을 통해 내게 전달되었다는 건데. 결국 지금까지 나도 헛수고를 하고 있었다는 거잖아."

벽이 나를 보며 말했다.

"지금까지 숨어만 있더니, 드디어 나타났군."

나는 헌터들을 보며 물었다.

"이봐, 헌터들. 이 공간에서 빠져나가는 방법에 대해 뭐 들은 거 없어? 나도 지금은 너희들과 같은 입장이어서."

헌터 중 하나가 말했다.

"꿈속 공간에 손상을 입힐수록 그 안에 갇히는 시간이 짧아진다고 들었다."

"그렇군."

"근데 당신, 대체 언제부터 여기에 있었던 거야?"

"언제부터기는 처음부터지. 아무튼 이 공간을 손상시키면 된다 이거지."

나는 양손을 들어 올렸다.

허공으로 거대한 얼음들이 겹겹이 쌓이며 십여 개나 나타났다.

그리고 그 위로 강렬한 광채가 쏘아져 얼음들을 통과했다.

빛은 매우 두꺼워 돋보기 같은 얼음을 통과하고도 상당한 굵기였다.

그리고 그 빛들이 주변을 휩쓸고 지나갈 때마다 공간은 소멸되어 재로 변해갔다.

그에 따라 벽이 고통스러운 듯 외쳤다.

"무슨 짓이야! 그만! 그만해라!"

소멸되는 공간 속에서 나는 말했다.

"이렇게 쉬운 방법을 두고서 괜히 고민했잖아. 아까운 목숨 하나만 잃고 말이야. 그리고 너, 금방 나갈 테니까 어디 그 면상 좀 보자."

* * *

야니스는 가까워지는 총소리에 초조함으로 물들었다.

타다다당!

"끄아악!"

"저놈을 막아!"

타다당! 타다당!

그는 카메라를 보았다.

위층에 있는 몇 안 되는 경호 인력이 죄다 당하고 있었다.

위로 올라오는 자는 짐승보다도 빨랐고, 계단과 천장을 넘나들며 무자비하게 칼을 휘둘러 댔다.

그리고 점차 자신이 있는 곳까지 접근해 오고 있었다.

"젠장, 안에서건 밖에서건 어찌 이렇게 되는 일이 없어!"

그리고 잠시 후, 야니스가 있는 곳 문이 발길질에 의해 강하게 열렸다.

퍼석!

"허업!"

최강의 얼굴로 케라가 스산한 눈빛으로 쳐다봤다.

"너는 뭐지?"

야니스는 당황한 기색으로 손을 뻗었다.

"왜…… 도대체 왜 너는 잠들지 않는 거야? 왜!"

"크흐흐흐. 미친놈이군. 귀신이 잠드는 거 봤나?"

"뭐……?"

"너의 능력은 나에겐 통하지 않아. 아무튼 네놈이 원흉이란 걸 알았으니 이제 죽이면 되겠군."

케라가 다가갈 때였다.

야니스가 얼굴을 찌푸리며 괴로워했다.

"크윽! 마법이……!"

그리고 다가가고 있던 케라가 몸을 멈칫했다.

그는 갑자기 주변을 둘러보며 의아해하는 표정을 머금고 있었다.

"뭐야, 이거? 여긴 또 어디야?"

그는 더이상 케라가 아니었다.

최강이 꿈의 마법을 깨고서 깨어났기 때문이다.

야니스가 상태가 이상한 최강을 보며 의아해할 때, 최강의 머리로 목소리들이 들려왔다.

-이제야 깨어난 것이냐?

-어리석은 놈. 그깟 마법에 빠져 얼마나 갇혀 있던 것이야?

"휴, 이렇게 목소리를 들으니까 이제야 안심이네요. 아깐 좀 당황을 해서. 근데 이놈은 뭐죠?"

-뭐긴. 너를 잠들게 한 놈이지.

"아~!"

야니스가 최강을 보며 물었다.

"네놈은 대체 정체가 뭐냐? 뭔데 몸속에 다른 영혼이 존재하는 거지?"

"그건 네가 알 거 없고. 내가 지금 궁금한 게 많은데. 이제 진짜 접선 장소가 어디인지 알려 줄래?"

"어림없다!"

야니스가 다시 최강을 잠재우려 손을 뻗었다.

그러나 최강은 잠시 멈칫할 뿐, 아무렇지도 않은 얼굴로 그를 쏘아봤다.

"미안한데. 네 마법을 깨는 방법은 이미 터득해서. 이제 더는 소용없어."

"이럴 수가……. 어디서 너 같은 놈이……."

"네 것은 충분히 봤으니, 이제 내 마법을 보여 주지."

최강이 뻗는 손에, 야니스는 기겁하며 물러났다.

그러나 그가 피할 곳이란 그 어디에도 없었다.

화아아악-!

잠시 뒤, 정신을 차린 헌터들은 건물을 수색하기 시작했다.

하지만 위층으로 오를수록 시체만 가득할 뿐이다.

그리고 야니스의 시체까지 확인하며 허탈함에 빠져야 했다.

"누군가가 우리보다 먼저 손을 썼어."

"혹시 우리와 같이 꿈속에 빠졌던 그 사람이 아닐까?"

"그 사람, 로드의 이름을 알고 있던데……."

아무스가 표정을 굳혔다.

"설마…… 그는 아니겠지……."

"그라니, 누구?"

"우리 조율자 조직을 힘으로 굴복시킨 사람."

던킨은 황당해했다.

"에이, 설마……."

"꿈속에서 일어났던 그의 능력을 봤잖아. 정말 순식간에 빛으로 모든 걸 소멸시키는 것 같았어. 우리도 그 덕분에 깨어날 수 있었고."

"정말로…… 그가 여기에 있었다고? 우리와 함께?"

"내 삼촌을 죽인 자에게 목숨을 구원받다니……. 후우, 심란하군."

최강이 죽인 대머리 정신 능력자.

그가 바로 아무스의 삼촌이었다.

살면서 친하게 지내 왔던 적은 없지만, 삼촌을 죽인 이에게 좋은 감정을 지니는 사람은 없을 것이다.

그렇지만 그에게 목숨을 구원받은 건 사실이기에, 고마움이 생기는 건 어쩔 수 없었다.

"어쨌거나 그가 아니었으면 우린 모두 죽었을 거야. 근데 진짜 언제부터 같이 있었던 거지? 황당하네……."

* * *

차에 오른 나는 다급하게 차를 띄워 올렸다.

빛의 반지로 날개를 만들었고, 로켓 엔진을 가동시키며 빠르게 쏘아졌다.

"거리가 좀 있기는 하지만, 이거면 금방 갈 수 있을 겁니다. 그놈들 제법 머리를 썼네요."

-설마 물건을 가지고 이동하는 이들에게 가짜 위치를 알려

줬을 줄이야.

"결국엔 물건을 지니고 있는 한 사람. 그 한 사람에게만 진짜 접선 장소를 알려 주면 되는 거였을 테니까요."

나는 늙은 드림 룰러를 죽이기 직전, 그에게 심문마법을 펼쳤다.

그리고 진짜 접선 장소가 어디인지 알아낼 수 있었다.

"접선 장소가 포츠담이라고 했습니다. 서두르자고요."

그런데 그렇게 한참을 쏘아지던 나는 접선 장소라고 한 곳에 도착해 황당한 광경을 보아야 했다.

"뭐야, 이건 또⋯⋯."

곳곳으로 총을 든 채로 쓰러져 있는 시신들이 수없이 널려 있는 것이다.

건물 주변으로 그 수가 수십은 되는 것 같았다.

몸이 반쯤 찢겨진 사람부터, 날카로운 무언가에 베인 사람까지.

그중에는 바짝 말라붙은 미라처럼 죽은 이도 있었다.

"마법에 당한 거야⋯⋯."

죽은 이들이 발라스가 아닌 건 분명하다.

발라스에는 다크 웨이브를 추적하는 데 도움만 주라고 했지, 이렇게 직접 나서라는 명령은 한 적이 없었다.

근데 이 정체 모를 조직은 뭘까?

수로 보아서도 상당한 준비를 하고서 친 것 같은데.

"도대체 뭐 하는 놈들이야, 이것들은……."

나는 걸음을 빨리하며 앞으로 좀 더 나아갔다.

좀 더 가자 복장이 다른 이가 풍선처럼 터져 죽어 있는 게 보였다.

-이것도 마법에 의해 죽은 것이구나. 안에서부터 강력한 압력에 의해 터진 것이다.

"그러니까요."

아무리 사람을 많이 죽여 본 나라지만, 이렇게 내장에 뼈까지 드러날 정도로 죽은 시신을 봐서야 속이 좋을 리 없다.

"마법은 물론, 총기까지 든 어떤 조직이 다크 웨이브를 습격했다는 건데……. 우리 말고 놈들을 쫓는 놈들이 있나 봅니다."

그 순간, 나는 떠오르는 게 한 가지 있었다.

얼마 전 최소현과 함께 점심을 먹으러 나갔다가 저격을 당했던 일이 있었다.

그 이후 지하주차장으로 몰려서 헌터들의 공격을 받기도 했다.

"그러고 보면 장로파 헌터들이 공격했을 때도 총기를 든 놈들이 함께 덤벼 왔었는데."

-너는 다크 웨이브를 공격한 것이 장로파라고 보는 것이냐?

"제이슨에게 듣기로, 장로파 쪽에서 점점 사람이 넘어와서 장로파 쪽의 세력이 많이 축소되었다고 했습니다. 근데 그 넘어오는 사람 중에 첩자가 숨겨져 있다면 어떨까요?"

케라가 말했다.

-그랬으면 우리처럼 장로파도 속았어야지?

"아뇨. 원래 곁에서 지켜보는 사람들의 시야가 더 넓은 법입니다. 우리는 놓쳤지만, 그들은 아니었던 거죠."

다크 웨이브의 일원을 잡아 그 목적과 목적지를 알아냈을 테니, 그 이후부터 발라스는 손을 뗐을 것이다.

그게 문제였다.

끝까지 주변을 살피고, 다크 웨이브로 추정되는 자들을 추적하라고 했다면 이렇게 일을 두 번 하지는 않았을 텐데.

건물 안으로 들어가자 여기저기 타고 얼어붙은 곳이 잔뜩 보였다.

그곳엔 바깥처럼 메마른 시신들도 많았다.

-죽어 있는 이놈은 헌터다. 팔의 완갑에서 마력이 느껴지는구나.

"하아, 보고도 안 챙길 수도 없고."

일단 완갑을 빼 챙겼다.

혹시나 싶어 팔에 차 봤지만, 나와는 맞지 않는지 어떤 능력도 발현되지 않았다.

시신들은 건물 뒤편까지도 이어졌다.

나는 숲으로 시선을 주었다.

"아무래도 숲으로 도망친 것 같네요."

숲으로 이어지는 길에는 피가 곳곳에 보였다.

도망자 중에 다친 이가 있는가 보다.

다친 쪽이 쫓을 리는 없을 테니까.

"어디로 향했는지 계속 따라가 보죠."

* * *

숲은 고요했다.

하지만 그 고요함 속에는 많은 상처가 있었다.

나무 곳곳에 총알이 박힌 흔적이 가득했다.

그것 외에도 나무들 곳곳에 동전 크기의 구멍도 있었다.

이곳에서 또 한 번의 격전이 있었다는 거다.

"아까 도착한 곳과 거리가 좀 있기는 해도 총소리가 안 들려
올 정도는 아닌데. 그들이 여길 지난 지 최소한 30분 이상은
되었다고 봐야겠네요."

-이곳에서 어떤 일이 일어났는지 살펴보지 그러냐?

"그럴까요?"

그래, 다크 웨이브나 추적하고 있는 이들이 어떤 자들인지 확
인해 보는 것도 좋을 것이다.

그들이 지닌 능력도 볼 수 있을 테고.

해서 나는 이곳 현장의 과거를 들여다보기로 했다.

"아쿼르 세프샤프 이롸쿠나트. 놔르 아모라토카 타라파라
쿠……."

주문이 끝나자 주변이 잠시 황금빛으로 물들었다.

그리고 곳곳으로 하나둘 사람들의 환영이 생겨나기 시작했다.

타앙-!

총소리와 함께 곳곳으로 총알이 박혀 들었다.

그리고 나무 뒤로 숨은 이들이 검은 연기를 만들어내어 총 쏘는 자들을 공격하는 게 보였다.

검은 연기에 맞은 자들은 잠시 몸을 떨며 순식간에 메마른 미라가 되어 버렸다.

"역시 마른 시신은 다크 웨이브 쪽 능력이로군."

그런데 무언가 쏜살같이 쏘아졌다.

그리고 그 쏘아진 무언가는 굵은 나무를 그대로 꿰뚫었다.

파앗!

도망자들이 다급하게 도망치는 건, 아무래도 저 능력 때문인 것 같았다.

"화살……. 속성은 바람이군. 바람을 화살로 쏠 수 있는 능력이라. 편리하군."

헌터들의 능력은 귀물로부터 나온다.

그런데 화살을 들고 다닐 필요가 없으니 끊임없는 공격이 가능할 것이다.

그런데 바로 그때였다.

사사삭!

어둠 속으로 흐릿한 형체가 빠르게 사라졌다가 생겨나는 누군가가 보였다.

"엇!"

나는 그의 움직임을 보며 눈을 부릅떴다.

내가 마법에서도 가장 기대하던 능력!

"설마……! 공간 이동?"

분명 빠르게 움직이는 게 아니다.

총알도 보는 나의 동체 시력이다.

그랬다면 그 움직임을 충분히 간파할 수 있었을 것이다.

"저런 능력자도 있었어? 아니, 근데 난 왜 조율자 조직에 저런 능력자가 있는 걸 듣지 못했지?"

아, 안 물어봤지.

"그러네. 물어본 적이 없네. 후우."

어차피 저런 능력자와 싸운다 해도 질 일은 없다.

결국 저 사람도 누군가를 공격할 때는 나타나야 할 테니까.

내가 궁금한 것은 적합성이 뛰어나면 어디까지 능력을 쓸 수 있느냐 하는 거였다.

"환영으로는 등급이 뭔지 알 수 없다는 게 살짝 아쉽네."

그는 총과 칼을 함께 쓰는 자였다.

그가 총을 쏘자 다크 웨이브 쪽에서 어둠의 연기로 방패를 만들어 막았다. 이어서 그를 공격해 보지만, 다크 웨이브에서 그를 공격할 때면 사내는 순식간에 사라졌다가 다른 곳에서 나타나고 있었다.

"치고 빠지는 것도 탁월하고, 거기다가 나무까지 꿰뚫는 바람 화살까지. 다크 웨이브가 도망칠 만도 했네."

그렇지만 다크 웨이브 쪽도 만만치는 않았다.

갑자기 모습이 괴수로 변해서 달려드는데, 그럴 때면 총을 쏘던 자들 몇 명이 사지가 찢겨 나갔다.

표피가 두터운지 웬만한 총알에는 그리 큰 피해를 받지 않는 것 같았다.

하지만 결국 밀려 다시 도망치는 다크 웨이브였다.

"후우……."

환영이 사라지자 나는 가슴이 들떴다.

절로 막 웃음이 흘러나왔다.

"저거 묘하게 욕심나네……. 흐흥…… 흥……."

나는 방금 봤던 공간이동 능력자의 능력이 탐이 났다.

그래서 결심했다.

저걸 꼭 가지겠다고.

-하지만 귀물은 적합성이 맞아야 쓸 수 있지 않으냐?

"그것도 그렇지만, 귀물이 강한 주인에게 끌리는 건 분명하니까요. 그리고 혹시 알아요? 적합성이 좋을지."

좋았으면 싶다.

아니, 좋아야 한다!

그리고 이왕이면 적합성의 등급도 높았으면 싶다.

"골드 등급은 바라지도 않지만, 레드만 되어도 죽일 것 같은데. 아무튼 지금부터는 속도 좀 내겠습니다."

나는 반지를 이용해 글라이더를 만들었다.

밑으로 바람을 일으키자 나의 몸이 숭 하고 뒤로 떠올랐다.

하지만 곧 뒤에서 일어나는 강렬한 바람에 나는 더없이 빠른 속도로 앞으로 쏘아졌다.

* * *

"으억! 저게 뭐야!"

길을 가던 트럭이 도로에 쓰러져 있는 사람을 발견하며 급하게 멈춰 섰다.

끼이이이이익-!

사람을 코앞에 두고 겨우 멈춰선 운전사는 놀란 가슴을 쓸어내리며 차에서 내렸다.

쓰러진 사람의 상태를 살피려는 거였다.

하지만 그 순간, 거대한 괴수가 나타나 그를 덮쳤다.

카아아아아앙-!

"흐아아악-!"

잠시 뒤, 트럭은 도로를 쏜살같이 달렸다.

다크 웨이브가 운전사를 죽이고, 차를 빼앗아 달리는 거였다.

그러나 짐칸에 탄 이들의 표정은 여전히 어둡기만 했다.

"빌어먹을……. 저것들 대체 뭐야?"

"보면 몰라? 헌터잖아."

"그거 말고! 헌터들이 왜 저런 총을 든 놈들과 함께 있는 거냐고!"

"모르긴 해도, 조율자 놈들이 이상한 놈들과 손을 잡은 건 확실해. 후우, 발라스만 제대로 장악했어도, 이렇게 당하는 일은 없는 건데. 젠장, 엉뚱한 놈 때문에 발라스에도 쫓기는 신세가 되어버렸으니."

그들 중 하나가 복부를 붙잡고 있는 사내에게 물었다.

"이봐, 괜찮아?"

"총알이 박히긴 했지만, 견딜 만해."

"차를 구한 건 운이 좋았어. 아마 그렇게 계속 쫓겼으면 결국 잡혔을 거야."

사내 하나가 턱짓을 하며 물었다.

"근데 저 사람까지 꼭 태웠어야 했어? 같이 있자니 좀 찝찝한데."

그들이 바라보는 곳에는 죽은 운전사가 있었다.

"시신을 안 챙겼으면 그놈들이 우리가 차를 훔쳐 탔다는 걸 알아냈을 테니까. 우리가 제대로 도망치려면 그놈들을 좀 더 거기에서 헤매도록 놔둘 필요가 있어."

"하긴. 그것도 그렇군."

그러나 뒤쫓던 장로과 헌터들과 골드 킹 조직은 도로를 발견하면서부터 추적이 가능한 기기를 살피고 있었다.

헌터들은 곧장 골드 킹 조직원에게 물었다.

"어떻게…… 신호가 잡힙니까?"

"네. 여기서 빠르게 멀어지고 있는 거로 보아 차를 얻어 탄 것 같습니다."

"얻어 탄 게 아니라 빼앗은 거겠죠. 우리도 차가 필요할 것 같은데. 지원 가능할까요?"

"조금만 있으면 여기로 헬기가 올 겁니다. 그걸로 쫓으면 금방 따라잡을 수 있을 겁니다."

케릴리안이 흡족해하며 알베르에게 말했다.

"저들의 지원이 꽤나 훌륭하군. 손을 잡길 정말 잘했어. 안 그래, 알베르?"

"놈들은 아마 꿈에도 모를 거야. 자신들이 맞은 총알에 위치 추적기가 심어져 있을 줄은."

"우리가 일부러 놔준 것도 전혀 모르겠지. 크그극!"

"놈들의 본거지를 찾는 것도 중요하지만, 지금 가장 중요한 건 놈들이 얻게 될 힘을 우리가 빼앗는 거야. 그때까진 지켜봐야 해."

"걱정 마. 내 능력이면 어디든 숨어드는 건 일도 아니니까. 놈들이 뭘 얻든, 내가 감쪽같이 훔쳐 주지."

"그나저나 실비를 잃은 게 아깝군."

"그 여자, 훈련생 때부터 어디서든 짐이었잖아. 자기 능력만 믿고 달려들다가 죽은 걸 우리라고 어쩌겠어."

"그래도 시간도 많이 흘렀으니까 한 사람 몫은 할 줄 알았지."

"그런 여자 그만 잊고, 우리 할 일이나 잘 마치자고."

* * *

잠깐 밑으로 내려가 흔적을 찾아볼까 하는데, 저만치에서 날아가는 세 대의 헬리콥터가 보였다.

두두두두두.

혹시라도 나를 봤을까 싶어 얼른 모습을 투명하게 만들었다.

누구든 다른 사람이 이런 나를 보게 되면 깜짝 놀라게 될 게 당연해서다.

"음? 근데 왜 저기서 내려서지?"

혹시나 싶어 방향을 그쪽으로 잡아 봤다.

가보니 그곳에 사람들이 모여 있었다.

나는 얼른 마경을 꺼내 그들을 살펴봤다.

역시나 둘이 파란색과 노란색으로 보였다.

"저놈이다!"

카우라를 끌어올려 시야를 당긴 순간, 환영에서 봤던 공간이동 능력자가 보였다.

공간이동 능력자는 파란색, 바람의 화살 능력자는 노란색이었다.

"블루 등급이었군. 이거 옐로나 레드면 어떤 능력이 나타날지 은근히 기대가 되네."

-그러니까 적합성이 안 맞으면 쓸 수가 없대도.

이 할아버지가 아까부터 왜 이렇게 초를 치지?

자기가 할 수 없는 능력을 내가 지니게 될까 그게 신경 쓰이시나?

아무튼 나는 저걸 가질 거라고!

꼭!

그런데 좀 더 가까이 다가갔을 때, 헬리콥터 소리 때문에 잘은 안 들리지만 저들의 대화 소리가 들려왔다.

"추적기를 따라서 어서 쫓아가자고!"

분명히 추적기라고 했다.

짐작할 수 있는 건 하나밖에 없었다.

"그렇군. 다크 웨이브한테 뭔가를 심은 거야."

어떤 방법인지는 모르지만, 저들은 다크 웨이브에 추적할 수 있는 무언가를 심은 게 틀림없다.

그리고 지금 저걸 타고서 추적을 이어 가려는 것이다.

"그럼 저놈들을 따라가면 거기에 다크 웨이브가 있겠군. 꿩 먹고 알 먹고. 이보다 좋은 게 어디 있을까. 후훗."

* * *

제이슨은 전화를 받고 침음을 흘리고 있었다.

"그랬군요. 네, 알겠습니다. 저희도 당장 그쪽으로 모든 인력을 집중시키겠습니다."

그는 곧장 레이나를 불렀다.

"레이나, 잠깐 들어오게."

곧 레이나가 들어왔고, 제이슨은 그녀를 보며 비장한 표정을 보였다.

"지금 즉시 새로 합류한 자들을 제외한, 동원할 수 있는 모든 헌터들을 모아 주게."

"네? 전부 다요?"

"어. 골드 등급인 케리나와 조르센까지 전부! 다크 웨이브의 본거지를 발견한 것 같다고 하면 그들도 하던 일을 멈추고 오게 될 게야."

"허업! 정말요? 정말로 찾았다고요?"

"아직은 아닌데. 그분이라면 가능할 거라고 봐. 그분에 대한 내 판단이 옳았던 거지."

레이나는 살짝 궁금하여 고개를 갸웃하며 물었다.

"그런데 새로 합류한 자들은 왜 제외하시는지……. 손 하나라도 아쉬울 상황이잖아요."

"우리가 알고 있던 다크 웨이브의 접선지는 함정이었다고 하는군. 그래서 최강 님께서 다시 추적하는데, 그 과정에서 장로파 헌터들을 보신 모양이야. 놈들이 상당한 조직과 함께 다크 웨이브를 쫓고 있었다고 하는군."

"로드께선 여기서 정보가 흘러나갔다고 보시는 거군요."

"다크 웨이브가 전쟁을 통해 이루려는 목적은 장로파에서는 알 수 없는 거였어. 그럼 뭐겠나? 그쪽에서 이탈하여 이쪽으로 넘어온 누군가가 정보를 넘겼다는 거지."

"그렇군요. 혹시라도 우리 일을 방해할지도 모르니 제외시키는 게 맞겠습니다."

"서둘러 주게. 사안이 급해."

"네, 로드."

한편, 발라스의 유럽지부 회주인 루카스도 바쁘게 전화를 넣고 있었다.

"어, 나야. 지금 우리가 동원할 수 있는 인력이 얼마나 되나?"

그는 나갈 준비를 하며 통화를 이어 갔다.

"인력은 물론이고, 무기와 헬기도 전부 동원하도록 해. 장소는 곧 알려 주도록 하지."

상대측에서 이유를 묻는 건 당연했다.

"이유? 이 땅에 내린 악의 씨앗을 뿌리 뽑는다고 알면 돼. 아, 그리고 말이야. 장소 하나 알려 줄 테니까 거기서 차 한 대만 수거했으면 싶은데."

최강이 그에게 연락을 넣어 지원을 요청한 거였다.

"큰 싸움이 될 거라고 하니, 단단히 준비해야 할 거야."

그는 전화를 끊고 차의 뒷좌석으로 오르며 중얼거렸다.

"그분의 발걸음 앞에 모든 악을 말살하리라……."

최강을 천사라고 단단히 믿고 있는 그는 강한 신앙심을 내비치며 모든 지원을 아끼지 않고자 했다.

* * *

다크 웨이브는 여러 번 차를 옮겨 타고 추적이 있지 않은지 꼼꼼히 살피며 외딴 사원으로 들어섰다.

"차량이 들어온다! 어서 문을 열어!"

사원 내에 있던 간부들은 연락을 받고 서둘러 걸음을 옮겼다.

그리고 다크 웨이브의 수장인 만프레드가 다친 채로 돌아온 모두를 보며 물었다.

"수정구는 어찌 되었나?"

곧 꼴이 엉망인 사내가 다리를 절뚝거리며 다가와 상자 하나를 꺼내 보였다.

"여기 있습니다."

만프레드는 상자를 건네받아 얼른 열어 보았다.

스하아아아아……!

상자가 열리자 하얀빛을 띤 강렬한 광채가 눈이 부시도록 뿜어져 나왔다.

만프레드는 물론, 모든 간부들의 표정에 희열이 번졌다.

"오오오……! 이렇게나 강렬한 힘이라니……!"

"족히 수만 명의 영혼이 모였을 겁니다."

첨부된 설명에 상자를 든 만프레드가 그의 어깨를 만졌다.

"자네들의 희생은 우리 다크 웨이브의 역사상, 가장 진귀하게 기록될 걸세. 자네들이야말로 우리들의 영웅이야!"

"해야 할 일을 했을 뿐입니다."

"그 충성, 내 기억하도록 하지."

만프레드는 서둘러 명령했다.

"뭣들 하는가? 전사들이 다쳤는데 서둘러 치료해 주지 않고?"

"네!"

"자네들은 편히 쉬도록 하게."

만프레드는 수정구를 가지고 온 모두와 시선을 마주치며 고개를 끄덕여 주고는 주변 모든 이들에게 소리쳤다.

"지금부터 우린 성스러운 의식을 치를 것이다! 그동안 모든 전사들은 경계를 개을리하지 말라!"

"네!"

간부들이 의식을 준비하는 사이 다친 이들은 곧바로 치료실로 이동했다.

그들은 치료실로 가자 거의 동시에 쓰러지듯 침대로 누워 버렸다.

"크으, 이제야 쉴 수 있겠군."

"흐흐흐, 그러고 보면 그놈들, 정말 지독히도 공격해 왔지?"

"그렇게나 많이 죽였는데도 정말 끝도 없더군."

"우리도 동료를 많이 잃기는 했어. 그곳에만 50여 명이 있었는데, 돌아온 건 겨우 일곱뿐이니."

전쟁을 일으키면서까지 얻은 수정구였다.

그 귀한 물건을 얻는 데 소홀함은 있을 수 없었다.

하여 다크 웨이브도 전달받는 곳으로 상당한 인력을 배치해 두었다.

하지만 그렇게 철저했던 만반의 준비도 정말 아슬아슬했다.

그 수가 조금만 부족했어도 모두가 죽는 건 물론, 수정구도 빼앗겼을 거라는 게 그들의 생각이었다.

일부러 그렇게 놓아준 거라고는 조금도 생각지도 못한 채.

"총상을 입은 사람이 있다고 하던데."

곧 의사가 들어오며 물었고, 사내 하나가 손을 들었다.

"저뿐만이 아니라, 여기하고 여기. 둘 더 있습니다."

"복부의 총상이면 부분 마취는 힘들겠군. 전신 마취로 가지. 한 번에 했으면 하니까 다들 수술복 갈아입고 대기하도록 하게."

그들이 총알을 빼내기 위한 준비를 하고 있을 때, 만프레드와 간부들은 차원의 문이 있는 깊숙한 장소로 이동했다.

그곳에는 크고 단단한 기계식 문이 있었다.

쿠궁!

끄르르르르르륵…….

잠시 뒤, 장치에 의해 그 크고 육중한 문이 양옆으로 열렸다.

그리고 서서히 보이기 시작하는 넓은 공간.

하지만 그 공간보다도 더 시선을 끄는 것이 있었다.

그 중앙의 재단 위로 신비한 빛의 통로가 있었던 것이다.

일렁이는 공간 속에서 회오리치는 빛에서는 묘한 매혹적인 기운이 느껴졌다.

하지만 그 주변은 마치 연구소를 방불케 하는 모습이다.

차원의 문 주변으로는 수많은 마법진이 그려져 있었고, 연구원들은 그러한 마법진의 조합을 통해 차원의 문이 어떤 영향을 받는지 그걸 조사하고 있었다.

"지금부터 의식을 시작할 것이다! 모든 연구원들은 오늘 일어나는 모든 걸 기록하라!"

"네! 마스터!"

한편, 수술을 진행하던 의사는 환자가 잘 잠들었는지를 확인하고는 메스를 들었다.

복부 총상 환자가 가장 급했다.

하여 그는 상처 주변을 찢고 벌린 후에 그 안에서 총알을 빼내고 있었다.

"여기 있군. 그래…… 됐다. 잡았어."

딸그락.

그런데 총알을 담은 그릇을 보던 간호사가 의아해했다.

"선생님, 근데 이게 뭐죠?"

"음? 뭐가?"

"여길 보세요. 총알에서 뭔가가 깜빡거리고 있어요."

"음?"

가만히 총알을 살피던 의사.

곧 그의 표정이 돌처럼 굳어가기 시작했다.

"이럴 수가…… 설마……!"

막 의사가 총알의 정체를 알아내었을 바로 그때였다.

하늘에서 헬리콥터들이 날아와 경비를 서고 있는 이들에게 기관총과 미사일을 쏘기 시작했다.

다르르르르르륵!

푸스으으……!

콰과과광-!

"끄아아악!"

너무도 갑작스러운 공격에 다크 웨이브의 일원들은 혼비백산했다.

다크 웨이브에서도 같이 대응 사격을 하고 마법을 쏘아보지만, 헬리콥터만 상대해서 될 게 아니었다.

콰과광-!

한쪽 벽이 어디에선가 쏟아진 미사일에 산산이 무너지더니 그곳으로 몇 대의 차량이 들어서는 거였다.

그리고 차량에서도 총을 쏘기 시작하며 사원 내부는 아수라장으로 변해 갔다.

잠시 뒤, 헬리콥터에서 케릴리안이 내렸다.

"잠시 후면 우리 동료 헌터들도 몰려올 거야. 여기가 놈들의 본거지가 확실하다면, 오늘 이후로 놈들은 끝나는 거지."

"그보다 놈들이 벌써 힘을 얻었으면 곤란해. 어서 가서 회수하도록 해."

"알았어. 나한테 맡기라고."

사실 그들도 차원 너머에서 준다는 힘이 무엇인지는 잘 모른다.

하지만 도구로 추정하고 있었고, 그것을 가로채려는 것이 이들의 목적이었다.

사라락!

케릴리안은 그 자리에서 사라졌으며, 내부에서 잠시잠깐 나타났다가 완전히 모습을 감추는 모습이었다.

* * *

쿠궁-! 쿵-!

우르르르르르.

폭발의 진동은 아래에 있는 간부들과 만프레드도 느낄 수 있었다.

"이게 무슨 일이야?! 어서 밖에서 무슨 일이 일어나고 있는지 알아봐!"

곧 무전을 전달받은 누군가가 큰 소리로 외쳐 왔다.

"마스터! 적습입니다! 밖에서 웬 무리가 공격하고 있다고 합니다!"

"뭐……!"

간부들의 표정도 심각함으로 굳어지기는 마찬가지였다.

곧 간부 중 하나가 만프레드에게 다급히 말했다.

"마스터, 어서 의식을 시작하셔야 합니다! 저 안에서 건네지는 힘만 얻을 수 있다면, 밖에서 무슨 일이 벌어지건 모든 걸 뒤집을 수 있을 것입니다!"

"맞습니다! 어서 서두르십시오!"

만프레드도 그들의 말이 옳다고 여겼다.

밖에서 공격하는 자들이 어떤 자들이건, 차원의 문을 빼앗겨서는 안 된다.

그리되면 지금 가지고 있는 수정구도 아무 쓸모가 없었다.

그리고 자신들은 점차 세가 약해져 조율자 조직에게 제거될 것이다.

"이제 믿을 건 이것뿐이라는 거군."

만프레드는 상자를 열어 수정구를 꺼냈다.

그리고 중앙의 마법진으로 다가가 수정구를 한 기계장치 위로 올려놓았다.

"자, 공명 의식을 시작하라!"

* * *

사원의 근처에서 내리는데 아주 총을 쏘고 폭발하고 난리가 났다.

"서로 죽고 죽이고 난리도 아니구나."

바로 그때, 뿜어져 나오는 연기가 거대한 뱀으로 변하여 헬리콥터를 씹어 버렸다.

총을 맞고 잠시 흩어지는 뱀이었지만, 딱 봐도 소용이 없다고 본다.

"마법을 펼치는 사람을 죽여야지, 백날 그걸 쏴서 되냐?"

나는 헬리콥터가 내려서며 거기서 공간이동 능력자가 내리는 걸 보았다.

그는 몇 마디 나누더니 갑자기 사라졌다.

"먼저 안으로 숨어든 건가? 그럼 나도 얼른 따라가야겠군."

알아서 이렇게나 혼란을 만들어주는데, 솔직히 나로서는 땡큐다.

어차피 다크 웨이브의 본거지를 알아내어도 내 밑으로 있는 조율자 조직과 발라스가 이들과 싸워야 한다.

근데 저들이 그걸 대신해 주고 있으니 나로서는 손해 볼 게 없다.

"훗, 곧 헌터들과 발라스가 도착할 텐데, 두고 보다가 양패구상만 얻으면 되겠어."

나는 모습도 감추고 관통 마법도 펼쳤다.

그리고 벽을 통과하여 유유히 앞으로 나아갔다.

주변으로 총알도 날아들고, 몸을 꿰뚫고서 마법도 스쳐 지나갔지만 아무렇지도 않았다.

나는 하나의 유령처럼, 그 누구의 눈에도 띄지 않고 내부를 살펴볼 뿐이었다.

"엇! 저기 있다."

공간이동 능력자는 혼란을 틈타 안으로 숨어드는 모습이었다.

그러다가 들키면 순식간에 뒤에서 나타나 목을 긋고 총을 쏘는데, 그 실력이 출중하다.

나는 그가 향하는 대로 계속해서 지하로 그를 뒤쫓았다.

그런데 잠시 뒤, 공간이동 능력자가 거대한 철문 앞에 멈춰 섰다.

딱 보기에도 그 굵기가 상당할 것 같은 철문이었다.

"저런 걸 넘어서는 건 힘든 건가?"

살짝 실망하려고 했지만, 그 생각은 틀린 거였다.

잠시의 집중이 필요할 뿐, 공간이동 능력자는 순식간에 사라졌다.

필시 안으로 들어갔으리라.

"훗, 보이지 않아도 벽 너머로 옮겨가는 게 가능하다는 거로 군."

-저 능력은 나도 실험을 한번 해 보고 싶은 욕구가 생기는구나.

미안하지만, 그 욕구를 풀어드릴 생각은 없지 말입니다.

그러다가 귀물이 망가지면 나만 손해니까요.

"아무튼 안으로 들어가 보자고요."

내부에선 공간이동 능력자를 잡기 위해 난리가 났다.

수많은 검은 연기가 그를 노리고 쏘아졌고, 공간이동 능력자는 날아드는 파동을 피하느라 정신이 없었다.

"젠장, 이래서 밖에서 고민했던 건데! 들어오자마자 들킬 게 뭐람!"

아무래도 원래의 계획은 몰래 숨어들어 다크 웨이브를 방해할 생각이었던 것 같다.

그런 거라면 문밖에서 잠깐 고민하고 서 있던 게 이해가 됐다.

아무튼 공간이동 능력자가 시선을 전부 모아 주니 지금이 기회다.

"저건가?"

마법진 중앙에 밝게 빛나는 수정구가 보였다.

"이건 내가 갖도록 하지."

그런데 바로 그때였다.

마법진을 밟고 올라서는데, 갑자기 주변이 강하게 요동쳤다.

그리고 밟고 있는 마법진에서 강한 빛이 흘러나오며 모든 마법적 파장을 흩뜨려놓았다.

"침입자가 하나 더 있다!"

그것은 나의 마법도 해제시켜, 나의 모습을 모두에게 드러내는 걸로 이어졌다.

"에이, 씨! 뭐야, 방금 그건?"

아무튼 그 즉시 총알이 날아들고 검은 기운이 날아들어 얼른 칼을 휘둘러 쳐 냈다.

팟! 파삭!

나는 수정구만 챙길 생각으로 몸을 날렸다.

그 순간, 한쪽으로 보이는 사내의 표정에 두려움이 맺히는 걸 잠시 보기는 했다.

그래, 자기들 계획이 물거품이 되는 순간이니 그런 표정을 지을 만도 해.

내 손이 수정구에 닿으려 할 때, 그는 사력을 다해 외치고 있었다.

"안 돼에에에에에에-!"

그리고 내 손이 수정구로 닿을 때, 또 한 번의 외침이 들렸다.

"지금 그걸 만지면 우리 모두 죽어……!"

타각.

응? 이미 만졌는데?

동시에 나는 눈을 부릅뜨고 말았다.

갑자기 내가 밟고 있던 커다란 마법진에서 검은 줄기의 기운이 수없이 많이 뻗어 나오더니 사방으로 휘둘러지고 있는 거였다.

그리고 그 기운은, 그곳에 있는 모든 걸 덮치고 말았다.

화아아아아앗-!

* * *

두두두두두두두.

헬리콥터를 타고 목적지로 향하던 제이슨.

그는 맞은편에 앉은 케리나를 보며 물었다.

"케리나, 표정이 좋지 않습니다. 뭔가 신경 쓰이는 거라도 있습니까?"

"로드, 당신은 우리 정체를 알고 있을 거야."

"그거야……. 조금은요."

케리나가 그의 엷은 미소를 보며 말을 이었다.

"당신도 알다시피 우린 이쪽 사람들이 아니야. 다른 차원 너머에서 왔지."

"이전 로드에게 그렇다고 전해 듣기는 했습니다. 그런데 갑자기 그 얘기를 꺼내시는 이유가 뭘까요?"

다크 웨이브의 본거지를 찾았다고 하여 몰려가는 중이었다.

이런 상황에서 흘러나오는 그녀의 말이기에 제이슨은 더욱 가볍게 들을 수가 없었다.

지금부터는 속도 좀 내겠습니다 333

"로드, 우리가 이곳으로 넘어온 것에는 목적이 있어. 바로 악마가 이곳에 뚫어 놓은 차원의 문을 막기 위해서야. 부끄럽게도 우리 세계 인간 중에는 악마들과 동조한 자들이 있었고, 그 결과 우리 세계의 인간계 쪽에도 그 차원의 문이 열렸어."

"그 말은 설마……."

"맞아. 우리 세상과 악마의 세상이 이곳을 통해 열려 있다는 거야. 이곳 세상이 악마들에게 넘어가면, 우리 세상도 얼마 지나지 않아 침범당하게 되는 거지. 그래서 우리가 이곳 세상으로 넘어와 악마를 물리치고 이곳 세계를 지켜 왔던 거야."

"그럴 수가……."

제이슨이 큰 충격으로 생각이 복잡할 때, 케리나가 말했다.

"근데 천 년을 넘도록 찾지 못해 왔던 걸 드디어 찾아냈어. 이제야 이 길고 긴 싸움을 결판낼 때가 온 거지……."

케리나는 더욱 힘주어 말했다.

"그 문은 반드시 닫혀야 해. 내 목숨을 거는 한이 있더라도 그것만큼은 반드시 해내고 말겠어."

〈8권에서 계속〉

갑작스레 찾아온 세상의 멸망.

사람을 죽이면 죽일수록 강해지는 약탈자들과 갑자기 나타난 괴물들.
사람이든 사물이든 만져서 고칠 수 있는 능력을 얻은 고물상 주인 이성필.
위험해진 세상을 성필은 주변 사람들과 함께 헤쳐 나간다.

황폐해진 세상을 고쳐 나가는 아포칼립스 판타지!

손만 대면 다 고쳐

해우 현대판타지 장편 소설
DONG-A MODERN FANTASY STORY

동아 COMMUNICATION GROUP

일류필 스포츠판타지 장편 소설 DONG-A SPORT FANTASY STORY

골프의 신이 강림했다

부상으로 은퇴해야만 했던 불운한 골퍼 이태식.
골프아카데미 헤드코치로 새로운 희망을 꽃피우다 사고를 당한다.

KPGA 레전드 골퍼이자 애증 어린 친구 김상도의 망나니 아들.
자신의 아끼는 제자 김태주로 깨어난 이태식.

새롭게 얻은 젊은 몸에 못다 한 집념을 실은 혼신의 샷을 날린다!

「홀인원」 「앨버트로스」 「골프가 좋아」
그리고 마침내 골프의 신이 강림했다!

동아 COMMUNICATION GROUP

동아
COMMUNICATION
GROUP